在
时光深处
等你

ZAI
SHIGUANG SHENCHU
DENGNI

张冰丽 著

長江出版傳媒 | 长江文艺出版社

图书在版编目（CIP）数据

在时光深处等你 / 张冰丽著. -- 武汉 : 长江文艺出版社，2017.4(2023.3 重印)

ISBN 978-7-5354-9268-5

Ⅰ. ①在… Ⅱ. ①张… Ⅲ. ①长篇小说－中国－当代 Ⅳ. ①I247.5

中国版本图书馆 CIP 数据核字(2016)第 274429 号

责任编辑：杜东辉　　责任校对：毛季慧

封面设计：闰江文化　　责任印制：邱　莉　胡丽平

出版：长江出版传媒 | 长江文艺出版社

地址：武汉市雄楚大街 268 号　　邮编：430070

发行：长江文艺出版社

电话：027—87679360

http://www.cjlap.com

印刷：三河市百盛印装有限公司

开本：640 毫米×970 毫米　1/16　　印张：17

版次：2017 年 4 月第 1 版　　2023 年 3 月第 2 次印刷

字数：209 千字

定价：52.00 元

目　录

世界清纯如朝露 / 1
对往昔轻轻的一吻 / 10
他的幸运时光 / 19
心内的诡秘 / 28
应许之地 / 36
柔情的丝线 / 45
暗恋与逍遥 / 53
时光灿烂如锦缎 / 61
梦里的春花 / 69
我和暮雨一道问候你 / 76
伤感的喧嚣 / 86
梦在蔬菜青绿的田野 / 94
和生命中的美好保持距离 / 100
在时光中看到往昔 / 109
感伤的重逢 / 117
念心崖上的思考者 / 126
如此美好如此柔弱 / 133
爱情的红灯 / 142
梦想的山间 / 151
爱之殇 / 159
梦里的飓风 / 168

女诗人的冷笑话 / 175
泥淖里的幸福 / 182
一夕再回过去 / 190
一念桃花 / 198
真假兄妹 / 204
我在她的世界如此多余 / 211
山路悠远 / 218
谎言的影子 / 226
梨树的叶子落尽了 / 235
回不去的从前 / 243
时间回到云端里 / 250
月亮皎洁的晚上 / 257

世界清纯如朝露

太阳慢慢照亮了东方的天空，把高楼林立的城市远远甩到地平线上。世界清纯如朝露，曾是隐秘的黎明，随白昼来临悄悄隐退。鸟声迷人的丛林，像一团团绿色的朦胧，覆盖着城市的公园，混浊的河流被朝霞染得一江金黄。太阳多情，阳光很暖，朝阳透过片片白云美丽地筛了下来，天地间散开了一张橙色的网。风拂树摇，鸟儿们从悬垂的花枝上陡然消失，刹那间，胜过所有语言的魅力。

东方天际，一群大雁优雅地扇动着翅膀，自南而北飞过。

这最后动感的一幕完全出自赵明露的想象。她向东而望，大脑为眼前的风景平添了一幅生动的画面。

对赵明露来说，日出永远比日落神圣、壮美。这样的清晨，涌动着生机和诗意，何况，今天是她的好日子。爱情给她开辟了新的王国，发现了新的高山和海洋，她好像透过云雾看到了无边无垠的存在。

再有两个多小时，婚礼就要举行了。正在化妆的赵明露，做梦也没想到一见钟情的许宗生，竟然是豪门之后。虽然商界大亨和政界名人已陆续进场，新娘依然有做梦的感觉，仿佛这一切非常不真实、非常魔幻。联欢是集体的孤独，而此刻，新娘感觉自己的孤独胜过了不眠长夜。但爱情的时间不能测量，世界之钟对即将走向结婚殿堂的新人们，也会迷乱多情的阵脚。

关于爱情，一切美好。

伴娘团由赵明露的大学闺蜜们组成。朱蓉蓉和商楚晓在阳台上悄悄感慨着，婚礼的豪华程度完全超出她们的想象。朱蓉蓉望着停车场，难掩惊讶的表情："婚车没有低于四百万的，法拉利沦落成了摄影师的专车了。"

"我刚才看了菜单，每桌餐费 14888 元，有芝士黄油焗波士顿龙虾、XO 酱爆原汁大连鲜鲍鱼……这是什么菜啊……单是住在这丽思卡尔顿就让我终生难忘了，等婚礼结束，亲爱的，我们伴娘穷得只剩下魅力了，怎么奔波都是苦日子……"

"可我觉得像被绑架了，如果能像从前简单地生活，多好啊?"新娘加入了闺蜜们的聊天。萨特说：世界上有两样东西是亘古不变的，一个是高悬在我们头顶上的日月星辰，一个是深藏在每个人心底的高贵信仰！新娘想把哲学家的话拿出来讨论，可又觉得自己实在没底气，只能让灵魂的一小块悄然流失。

漂亮端庄的婚礼秘书通知新娘，去试另一套婚纱。这位秘书是酒店指定专门为新娘服务的，全程照顾新娘的一切事项。

英俊帅气的新郎在叔叔的引领下，招待各方宾朋。他和新娘都希望婚礼简朴而低调，可作为许氏家族的长孙，婚礼当然是家族的大事。因新郎的母亲去世不久，婚礼已相当内敛。但酒店婚礼秘书透露，这场婚礼的花费可能在一千万左右。

这数字让新娘如行走在童话里，赵明露心情非常紧张。回顾二十多年的时光，第一次坐在高考考场时，紧张过，但几分钟后就恢复了平静；被人贩子绑架，苏醒后的她把绳索套在人贩子的脖子上时，紧张过。谁知那一次为自己套到了一位新郎。现在的她怎么也平复不了忐忑的心情，仿佛不是即将走向婚礼殿堂，而是登上太空船的宇航员，正在去火星进行不归之旅的探险。

新娘在婚礼秘书的引导下向试衣间走去，六位温暖的服务生为她试穿婚纱。婚纱洁白如雪，轻飘似羽，合体的剪裁把新娘衬托得像天仙。赵明露望着镜中的自己，仿佛望着另一个人，又仿佛根本没看到镜中人。她忐忑地叹了口气，根本没发现自己已成为众人好奇的对象。

她似乎站在月亮上，而不是人间。童话世界与现实世界融合在一起了，可赵明露总感觉这是别人的事，她无法浸润其中。她仿佛是个看客，在深渊的边缘，胆怯而好奇地窥视谷底。

新娘的电话响了，服务生们礼貌地避开，婚礼秘书也正在另一个房间与大堂经理对话。爱管闲事的人是不打瞌睡的，有位服务员偷窥了新娘无比绝望的表情，仿佛要去断头台似的。

等秘书汇报完新娘准备的情况，却发现新娘不在试衣间，再问其他服务生，她们也不知道新娘去了哪里。

新娘不见了！

距婚礼还剩两小时，新娘突然失踪了。

第一个五分钟，婚礼策划秘书封锁消息，带领十多个服务生寻找。

第二个五分钟，婚礼的责任经理率领参与此场婚礼的上百名服务生寻找。

当新郎陪叔叔在大堂迎接贵宾时，经理悄悄把新郎引到旁边，报告了新娘十二分钟前突然消失的事实。

新郎骇得脸都白了。他突然想起人贩子抱着赵明露上车的镜头。不……不可能消失……怎么可能……他呆了足有五秒钟，时至今日，那依然是他生命中最漫长的五秒钟。时间一秒一秒地过去，而一秒与一秒之间，似乎隔着生死。

“有点事，马上回来。”新郎许宗生低声和叔叔耳语，他根本没来得及在意叔叔关切的表情。

录像显示，新娘赵明露像有什么急事似的穿过后厅，直达酒店的后门，坐上一辆出租车走了。

“新娘逃跑了！”这消息像病毒一样迅速传遍了整个酒店，似乎连酒店外的石阶都知道了。

“爸、妈，请告诉我，露露可能去哪了？”新郎许宗生急切地质问赵明露的爸爸妈妈，那双黑黑的眼睛望着他们，露出一种奇怪的神气，吓得齐秀秀血液仿佛凝结在血管里了。可他们比他还着急，根本不知道她去哪了，根本没想到女儿会突然消失。

来宾都是商界名流和政界好友。有人戏称这婚礼是商界大亨的超级年会，来的都是许氏家族非常有头脸的客人。耗资近千万的尊贵婚礼，却小孩子过家家般，丢了新娘。

警察接到报案，迅速追踪，可一点线索都没有。

结婚的美酒还没启封，就失去醇和的滋味，变得又酸又涩。三个小时后，客人们像走错了酒店，兴致索然地离开了。当然，不必他们传播，媒体定会大力渲染许氏家族这场新娘逃跑的未尽婚礼。当然，这个极具滋味的冷笑话，会让大亨们的餐桌气氛活跃很久。

这个城市的婚礼也太庸俗、太腻味了，这个城市需要更高品格的婚礼。终于有这么一次，灰姑娘不但放了豪门的鸽子，还痛扇了商业大亨和政要们的嘴巴。

还没结婚呢，蜜月期就结束了。许宗生预先尝到了神魂颠倒的热恋和折磨所带来的痛苦。仅仅筹备一场婚礼的时间，就让他成了这场婚姻彻彻底底的牺牲品。

据警察透露，那天的上海发生了一起情侣凶杀案，一起邻里斗殴流血事件，六起入室盗窃案和两起跳江自杀案。有人目睹穿着婚纱的女孩纵身跳进了黄浦江。但最终只找到了一具尸体，穿婚纱的女孩最终也没找到。

哪里有香炉，哪里就有宗教。哪里有爱，哪里就有伤痛和恐惧。

第二天，第三天，第十天，以及此后的很长很长时间都没有新娘的任何消息。

悲惨的现状让赵宗夫妇痛不欲生。难道这都是命中注定？难道他们夫妇必须遭受无子无女的重创？

刚刚体验到女儿嫁入豪门的快意，还没来得及回味和张扬，女儿就丢失了。警察怀疑是跳江了。怎么可能？她自杀？“服务生看到她绝望的表情，仿佛上断头台……”纯是胡扯！心理学家也出来作怪，说什么新娘逃跑是由于丑小鸭的自卑、对豪门有恐惧，从而引发的畏婚式心理崩溃。真是笑话，全是扯淡。可是露露又在哪里呢？

人们议论这起逃跑新娘案，但并不像家庭内部的闲扯，而像地理学家谈论地震，风水学家谈论风水，一本正经，有理有据。从新郎新娘的生辰八字起底，把他们的血型、星座、面相和属相……一件件地分析求证，好像所有证据表明，他们不但没有夫妻缘，女方还无长寿相。灰姑娘的豪门梦落败，有酸葡萄心理的人每每谈论起这事，一种甜美的快感传遍周身，热乎乎的，使他们觉得生活、思想、躯体和灵魂无不舒泰。

*露露，你真的自杀了吗？别人说是豪门让你害怕，真是这样的吗？我可宁愿舍弃一切的啊，我该怎么办，今后所有日子，该怎么办？*阵阵莫名的战栗掠过许宗生的心头，传遍肌肤，隐隐的惶恐袭上心头，仿佛暗示着什么。暗示着什么？许宗生不明白。他感觉自己彻底迷失了，陷入危险的重重包围中，被所有人抛弃了，孤身一人，孤单单在这世界上。

许宗生曾日夜在念心崖上徘徊，他没有等到要等的人。

“别等了，该来的会来，不该来的，或许永远不会来。”老太太劝许宗生。

“可是，奶奶，您感觉她会来吗？会吗？”

老奶奶瞎子似的伸出手，摸着许宗生的面颊。她还能摸到什么？

摸到了一脸的泪水。

晴朗而微寒的黄昏时分，夕阳待坠，站在念心崖向南望去，整个山区骤然明亮起来，一道道涌起的山脉沐浴在耀眼的光芒里，仿佛绿色波浪般向泰山荡去。错落的峰顶金光闪耀，光斑忽大忽小，顿时把阴森的气息一扫而光。

许宗生站在念心崖上，壁立千仞，狂风鼓满风衣，像展开的黑色羽翼，随时展翅高飞。树木随风弯折着腰身，不是为了致敬，而是为了给风指明别离的道路。许宗生用妈妈的眼睛观看着辽阔的山川，试图醒悟妈妈站在这里的感觉。浏览过世界许多风景名胜的许宗生，此时，探寻的不是风景的美感，而是妈妈的遗愿。可他不明白，这偏僻的山区，这地图上找不到的小镇，何以成为妈妈最后的遗念。沉思的侧影钢柱般夯在悬崖上，稳健、刚毅，雕塑般透着男性酷酷的美感。

风越刮越紧，白云如烈马行空，慌不择路地向南奔去。暮色四起，遥远的山脉淹没在烟灰色的雾霾里。两只大鸟顺着风势野性飞翔，舒展而苍劲。眼前是一幅壮美的自然画卷，太让人惊奇了。在山凹处支起画架的女生赵明露，屏住呼吸，瞪大眼睛，极力捕捉黄昏的美丽。是的，黄昏，是画家的时间，莫奈、凡·高、高更……谁又不喜欢大自然调色板创造的奇迹呢。那人不会自杀吧。但赵明露随后又打消了顾虑。如此坚定的形象，当然与自杀无关。

没有哪一只手，能够编起风的发辫。赵明露却很想抚摸他的倒伏或扬起的头发。当她调好色彩，再次望向念心崖，那里却站着一位身穿短上衣的男子。不对啊，刚刚还是黑色长风衣的……闹鬼了？

这里距蒲松龄的老宅蒲家庄不足百里，凡是土生土长的山里人，鬼妖的故事几乎是在奶奶膝盖上接受的学前培训。山里的孩子，谁都能讲出一大串山妖、鱼精、蛙精的传说。至于蒲松龄的《聊斋志异》里的典故，孩子们更是如数家珍。

那短衣男子忽而南望，忽而西望，忽而伸展着双臂，像是在拥抱狂风。短发在风里招招摇摇。“呜……嗷……呜……嗷……”他双手罩在嘴上，冲着山谷发出一阵狼嚎的叫声，仿佛脑子里有一群野兽在挣扎。莫名其妙。

赵明露灵感顿失，难道美感就像风，难以抓在手里，难以落在画布上吗？恐惧像尖利的荆棘，扎进了心里，周身涌起阵阵寒意，仿佛不是在山顶做画，而是冰箱里等待冻结的活鱼。

赵明露不但感到失落，还有某种空洞的疼痛。若给土狼一条鞭子，它便会像猛虎般趾高气扬。山顶突然有股诡异的力量。

星星稀疏地悬在头顶，赵明露感觉离星光很远，乌云很近，天地间撕开了一道青灰的裂口。她背起画夹，沿着陡峭的山路，缓缓下行，在烂漫山坡上，在盛开的洋紫荆、樱花、夹竹桃中间，行走着那位穿黑色风衣的翩翩男子，画夹上还留着他英俊的素描。赵明露胸口疼了一下，仿佛不会呼吸似的收住了脚步，一手抓着背带，一手扶着光秃秃的槐树，试图借助树干的遮挡，偷窥那陌生男子。“人间四月芳菲尽，山寺桃花始盛开。”赵明露却突然希望那花开得再迟些，芬芳吐露得再慢些，让那帅气的男子目不暇接、留连忘返。

然而这是不可能的。赵明露喜欢百花盛开的风景，那男子却未必钟情于山野的芬芳。他忧郁而沉重地穿过崎岖的山路，消失在暮色四合的山林里。他就是许宗生。

赵明露酸楚而疼痛，仿佛不止丢了画笔，还丢了拿画笔的手，突然感到自己徒有绘画的欲望，却不知该怎么在画布上涂抹内心的感觉，不知道用什么色彩表达汹涌而来的暗恋。初春的大山里，花木茂盛，殷勤的枝头钻出绿盈盈的叶苗，嫩黄的花苞上覆盖着淡淡的白色绒毛，枝蔓四处延伸，贪婪地霸占着崎岖的小路。

她希望太阳掉进山谷里，能让她和那人彼此相识。

“美女，很荣幸当你模特！认识一下，我叫马桐。”

赵明露惊讶得转过身去，脚下石子滑落，一趔趄，身体迅速倒下去，马桐一把握住她的胳膊，像螃蟹大夹子似的把她拉向自己怀里，他的呼吸喷到她的脸上，身体挤压着她的乳房。赵明露恐惧得脸都白了。马桐五官紧凑地簇在一起，脸色像病弱的白面书生。他粲然一笑，老熟人似的挤了挤右眼，放开了她的胳膊，夸张地叉开五指，还故意将手掌放在鼻子间，深深地嗅着，仿佛赵明露胳膊是打开盖子的香水瓶。也许他们面对面站了不到一分钟，时过多年，那依然是赵明露生命中最难堪的一分钟，时间一秒一秒地过去，而一秒与一秒之间，似乎隔着恐惧、凶恶。空气变得沉闷、潮湿，甚至凝固，她呼吸困难。

“美女，我们公司缺一位美术设计人员，有意来工作吗？”

赵明露装作没听见，急匆匆下山，像兔子慌乱逃离狐狸的领地。胳膊上还残留着被人抓握的疼痛，整只胳膊止不住地颤抖……毕竟她刚被陌生人粗鲁地靠近过。

“我们公司在全国各地设有分部，业务还延伸到海外，主题是传播爱和亲情……”

马桐像推销保险的公关人员，紧紧跟随着赵明露。赵明露心生怯意，毕竟是人烟稀少的山里，她不想听这男子说话，更不敢靠他太近。像老鼠能嗅到猫的气息，她嗅到了危险的存在。

终于下到铺着碎石子的宽阔的山路上，黑风衣男子许宗生站在路边，俯视着山谷下寂寞的村庄。赵明露感觉踏实了，像遇到家人似的坦然而从容。她由衷地感谢许宗生的存在，尽管他的站立与赵明露毫无关系。

山下的公路上，两辆警车沿着盘山道呼啸而来，打断了马桐的宣传。他突然神情紧张，警惕地盯着警车，随后，向赵明露挤了挤眼，故作轻松地转过身去，狐狸似的窜下山去。

赵明露收住脚，不知是因为马桐的逃跑，还是因为许宗生近在咫尺，心咚咚地敲着，像生平第一次坐在教室里。

许宗生刚毅的外形、英俊而忧郁的侧影，时尚的气质和幼狮般的狂傲劲，瞬间让女生有挥笔作画的欲望。许宗生发觉附近有人，像一只睡眠被打扰的动物，索性向山下走去。那飘动的风衣、健步而昂然的风度、甚至踢动的石子，搅乱了绘画女生，她终也没明白，是为失去一个好模特而伤感，还是其他原因。

他让女生疑惑，忍不住琢磨他到底是谁，想干什么。好奇心是爱情的种种伪装之一，绿色的风可以吹掉任何禁忌，可当事人总不能明白这点。

山村里传来狗吠声，赵明露莞尔一笑。一处院落的灯光透过树枝的间隙射向天幕，她突然意识到，荒僻的山谷比繁华的街道更适合发展爱情。

沿着宽阔而漫长的山谷，积木般堆砌着一个曾闻名山区的村庄——南里贝，老爷爷也讲不出这怪异名字的出处。二十多年前，这山村也曾繁华过，人口多达800人，四乡八邻的山民，每逢初一、十五，穿山越岭，赶这里的集市，交换山货，购回柴米油盐。进山的路就是那时修的，上山的碎石子，也是那时铺就的。可现如今，整个村子不足五十人，而且大都是老人。即便留下几个中年人，也是把村子当成靠旅游谋利的客栈。

曾有一位著名诗人在小学的院墙上留下了诗句：

> 蓦然瞥去，
> 村落残破得令人心悸。
> 世界终是无边的监狱，
> 这里却是放飞自由的华宇……

南里贝再也没有当年的霸气了，外出打工的人散居于全国各地，留守的中年人，为了子女上学，也搬出了山区。只有那些倔强的老人，不愿随子女挤进高楼，不愿惊恐地行走在蜘蛛网般的街道上，才固执、孤独而忠实地生活在山村里。

村子躺在山谷里，山谷折叠在山脉里，山脉梦游在岁月里。

对往昔轻轻的一吻

世人似乎又重新记起了南里贝，一拨拨城里人结队欣赏山区的风景：道道山梁、层层叠叠的花树、清新的空气、纯朴的山野，甚至衰败的谷底村落——都成了涉足的借口。座座闲置的房屋，房顶上长着尺把长的茅草，坍塌的墙壁、破碎的门窗、杂草蔓生的院子，这一切，显示出一种颓废的伤感美，残酷地裸露着时势变迁的丑陋疤痕。

当年建造房舍的人肯定没想到，城里人会在山风中欣赏破落的美感。

村中小学被改造成了旅馆，反正闲着也是闲着。好奇的城里人，总喜欢在山里住一夜，欣赏山里的夜风、林木、鸟鸣、繁多如米的星星以及伸手不见五指的黑暗。一个小电机供应着村里的照明。九点之后，老人安睡，村庄淹没在黑暗里，那种静谧是城市人享受不到的奢侈。在南里贝曾经繁华而宏大的生活锦缎上，这明亮的灯光像是对往昔轻轻的一吻，或是山谷记忆中的小小针脚。然而正是这小小的针脚，却缝合着过去和未来，以及那些未完待续的故事，填补了所有记忆不可逾越的鸿沟。

赵明露的奶奶就是村里一位固执留守的老太太。

暮色中的山谷，透着别样的神韵，薄薄的雾气在屋舍、树木间浮荡，潺潺的溪水从村头流过。站在石制小桥上，有一种“扁舟来楚乡，匹马往秦关”的匆忙感。许宗生抚栏南望，暮鸟飞舞，流水无情，终也不明白妈妈为何要他一定来这里。

一辆银灰的面包车在崎岖的山路上颠簸驶来，赵明露急忙闪到桥首的石基上。面包车一闪而过的瞬间，她分明看到两个小孩，被黄色胶带封住了嘴，挤在开了一条缝隙的窗口间。瞬间的发现让她目瞪口呆。当桥面上的许宗生为面包车让路时，也看到了相同的状况，惊得以为在梦里。赵明露惊讶地看着许宗生，他也惊讶地对视着赵明露，目光交错的瞬间，证实了彼此的发现——贩卖儿童!

有人故意和生命中最好的情感搏斗，把真实世界搅成海市蜃楼。在人贩子的理论中，德行已经变成了一种免费商品，就像这山谷的空气。

车子开进了大峡谷，消失在房屋高低错落、山路盘绕如烟缕的南里贝。

许宗生健步向村里走去，赵明露紧紧跟随，瞬间的感悟让她有了英雄般的斗志，她要和他一起解救那两个孩子。由衷的狂热和默契的配合，仿佛是来自某种正义的本能，又似乎源于这个男子的帅气。由此赵明露明白，有些低等动物，虽然没有语言交流，却依然能默契行动，甚至一呼百应。像候鸟迁徙、鸳鸯戏水……心音的呼应，无声的交流，才是最本真的表达。

树林掩映的村落很有伪装性，两三分钟后他们就失去了面包车的踪影。越是荒凉的院落越是安全的藏身之所。当他们走过几排院落，突然听到了面包车的声响，果然，没有开灯的面包车从他们身边颠过去了。

他们再次目光交流，立刻达成共识：这里是窝点，孩子或许藏在了某个地方。

赵明露觉得，他们之间的意会神秘莫测，是灵魂间的事。

就在他们急匆匆在铺满石子的村路上行走时，一辆警车忽然闪起了雪亮的远光灯，照得二人睁不开眼睛，他们不得不架起胳膊，挡住刺目的光芒。

“生日快乐！”

突然一群年轻男女高声欢呼着，99 朵玫瑰扎成的花束，由一位帅哥送到了惊呆的赵明露手上。一朵朵礼花伴随着闷响，在山谷上空绚丽地绽放，把寂寞而衰老的山村惊得鸡飞狗跳。一般情况下，女主角应该感动得流泪，而赵明露却恨不得跳进潺潺的溪水、流入朦胧的暮色里。送花的男生把她看得比公主还要尊贵，然而她目光里的冰寒，能使火红的玫瑰变得烟灰般没落。

许宗生冷冷地看了一眼赵明露，转身向峡谷深处走去。赵明露想叫住他，可突然一想，至今还不知道他叫什么，甚至走了这么远的路，竟然没和他说一句话。

“那小子是谁？”送花的秦小社压抑着满肚子的酸楚。

赵明露摇了摇头，把花塞到秦小社的怀里，试图去追陌生男子。

每个男人在某个女人面前总有做傻瓜的时候，秦小社从大学二年级就败在了赵明露漂亮的脸蛋上，一败就是三年。秦小社跑了一百多公里来为心中的女皇过生日，哪里容得被忽视，并且当着这许多朋友的面。他一把拉住了赵明露的手，赵明露像一只被拴了链子的山羊，又难过又无奈。他吻了一下她的手，她心中感到一种婆婆妈妈的爱意，一种难以名状的、杂乱无章的、懦弱胆怯的爱。貌似爱情，但绝不是爱情。

“有人贩卖儿童，就藏在这村子里。”

有个公安局副局长的爸爸，秦小社便养成了独特的职业病：身体修长、似乎不能弯曲，头都高高地昂着，总以鼻孔示人，表情寡淡，目光清冷。说清冷有点文雅，实则有点恶狠狠的。这种专业特点，有点经验的小偷，一眼就能猜出他是公安局局长的后代。

秦小社虽然承受着又嫉妒又酸楚的痛苦，此刻，他还是像小学生似的忍着数学老师的唠叨。自小在各种案件的跌宕中长大的秦小社，自然也想在女人前表现威武和霸气。他掏出手机，当着众人的面，直接向爸爸汇报了南里贝有人贩子窝藏小孩子的情况。

赵明露也听到了局长大人的承诺：他们立刻联系当地的警察进

入峡谷，端掉人贩子的窝点……

秦小社和朋友开着两辆警车从济南来的，带来了生日宴会丰盛的必需品——美酒佳肴、生日蛋糕……他们从五星级酒店定制的菜肴和酒水，盘盘碟碟地摆满了桌子。彩蜡点亮、音乐响起，他们要在南里贝唯一的旅馆里庆祝到天亮。当然好节目还在后头。

赵明露忐忑不安地站在窗前，是为那两个孩子担心，还是为那黑风衣男子担心，自己也说不清楚。她回忆黑风衣男子瞪她的表情，他脸上的忧伤和痛苦不同寻常，似乎是一种高贵的、悲剧性的忧伤，让她联想到古希腊雕像上的类似表情。她被那表情所困惑，也被他的忧郁深深打动。

生日这天，让她心动的不是秦小社的鲜花美酒，而是那张陌生面孔的诗意孤独和哀伤。

“小社，咱们人多，一起去找孩子吧。”

“何必争那份头彩呢，让警察立功吧，你生日的时候，我们有更重要的事情要做。”

赵明露不知道什么事情比解救被拐儿童更重要。但她又不能不给小社面子，毕竟有那么多朋友在场。心软示弱，为情势屈服——赵明露感觉自己快变成一个惹人讨厌的人物了。她虽然心有不服，却又不失贤淑情怀，没和他多计较。对自己的这种包容能力，她既难受又满意，心中泛滥着说不出的味道。

峡谷里的南里贝，房屋沿着山势而建，有的铺展在谷底，有的梯田般建在山基上，虽是小小的村庄，却散散落落地占满了一公里长的峡谷。东家的房基与西家的房顶平齐，而更高一层房屋的地基又比邻家的围墙高出两三米。

许宗生摸索了一个多小时，依然没有半点线索。向南望去，破败的屋舍像一座座黑色碉堡，而面包车恰恰是从黑暗深处驶出来的。黑暗这般无聊。无聊这个词，时常成为重要行为的原动力。

哪里是人贩子的窝点呢？

越往里走，黑得竟然伸手不见五指。南面的山梁像巨大的黑影，阴森地压迫而来。许宗生心生怯意，双腿不由得颤抖起来，侧耳静听，除了夜虫的鸣叫，什么声息都没有。刹那间，仿佛世界唯有他自己。许宗生突然觉得自己不是在找人贩子，而是来满足妈妈的遗愿，黑暗里，寻找妈妈未完待续的故事。

他只想成为一个不折不扣的孝子，而这是他唯一的机会。

妈妈在这个山谷里做了什么，这个山谷给妈妈留下了怎样的疼痛？

许宗生是遗腹子，初生时爸爸早已过世了。是妈妈一手将他培养成人，可前不久，妈妈在高速公路上发生车祸，肝脏破裂，大出血。许宗生火速赶到医院，妈妈拉着他的手叮嘱："去博山南里贝，找……宗……宗……人家……"

一定是妈妈记错了，两天来，许宗生询问十几个人，南里贝根本就没有宗姓人家。

或许，万物息息相关，世界环环相扣，而人却懵懂无知——这就是人生的真谛。他见惯了寂寂群山、脉脉流云、郁郁丛林，但从未见过如此落败的村庄。他将努力记住山谷的模样，在此后的日子里力争和妈妈的谜语连在一起。无论身在何处，时光悄然逝去，但那却是永恒的别离，谁也挽留不住时光的去意，就像他留不住妈妈的眼神和呼吸。许宗生的心，恰似这漆黑的夜。侧耳倾听，除了山谷的静谧，没有他想要的任何启迪。

车里的那两个孩子也许只是错视，也许是幻觉。冥冥之中妈妈把自己引导到这黑暗的中心、这孤寂的中心，也许总有神秘的原因……许宗生忐忑地思索着。死亡，或许是生命最深刻的创造。他从没像今晚一样如此想念妈妈，如此珍惜和妈妈在一起的幸福时光。孩子们也有妈妈……漆黑的山夜，什么怪事都可能发生。背叛自己比偷窃更无耻，片刻之后，许宗生意识到，大山沉睡着，山谷沉睡着，而不眠的可能就是那窃贼、他和那些快乐的男女生们。

许宗生静静地感知着，希望神灵能启示他、帮助他。

秦小社主持的生日宴欢快热烈，将五星酒店的菜系，搬到没落的深山里，这本身的浪漫就激荡着年轻人的情绪。他们推杯换盏，意气风发，醉意荡漾。门窗大开，清新的山风携着阵阵花香，穿堂入室。酒过五巡，重头戏开场。在众人的喝彩中，秦小社郑重地请赵明露离席，早有朋友将紫色的首饰盒递给了秦小社。秦小社抿了抿垂在额头的乌发，仿佛头发是第三者似的。他激动而兴奋地单膝跪下，右手托着打开的首饰盒，左手潇洒地背到身后。这动作他对镜练习了很多遍，此时，他担心赵明露只盯着戒指，而忽视了帅气十足的求婚风度。

赵明露突然有被开水沸烫的感觉，疼痛、热辣又后悔不已。那硕大的钻戒闪烁着胜利和嘲笑的光芒。几位女生为第一次见识如此大的鸽子蛋而尖叫到晕头转向。

赵明露突然看到窗外站着那位黑风衣男子，他那么英俊、沉稳、甚至那么忧郁。她一直在脑子里勾勒他的形象，而真实的他却突然出现在求婚的时刻。难道有什么神意？或者仅仅说明——理想的东西总是无法得到，而易得的幸福又总是平庸得微不足道。

男子瞬间消失了。赵明露突然感到一阵莫名的酸楚。

他怎么了？他找到那两个孩子了吗？

她刚一思索，就发现自己被囚禁在一个错误的房间里，正做着错误的事情。这瞬间的顿悟，差点让她晕死过去，而比这更糟的，还将和一个不喜欢的男人终生关在一起。而这个男人是个无可救药的懦夫，一个靠爸妈的地位而耀武扬威的可怜虫。赵明露不得不移开视线，以免秦小社托举的姿势令她厌恶而呕吐。这位求婚者张狂的气质让她的和弦走了音，她对自己几年来的顺从感到惊讶……让钻石的光芒见鬼去吧，现在已是五彩缤纷的季节了。

“答应，答应，答应……”

朋友们欢呼着等待赵明露的应答。

赵明露有些难为情，紧紧握着秦小社的手。这握着的是情人的手呢，还是普通朋友的手？她一时无法判断。秦小社却激动得快要落下泪来。赵明露啪地合上了首饰盒，一把夺过来，塞到了他的衣袋里：“不是说好了吗，永远不要开这种玩笑！”

“可我不是开玩笑啊！”

“知道我喜欢黄水晶，偏偏拿钻石气我。我不喜欢白色，白色太伤感。”

“原来这样啊……”

“原来这样啊……”

精心设计的求婚大戏，就这样幽默地收场了。有人疼痛，有人伤感，还有人幸灾乐祸。历来如此。

她拒绝我就像拒绝孩子。她当然明白我在干什么，要不然怎么会露出那样的微笑。只有她才敢把贵如王侯的我，变成一具没有生机的标本。我一定要得到她，不然怎么吞得下这口怨气！

赵明露在院子里四处张望，根本没有那人的身影。她突然感觉自己很在意他，很想告诉他此刻的心意。她发觉自己正变得可笑，变成一个笑话的主角。我一定疯了。

求婚闹剧过后，酒桌的气氛便像忘记加盐的海鲜汤，寡淡得无滋无味。朋友们在意秦小社公安局局长之子的背景。把这层关系夯实了，未来的许多纠纷与疼痛，便可说大也大，说小也小了。没有一种水能洗涤现实的污垢，在这个挺立于法则和习俗之上的世界，如果想活得有尊严，有时就得先践踏自己的尊严。

求婚宴的气氛成了夹生饭，这是始料不及的结果。为了逗秦小社开心，好酒的人拼酒，不能喝酒的人唱歌，情绪郁结的人就大声啸叫。山谷的夜晚是他们的世界，破坏寂静不犯法。

半醉半醒时，一位二十八九岁的男子左手拿着几枝桃花，右手提着一瓶红酒走了进来。桃花显然是从山谷随处可见的桃树上折的，带着夜露的寒气和诱人的色彩。

有陌生人闯入，大家立时安静了，像看羊群里的狗似的看着他，又像品尝一道野味大餐。

赵明露认出他就是山顶上的风衣男子马桐，不由皱了皱眉头，胳膊针灸般的疼痛。她颤抖地接过举到胸前的桃花，粉红的花瓣如雨般洒落。赵明露突然想到了葬花的林黛玉，而多情的送花人却联想到了初试云雨的贾宝玉。不能不说，他们还挺有缘的。暴君只会酿他们偏爱的美酒，这疼痛的桃花，为何会从这个男人的手，转到赵明露的手里呢。她思量着，却没有答案。

“择日不如撞日，缘分啊。我也是来旅行的，住在隔壁。听到你们为美女过生日，不如也来添添喜。我叫马桐，经营一家互联网公司，以传播大爱和真情为主要业务。用行话说：再不卷入互联网，命运会和恐龙一样。当然干我们这行也很辛苦，创业是一个试错的过程，我也是从失败中闯出来的。”马桐的这番自我推销立刻赢得醉意沉沉的青年们的青睐，赶忙为马桐安排座位，斟满酒杯。马桐则要大家尝一尝他带来的法国原装葡萄酒。

马桐一直坚信，在头盖骨尚未长结实之前，这个世界就已为他准备好了王冠。

两三杯酒后，马桐便像老朋友似的亲密随和，左拥右抱，推杯换盏，不时抖搂几个女明星的段子，逗得大家前仰后合。气氛亲切而热烈。

有朋友让马桐讲讲他的创业史，他便借着酒劲，仿佛回忆遥远年代的故事，不情愿地、极简略地陈述着：“七年前北大毕业，在政府办公厅干了一年，辞职和同学们开公司，赔得只剩下裤头。同学、朋友和亲戚见了我像见了病毒，躲得远远的。两年前公司走出困境，现在业务越来越大了。人和动物的区别在于，人能变成动物，动物却变不成人。当然蒲松龄老先生让动物变成了人，所以蒲老先生也成了鬼。”

不知为何，他创业的话，赵明露半句也不信。她安静地坐在靠窗的地方，听着马桐和众人侃大山。黄昏时分在念心崖上的经历，依然让她有被侵犯的感觉。他信口雌黄，是骗子、流氓。

这群温室里长大的娇儿娇女，对山野的寒风没有多少防御能力，对蛇蝎的毒性更缺乏免疫功能。蝙蝠因为是瞎子，所以不敢白天出行。而这些天真的青年男女们，自以为坐上公安局的警车，就成了威震四方的黑猫警长。靠近权力，让他们误以为自己也拥有权力。

酒后的年轻人以为马桐或许是中国版的乔布斯、深山里的比尔·盖茨，崇拜、羡慕之情，借着荡漾的美酒，汹涌着每一条多情的神经。

人们试图寻找通往幸福的便道，而最终，却摔倒在地狱的入口。

“亚历山大将死之前，下属问他把王国留给谁，亚历山大说：给最强的人。亚历山大读懂了人性的弱点——人们总是盲目追随强大的人，并且以绝对的卑微屈服于强权。让人类受到欺凌的恶魔并不是来自于苍天，也不是来自于强权，而是人自己。对未知力量的恐惧、那种卑微的无力感，可以把一个好端端的人，变成忠实的仆役和卑贱的奴隶。所以，自信、自信、自信，把自己想象成巨人——是我成功的密码。生命并不短暂，短暂的是人，加油吧，兄弟姐妹们！干杯，谁不一口喝干谁就是头号孬种！”

北大毕业的学子就是博学和深刻！被酒滋润了大脑的年轻人，虽然没听懂自信背后的故事，却为马桐自信的语气和智慧折服。他们争先给他敬酒，也喝他回敬的葡萄酒。当然，醉到这分上，喝什么都一个味了。马桐举杯祝赵明露生日快乐。赵明露不想喝却又不得不喝，她盯着这双深棕色的眼睛。要用什么色彩才能画出他这副貌似真诚而伪诈的表情呢？

半个小时后，几乎所有人都程度不同地昏睡了。

朋友们，好好做发财梦吧，人生苦短，梦不短！马桐翻箱倒柜地寻找着车钥匙，钥匙不难找，就放在窗台上。他拿起钥匙，望了望东倒西歪的人们，像得胜的将军嘲笑战场上敌军的尸体，又像梅毒患者在宣扬自己的贞操。

赵明露趴在桌子上，长长的头发遮挡着脸。马桐轻轻拍了拍她的肩膀，像要唤醒她，又像哄她入睡。在每个男人的灵魂深处，总有个敏感的穴位，一受到刺激，就会兴奋得失去理智。人类对性的反应，与年龄、才智、经验、知识或真理完全无关。

他拿起桌子上的一个钱包，关了灯，带上门。村子立刻黑暗如墨。

他的幸运时光

马桐站在旅馆门口，左右张望，围拢的山脉和幽深的峡谷一片安宁，世界睡了，村庄昏迷了。夜是马桐的幸运时光，多少伟大的创举都是在黑夜里完成的。而今，他有了警车，原本惊险的运输方案，变得从容而坦荡了。

阵阵寒意袭来，他竖起衣领，发动警车，雪亮的灯光切割着黑夜。车子向村南驶去，那里有五个孩子等待着转手。黄昏时分突然发现两辆警车开进山谷，他以为东窗事发，观察了很久才发现，是一群乳臭未干的毛小子，借警车耍威风。一向善于借势的马桐，瞅准了上天赐给的良机。浪费机遇是对自己可耻的背叛。在这金玉其外、败絮其中的幸福世界，总有人卓尔不群，能为世人增添疼痛的笑料，即便在世界末日，也依然能兜售希望的债券，赢得大把金币。马桐自信是向绝望的世人兜售希望债券的强者，而绝不是醉酒后、摇摇晃晃地站到街心指挥交通，最终被撞倒在泥浆里的蠢蛋。

马桐成立了有严格建制的人口贩卖公司，称之为大爱传播公司，在全国许多地市组建了秘密关系网——有业务拓展部、市场营销部、人才招聘部。招收人才以高学历优先，因为高学历者更有伪装性。他以伟人的作战理论为基础，稍事改动，形成了公司的行动纲领——敌进我逃，敌疲我捞，敌驻我靠，敌退我销。

马桐喜欢阅读，他也许是唯一喜欢阅读经典名著的人口贩子。他总是从书本里找到好词好句，用来打扮自己，就像某些螃蟹用海草把自己美化起来。

今天共聚齐了五个孩子，将一并转运到东北，那里的销售经理已和吉林的五户不能生育的父母签订了良心协定。

贩卖孩子就是贩卖人间真爱，那些缺少子女的家庭，得到孩子后该多么惊喜，生活将变得多么有希望。而世人总是诅咒人贩子，人贩子和狗贩子又有何不同？人们吃鸡的蛋，喝牛的奶，难道不是剥夺动物的大爱吗？母狗生下小宝宝，三五天后便被分送给别人，这与人贩子又有何不同？

“在战斗中体悟工作的伟大吧，因为你将死很久！”这是马桐老总训话时挂在嘴边的警句。

警车游魂般开到了村南的窝点。马桐敲开了门，与一位男子低声私语了几句，两人便像扛面粉袋似的把服了安眠药的孩子们扛出来，塞进车里。

许宗生站在谷底的湖边，溪水潺潺地流入，湖水倒映着天光和山形。这样的夜晚，没有神助，他找不到那两个孩子。对此，他有些痛心、失意，但并不感到畏惧，就像妈妈永远离开时，也是如此。当时发生的一切，他本来预料在很久以后才会发生，至少妈妈八十岁时才该发生，满头白发的妈妈应该病弱地躺在床上，拉着她爱子的手，慢慢合上眼睛。死亡教会许宗生如何开始新生活，但也只有这样的生活才提示他什么是死亡，什么是遗憾，什么是疼痛。孤独、疼痛，甚至珍惜，可能是他通向未来的一道道台阶；梦，却是一把连自己的心门都打不开的钥匙。

旅馆方向，男女们欢声笑语，仿佛这里不是山村，而是上海的新世界。狂欢，其实是一群人的孤单。刚刚还灯火通明的旅馆，突然没入黑暗之中，并且淹没得没有一点声息。闹鬼了？或者真有山精或水神？

一辆警车向村南驶去。当然，这年头，怀疑警车就是怀疑警察，是愚蠢的。

警车像野兽般从村南跑了出来，又开回到了旅馆。许宗生也在旅馆入住。当警车再次折回到旅馆门前时，他就站在不远的松树下。

出奇制胜的感觉让马桐和同伙欣喜若狂。马桐突然想起山顶作画的美女。美女为我而生——这是动物自我陶醉的美好本能，也许在单细胞时代就已存在了。此刻，她已睡意昏沉，何不拉她一起走，说不定还能成为CEO的美太太呢。

马桐打开灯，找到睡美人，撩起遮盖住她脸蛋的长发。真美，比狐仙都美。她面容娇柔而温暖，瞬间的幻想将他带到未来世界——每天晚上，她在他的床上仙女般沉睡着。

马桐抱起昏睡的赵明露向门外走去。秦小社以喝白酒为主、葡萄酒喝得极少。此刻，他意识到有人在抢美女，可他仅仅抬了抬柔软的胳膊，无力发出哪怕有点声响的抗议。世界上最难的行为，莫过于对一件很简单的事装作不懂。秦小社仿佛又聋又瞎。

树下的许宗生惊呆了。他立刻意识到被偷的孩子们也一定在车里。

马桐把美女塞进车箱里，同伴却在逐个搜索酣睡者的衣服，想多捞些钱财，这天赐的好机会又怎么错过。“马总，钱虽不是我的朋友，可我是钱的忠实朋友。”

马桐咒骂着猪似的同伴，当看到同伴从醉酒的青年身上摸出大把大把的百元大钞时，他也贪婪地把秦小社十几万的腕表生硬地脱了下来，套在自己的手腕上。秦小社痛苦地望着“好朋友”，哀求的眼神表达了千言万语。秦小社或许有话要说，可舌头实在羞于运动，眼泪无助地流了下来。

“你这个笨蛋，要么闭眼，要么去死，别哭哭啼啼地为我们壮行。”

警车突然启动。马桐惊觉如鼠，立刻窜了出来。可警车像野马奔驰而去。马桐和同伴立刻钻进另一辆警车，火速追了出去。

这是神赐的唯一机会。当马桐也钻进旅店与同伙一起掠夺财物时，许宗生立刻钻进了驾驶室，发动了警车。

在山壁上凿出的小路左转右拐、上坡下坡，蛇行般扭捏，海浪般颠簸。许宗生紧握方向盘，死死盯着前方，既怕车速太快，猛然撞到山壁上，掉进山崖，又怕后面的警车追上。因为拐弯太急，昏睡的孩子们忽而被甩到左车壁，又忽而重重撞到右车壁。真担心孩子们脑震荡。

后面的警车不要命似的狂奔而来。许宗生快急疯了，希望出山的路再近些，或者天亮得再快些——这想法基本等于痴人说梦。

这里距大山出口，好像隔着地球的直径。

这噩梦般的夜注定是他的灾难之夜，抑或他的英雄之夜。不，一向低调的许宗生宁可活得平凡，而不是光鲜，宁可活得简单，而不是如此“灿烂”。

山区的天气像脾气古怪的魔鬼，展示着暴烈的个性。闪电在山顶炸亮，滚雷轰轰而至。暴雨像一道布景，哗哗飘落。雨刷急速地摆动着，可路面依然模糊不清。身后警车的灯光变得彩虹般迷幻，透着热切而激动的光芒。

加油！

一个人不能同时骑两匹马，骑上这匹，就要丢掉那匹，既然踏上了油门，就不要考虑是生是死，就不要考虑前方是悬崖还是坦途。许宗生充满了斗志，在这暴雨之夜，他自信能将孩子们成功解救。可油箱突然报警，油快耗尽了！

不、不！不能这样！

生平第一次，许宗生感觉被逼到了死角，感觉已黔驴技穷。生平第一次，他急得想哭。

天要灭我吗？不，一定有办法！

前方弯曲的山路上停着一辆拉石头的拖拉机，雨中暗红的拖拉机，像怨妇般瞪着一双失神的眼睛。许宗生突获灵感，也许神灵在助他，也许妈妈在引导他。这是一次惊险的赌博，筹码是他们七个人的性命。

许宗生紧紧把着方向盘，不能出错，丝毫不能——在警车与拖拉机交错时，他向里猛打方向盘，警车的车尾重重甩向拖拉机，安静的拖拉机受到重创，巨大的山石滚落到路基上。成功了，许宗生从后视镜里发现追赶的警车被堵在了拖拉机旁。他们在清理路障。

许宗生感觉有片刻的解放，他真想揍醒某人，好好听听他们的赞美或哭诉。

至少赢得了十多分钟的逃亡红利。

没油了，怎么办呢？

闪电炸亮的瞬间，许宗生发现路边是一家孤零零的院落，一人多高的石头叠起的山墙。他没有多想，立刻将车子拐了进去。原来这里是山民开的饭店，因不到旅游旺季，闲置着。许宗生将车开进了遮雨的塑料棚下，熄了火，静静盯着山路，心中默计着时间。果然，车灯闪闪烁烁地出现了，发动机的声音也轰隆隆地传来。

许宗生脸上的汗不停地往下淌。

警车闪电般从石墙外开了过去。许宗生捂着胸口，深深地呼了口气。他感觉自己的心跳每分钟足有一百二十次。

他不敢开灯，不清楚车箱里的情况。他看过一个美国纪录片，镜头里连环杀手对记者说："偷盗也好，杀人也好，只要习惯了，和任何职业一样，心像路边芜杂横蔓的野草，已被磨炼得不知痛苦是什么滋味了。"

许宗生感觉时间停止了，虽然世界已被风雨闹得大乱，但独自和一群人贩子的搏斗，还是有点雾里云里。他不知下一步该怎么走，就像不知怎么去埃及。不管在山谷还是城市，一个头脑清醒的人，是不会开着警车反被警车追赶的。

今夜的经历，许宗生可不想再来一次。但夜，远没结束。

大雨哗哗地下着。他打开车门，钻进后车箱，检查孩子们的情况。

突然，他的脖子被一条绳索紧紧地勒住了，这一惊吓不次于刚才的大逃亡。他双手扯着绳子，奋力挣出车箱，将勒住他的人重重地摔在地上。借着闪电的光亮，他看清了泥地上的女人。赵明露爬起来就想逃跑，许宗生瞬间扑了上去，紧紧按住了她："是我，是我……"

这声音虽然陌生，却让她瞬间想起了那个黑风衣男子。似曾相识的默契之感，酥软了紧张的神经；雨夜的肌肤之亲，迷幻了他们的距离——这个男人的形象如同电光石火震撼着她的心灵。她看不到天空，感觉不到雨水，更看不到山形，看到的只是无边无际的黑夜，还有黑夜般深深的爱憎。她突然哭了起来，热泪和着冷雨向耳际流去。可惜黑暗中，他根本看不到，甚至感受不到她的激动。

“他们刚刚开过去，快上车，怕他们再折回来。”

他们重新钻进车里，这才有时间打电话报警。警察要半小时才能赶到。许宗生和赵明露觉得，这半小时甚至比二十年都漫长。在这冷雨的山夜里，许宗生逐渐体会到，干坏事也许是人类的本性。

有两个孩子发烧，睡梦里直抽搐。

许宗生几乎每分钟就看一次表，总以为夜光表坏了，不然，怎么走得那么慢呢。

山区淹没在密实的暴雨里，万物沉睡在一望无际的令人窒息的黑暗中，不远处的河面传来哗哗的水声，巨大的落差敲鼓似的回荡在山体间。突然一道灯光打亮了山体、石头墙……许宗生跳下车，又轻轻关上车门。赵明露也想下车，许宗生阻止了她。

许宗生在棚子里找到了一根木棍，双手紧握，雕塑般站在石墙后面。

果然是警车，但不是解救他们的警车。

马桐追了一段路，发现失去了光源，立刻怀疑他们藏在什么地方。

他们发现了这所孤零零的院子。

善于打夜间战的马桐并不急于走进院子，而是用手电筒向院子里扫射。许宗生一棍子打在对方的手腕上，似乎听到了骨折的咔咔声。手电筒翻了几个跟头，栽倒在泥水里，光柱透过密密麻麻的雨丝，直直地射向石头墙。雨水和泥浆让三人的战斗显得笨拙，许宗生就地摸起棍子，使尽全身的力气夯在马桐的脊背上，可这致命的一击却被马桐的同伙踢飞了。马桐一拳捣在许宗生的肚子上，许宗生感觉肚子里有什么东西爆炸了。一对二，虽然许宗生青少年时期不时和男生过招，但赌上性命拼杀，这却是第一次。几分钟后，他已吃了几记重拳，挨了几脚猛踹。许宗生倒在泥水里，被捣蒜似的捶打着。悄悄下车的赵明露捡起木棍，抡了下去。马桐的同伙脑袋受袭，轰然栽倒在泥浆里。马桐凶神恶煞似的扑向赵明露，赵明露躲到警车后面，两人围着警车追赶，眼看就要抓住赵明露时，泥浆里的许宗生突然紧紧抱住了马桐的腿，并死死咬住了他腿上的肉。

生平第一次，感觉疯狗的口味也不赖。

警车呼啸着霸气而来，这风雨之夜，没有谁比许宗生和赵明露更殷切地期待警车了。马桐迟疑了一两秒钟，飞速地跨过西边的短墙，消失在暴雨冲洗着的大山里。

可这几辆愤怒的警车并没有停，灯光声影般从石墙外飞逝而去。“回来，在这里……”许宗生用尽了全力，可声音也仅仅在唇齿间回绕。他仰躺在泥沙里，体会到从没有过的轻松和虚无——自己快要飘起来了，似乎妈妈就在身边，像儿时，妈妈走进他的卧室，替他掖紧被角，轻轻拍着他的肩膀。

妈妈赐给他这场缝补的人生，今夜，出现了漏洞。雨哗哗地下着，落在他的脸上。他不知道是雨水还是泪水，只感觉脸上的水有时温热，有时冰凉。

他近乎情意绵绵地把头贴在泥地上，像睡在幼儿园里四面有围栏的木床上，那么安全、有喜感、清新……正是这无知的疼痛和无声的暴雨，让他又躺在儿时的木床上，他感到宽慰，谢天谢地，总算天亮了。很快，他发现天光欺骗了自己，除了雨水，还是黑暗。他又毫不费力地回到了生命之初的往昔，重新体验到幼时的欢乐，有小朋友向他喷水，他不但不恼，反哈哈大笑。很多个夏天，都盼着有束清冷的水柱，突然从头顶淋漓而下。今晚，梦想成真！

赵明露捧起许宗生的头，试图把他扶起来，可许宗生的头比铅球都重。马桐的最后一脚重重踢在他脑门上。

许宗生感觉不到疼痛，甚至感觉不到生死。或许妈妈有过这种状态，哈姆雷特也体会过这种状态，不然他怎么会说那种话呢：To be or not to be，That is a question。

雨水自然而高贵，许宗生不是喜欢雨水普遍意义上的美，而是喜欢它的冷漠与奇怪。雨夜灰蒙蒙的，像一面毛玻璃。他心里总有一抹不安，雨声仿佛从山谷里传来，击穿了他的骨髓。

对存在感的渴望，曾驱使着他孤注一掷地坚强。妈妈永远不理解儿子，儿子性格的缺失来源于虚无的爸爸——那个儿子生命中永远缺位的男人。妈妈常说：宗生，做一个勇敢的人。泥浆里的许宗生笑了：只是要离人贩子远点。

葬礼上，叔叔跪在妈妈的遗像前烧着一把把的冥币："这都是给您的，嫂子，您为许家付出了一切，不知这些钱够不够花，如果不够，您就托梦给我们。我们都爱您。"叔叔起身，婶婶依次跪下。叔叔偎在家族一位长者的怀里，伤心地哭了起来，直到葬礼结束。"您和哥哥团聚了，这也好，嫂子，您休息吧。"

许宗生二十二年的人生都深藏在妈妈那双明亮的眼睛里，失去她，无疑是失去自我。此时，躺在泥浆里，心里充满了无限的安全感，这是离开母亲后，多少天没有感受过的那种宁静而强大的安全感。他疲惫的心灵搞不清楚自己是刚刚躺在这里呢，还是很久前就已睡在这里了。大脑一片沼泽，昏了过去。

赵明露不知是冷得哆嗦还是怕得哆嗦。他死了？不，肯定是昏迷了！她捧着他的脸，身体遮拦着雨水："醒醒，喂！能听见吗？"

显然，男子冻鱼似的没有一点反应。你可不能死啊！赵明露哭了起来，她觉得只有哭，才能排解心中满满的愤忿，也只有哭才是对山野茅店暴雨淋漓的唯一表达。

两三分钟后，几辆警车呼啸而来。他们根据定位仪，准确停在石墙外。

警察成功捉拿了马桐的同伙，通知了120，除泥浆里神志不清的许宗生外，还有一群沉睡得死猪般的孩子。

南里贝旅馆里，秦小社眼睁睁看着马桐抱走了赵明露，心中痛恨、惭愧，几乎有杀人的想法。可他体软如棉，手无缚鸡之力。倒在他身边的小季像睡醒了似的揉揉眼睛，坐起身，诧异地看着地上众人狼狈的睡姿："他们都死了，还是我眼花了。"

秦小社吞吞吐吐地命令道："我的手机，找我爸爸的号，快拨……"

秦小社的眼睛长在别人的手里，控制着希望也控制着灾殃。这一刻，全世界都是星期六的午夜。这个午夜，他坐在地上，困在山谷——简直难以置信。明露，我的明露……那些鲜花、钻石、美酒，那些沿峡谷罅隙而下的密密丛林……而生活在别处，人贩子正在抢夺，盗窃者正在撬锁，人们兴奋、贪婪、疯狂……上帝在创造这个世界时，容许正义也默许了邪恶，而朋友正在地板上假死……

在小季的帮助下，副局长得知儿子闯了大祸，且生命危险。许宗生看到的第一批警车，是秦局长为首的济南警察，直奔南里贝而去，到石头墙解救他们的，是博山当地的警察。

心内的诡秘

许宗生醒来时已是第二天早上，一位中年护士正在给他换输液袋。许宗生似乎不明白自己为何躺在医院里，为何这位中年护士向他微笑。他欠起身，却发现自己穿着印着紫罗兰的病员服。

“不要动，你颅内出血，需要观察治疗。”

许宗生再次躺到床上，望着洁白的天花板，神思飞到遥远且模糊的记忆深处。那些孩子们应该都解救了吧……南里贝，或许那里有妈妈的情人，或许有妈妈的养父母，对啊，或许村里有认识妈妈的人……妈妈年轻漂亮，气质超佳，高一开家长会时，同学们把许宗生的妈妈当成了他的姐姐。妈妈走出校门，一位后颈上刺着黑虎的男子，嬉笑着挡住了妈妈的路，要妈妈陪他去个地方。妈妈装作没听见似的转身往回走，那男子嬉笑着扳住了妈妈的肩膀，仿佛妈妈是他妻子。妈妈气愤地挣脱着，两人撕扯着。路人虽然多情地瞥上一两眼，却没有主持正义的爱好。幸亏许宗生及时赶到，一拳夯在男人的脸上，那人顿时眼冒金星，柔软地蹲了下去。那一天，许宗生才意识到自己的拳头有多么霸气和豪迈。妈妈骄傲地挽起儿子的胳膊……可今天，儿子也很英勇，妈妈又在哪里呢?

药液不紧不慢地滴着，像液体沙漏。许宗生感到他的时光是在睡梦中度过的，很紧张，却无意识。睡梦里不识人为何物，既不识人的兽性，也不识人的神性，只认识了人的陌生性。

有几位医生检查他的身体状况，他们一再捏起他的眼皮，用手电筒照看眼底风光。这总让他想起雨中被他打落的那只手电筒，光透过密集的雨幕，直直地射到石墙上，那石墙像毕加索的画，固执地储存在记忆里。

主治医生给实习生讲颅内出血的严重性，像在讲一头猪，一点怜悯之情没有。“如果出血点在脑干，死亡率会高达 97%。”

床上的许宗生猛然触到了自己的薄弱处，庆幸人贩子没揍他的脑干。作为苏醒之人，他对医生的话极不适应，差点被幻想的石头压垮。

十个年轻人和五个被拐来的孩子都服了速可眠，五个孩子的剂量超大，仍在抢救中，那十个年轻人经过治疗后，像结束了一场无目的的梦游，陆续离开了医院。

颅内出血……会不会影响智力，变得痴傻了呢……为什么有大片大片的时间空白……许宗生思索着这些问题，似乎又缓缓陷入了无休无止的睡眠，沉浸在没有灯光、没有星星、没有坦途，只有密密麻麻雨丝的梦里。梦里的雨一直下着，哗哗的，伴着轰隆隆的雷声，坦荡而冰凉地落在他脸上。似乎一双温暖的手捧着他的脸，柔软的嘴唇曾吻着他。但他又不确定这最后一幕是记忆还是想象。

当他再次醒来，已是黄昏时分。夕阳投射到洁白的墙壁上，有着说不出的贫瘠的美。一位女子坐在夕阳里，蓬松的头发折射着彩虹般的光晕。妈妈，是妈妈……许宗生向她伸出了手，那女子缓缓走到床边，目光充盈着爱意，像看一个婴儿。

“醒了？好些了吗？”

许宗生诧异地看着这个冒充妈妈的女人，恐惧、气愤、焦急、痛苦……

“出……出去！”

赵明露诧异地、不知所措地退到门口，拉开门，慌乱地逃了出去。

谁也不能挤兑妈妈的存在，谁也不能占领妈妈独特的空间。禅师解释佛教的精义是风中的落花，是摇曳的杨柳，是孩子眼里的妈妈，总之，是心的忘形狂喜。马祖禅师也说“心就是佛”，又说“无心是佛”。对于此时的许宗生来说，妈妈，就是他全部的佛性。

很多禅师把世界当成一个梦，他们看花，抱的是梦里看花的态度。昨天夜里的一切都像梦，那雨像梦，那蛇行般的山路像梦，那破旧的拖拉机像梦……那双温暖的手或那个柔软的吻也像梦……

一位漂亮的小护士抱着叠得整齐的衣服进来了。“检查报告出来了，颅内的出血点止住了，不会留下后遗症的。这是你女朋友洗的衣服。”

小护士分明是个超级糊涂蛋，我哪有什么女朋友啊。

“有几位小朋友的家长，要来感谢你，你可是大英雄了！”

小护士带上门走了，那声音却像按了重复键的复读机，不停在房间回荡着。“你可是大英雄了……大英雄了……”

许宗生的内心像一只盛满水的容器，哪怕再加上一滴水，也会溢出边缘。许宗生急忙拔掉输液器，脱下病员服，匆匆穿上自己的衣服。衣服整洁而干爽，是某个冒充女朋友的人洗的。在扣衬衣纽扣时，他心里闪过那女孩惊恐退出病房的情形。但随后，他又没良心似的把这记忆迅速抹掉了，像老师抹掉黑板上的粉笔字。

顷刻之间，一切都妥当了，好像一架旧机器只消点几滴油就运转自如了。许宗生成功逃出了病房。他不想出名，不想让任何人知道他是谁，来自哪里，他只想揭开妈妈用生命呵护的谜底。经过暴风雨之夜的考验，他失望地发现，这场考验把他烧成了灰烬，以往没有任何事情如此消耗过他的精力。

许多个星期天迷人的下午，他和妈妈坐在树下的木椅上读书。妈妈总是把生活平庸的琐事抛开，用一个个英雄的曲折故事或优美的传说，把母子的宝贵时光充实起来。当他一页页读下去、黄昏逐渐来临的时候，妈妈总是把英雄不寻常的经历包裹起来，让他们一点一点地恢复平静——英雄最终变成渴望天伦之乐的人。平常生活充盈着绿苹果和紫葡萄的香气。星期天迷人的下午，总是那样把生活保存了下来，也把他对往昔的记忆保存了下来。

走出大厅，他双腿发软，身体发飘，虚汗淋漓，急忙收住脚，怕强光似的紧闭双眼，调整着呼吸。这瞬间的驻足，却无意闯入别人的镜头里，成了名副其实的路人甲。原来记者们正以医院大门为背景，采访与歹徒搏斗的秦小社。

他是搏斗了，在酒桌上，被人贩子的美酒斗得神魂颠倒。

秦小社按照爸爸的意图侃侃而谈，他只能把自己说成勇斗歹徒的英雄，不然秦公子私自驾警车的事实就会被揭露。他可不像哈姆雷特那样在犹豫不决中断送自己的机遇。生活对他来说就是行动，而非思考。医生排清了他体内安眠药的毒性，夜晚的狂乱与尴尬像电影的闪回——自己与人贩子碰杯豪饮的疯狂举动以及爱情上的巨大痛苦，使他倍感羞愧，不能理解自己为何愚蠢到如此地步。当然，对着镜头他只能说自己如何与人贩子周旋、斗智斗勇了。

有了今天的采访，明天的报纸就会对警察端掉人贩子窝点、解救五位儿童的英雄事迹大肆吹嘘，秦小社当然是英雄的主角之一。

任何事物，既有真的一面，也有假的一面，所以真与假是没有严格分别的。假新闻被大众反复阅读，连街头的树都会以为是真的。正如《金刚经》上所说的，“不要有真的概念，也不要有假的概念。”手铐有朝一日会融化，再好的座驾有朝一日也会折断。

站在人群外的赵明露看到了许宗生。他应该躺在病床上的……难道他要离开……赵明露心里一紧，像吃了酸杏又呛了胡椒粉般忐忑、尴尬、七上八下。有了昨晚共同战斗的经历，赵明露觉得靠他很近、很贴心、很亲切了，当然，他很帅很美。他的美是由许多尘封的秘密铸就而成的。实际上，这种美是心理上的，与外形无关。凝在眉宇间的那抹淡淡的忧郁和冷峻的自信，实在太过高深莫测，太让人着迷。赵明露感觉自己也变得诡秘了，而内心的秘密又使她觉得青春神秘莫测，妙不可言。尽管他态度粗暴，可也不能不管他……

“喂，你应该躺到床上！”

“应该？这应该是我的手表吧！”许宗生看着这位拉住自己衣袖的女孩，突然发现了她腕上的表。

赵明露尴尬得脸像熟透的樱桃，慌忙摘下手表：“对不起，给您做 CT 时，医生让取下手表，我就替您保管着了。”

许宗生接过手表，仿佛怀疑手表是否完好似的仔细检查。表链的折合处夹杂着细微的泥沙，有洁癖的许宗生像吃了垃圾似的恶心想吐。

“这表……表……怎么有泥……”

“昨晚打斗时弄的，我来……清理吧！”

赵明露伸手拿表，许宗生猛然闪开，却被赵明露的手挡了一下，重重摔在大理石地板上，表蒙子破裂，指针、转盘散了一地。

许宗生冷酷而厌烦地瞪着赵明露：“请……离我远点，好不好！”

她本想亲近这位恩人，到头来却成了个笑料，对友谊来说，这可不是一个好的开端。但许宗生脸上一闪而过的表情，年轻人的坦率和纯正展露无疑，让她毫无保留地信赖他、支持他、跟随他。然而，她却在他面前一再出丑，恨不得找个地缝钻进去。

刚刚接受了采访的秦小社像只骄傲的公鸡，昂首挺胸地走到女友身边，搂着女友的肩膀对许宗生说：“多少钱？我赔！”

许宗生突然想起昨天这人曾向女子求婚……风雨中，这女子一度把绳索勒在了自己的脖子上，他曾扑倒在女子身上……

许宗生轻蔑地看了秦小社一眼，收起手表残骸，像对待一只落汤鸡般地不屑，冷酷而高傲地走了。

秦小社面子受了伤害，想追上去告诉他自己是谁，多少钱都能赔得起。赵明露拉住了他：“他就是昨晚那个人！”

秦小社感觉自己立刻矮了下去，像走了气的轮胎。他努力在女友面前表现得有勇气、敢担当，可是命运女神仿佛充当了叛徒，美好的意图总是落空，精致的表演总是尴尬收场，这让他备受压抑。世界很大，了不起的人太多了，可败在这无名之辈手里，也太扯淡了。

许宗生坐进了出租车，走了。仿佛手里所握着的不是手表的零件，而是一颗破碎的心。这是他十八岁生日时，妈妈给他的礼物。妈妈亲吻了他的额头：“儿子，你是我今生最优秀的产品。”

许宗生心头一热，差点流出泪来。

戴着这块手表，依然感觉妈妈时时刻刻陪伴在身边，依然关注着他。以前，为了受到妈妈的表扬，他凡事做到最好，考试要得第一，跑步也要得第一，甚至连游泳，妈妈也对他赞不绝口。

现在才知道，妈妈不是因为他优秀而表扬他，而是因为他是她的儿子，妈妈才由衷地夸赞他。

妈妈，我永远是您优秀的儿子。

暗自说出这句话时，许宗生才意识到妈妈已永远听不到他的声音了。

太阳灿烂，田野就像镀了一层金粉，虫子振翅翻飞，风轻轻拂过闪闪发光的岩石。车子行驶在一条宽阔的大桥上，河水潺潺，闪着粼粼的银光。峰回路转，车子转入山谷，光线变得悠远而暗淡，这旅途便也朦胧而诗意了。

自从出租车进入山区，一辆火红的宝马就跟随后面，还不时鸣笛示意停车。许宗生不予理睬，不想听秦小社骄傲的赔偿和赵明露心惊胆怯的歉意——仿佛自己欺负了她，而不是她损坏了手表。

宝马不依不饶，紧紧跟随。出租车司机好不骄傲，不时左突右拐，时快时慢，贪婪地霸占着车道，让霸气十足的宝马，拖拉机似的磨叽着。

车到南里贝时，宝马瞅准机会，猛一加速，超过出租车，挤上了石桥，停在了旅馆前的空地上。出租车也羞答答地停在了松树下。

许宗生刚下车，赵明露就站到了他面前："你的钱包。"

许宗生本想问"钱包怎么在你手里"，突然一想，这衣服是她洗的，钱包不在她手里还能在谁手里。

"谢谢。"许宗生自己也说不清是谢她还钱包，还是谢她洗了衣服。

"应该谢谢您，救了我们大家……听说您来找人，或许我能帮您。我奶奶住在这村子里。"

"不用……"

"手表的事，实在抱歉，多少钱，我一定赔您!"

"省省你的钱袋子吧，你的道歉一文不值!"许宗生厌恶地转身走了。他可没有闲情招惹别人的女朋友，而折磨这对恋人所带来的快感，不足一个面包的快乐。

你的道歉一文不值！这话太伤人了！赵明露尴尬地站在那里，

内心深处的围墙突然坍塌了，羞愧得无地自容。是的，在山顶看到黑风衣身影时，她就有过这种赤裸的羞愧感，这熟悉又陌生的感觉，瞬间击溃了她。

一颗骄傲的少女心，怎能一再受到嘲笑和冷落？

村民早就听说了人贩子事件。赵明露的奶奶一夜未眠，那是一个要命的漫漫长夜，唯一的补偿是破晓时的电话声。

西山的斜影厚重地铺下来，仿佛一张巨大的淡灰色的网，罩在半个山村里。巨大山体总让人显得渺小和脆弱。山有山的佛性，村有村的灵性。千万年来大山就这样坐着，默默环绕着，陪伴着日月星辰，承受着风霜雨雪。无论大山或山谷里的村庄都不会说有就有，说无就无，都可能是世界起始和结束的真实关照。

秦小社眼中的南里贝不过是一个破落的小山村，城里人在此逗留，出售着骄傲，散播着城里人的戾气和乖张。城里人毫无怜悯之心地吞吐着山间清新的空气，然后恩威并施地把可乐瓶和塑料袋扔得到处都是，最终带着对世外桃源的不屑和对山里人的讥讽昂然离开。

秦小社要陪赵明露去她奶奶家，她拒绝了。

秦小社认为娶一个祖籍是山村的女孩，对她简直是皇恩浩荡。

“为什么不让我见你的家人？”

“这不就见着了。”松树下一位头发花白的老太太走了过来——她留着齐耳短发，深紫色毛呢上衣，干净而周正的五官，显然是一位很有主见并说一不二的老太太。

“你就是那位聚众闹事的家伙吧，快滚回城里去，别弄脏了我们这宝地。你要再敢来，我保证把你的车子砸扁！”

秦小社没想到老太太竟然如此尖锐而强势，本以为她是个眼花耳聋、三言两语就能摆平的木讷老人。慈悲应该是老太太基本的品格，而这位活了七十多年的老太太却一点也没有蒙福之念，简单的几句话就让秦小社进入了恍惚失衡的状态。他不由痛苦地想到：失意，那不过是强者的一个借口。

“奶奶，昨天明露生日，我们只是办了个生日宴而已。”

“别叫我奶奶，我可不想有你这样富贵的孙子。让你的车轮子滚吧，知道路吗，从这里出去，一直往前……”

与赵明露的奶奶这种独特的见面方式，毫无疑问——非同寻常。生活的目的在于自我发展，秦小社觉得，有些老人猪都不如，简直无法沟通。

秦小社坐上宝马，路过南里贝小石桥时，奇怪这老太太怎么没早死。巨大的沮丧突如其来把他攫住，整个人似乎昏倒在车里。他突然觉得赵明露不过是冰淇淋顶端的那个奶油小球罢了，他决心把这口奶油球含到嘴里。大学校长说人可以通过受苦而长大，如果那样，我早就比泰山都大了。

应许之地

赵明露的奶奶袁正蓉是个特殊而怪异的人。据传，袁正蓉的娘家曾是博山有名的富户。晚清年间，袁府两代人都是佩戴朝珠侍奉皇上的近臣。袁家世代经营家具、木材，垄断着包括济南府在内的方圆几百公里的木材生意。袁正蓉出生于 1935 年，出生时，家里就为她准备了二十大箱的陪嫁，五岁时，有四位老师负责她的琴棋书画。但五十年代均贫富的时候，这位富家小姐的二十箱嫁妆、连同祖上的财产，全部充公——归入了人民公社，或均给了贫下中农。财富总是匆匆地来了又走。人们排着队，听着队长的口号走进批斗场，批斗地富反坏右。

袁正蓉从不讲她是否被批过，也从不回忆她家的从前，仿佛那记忆早已沉入大海。她也因地主身份差点成了老姑娘，最后不得不远嫁深山。媒人劝赵宝："你娶了这个可怜的姑娘吧，准没错。"

赵宝就是这样，纯洁得要死，跟他在一起，你永远觉得自己是个骗子。媒人本是愚弄赵宝，没想到赵宝当真了。那年头，出身地主的姑娘，比苍蝇都讨厌，甚至生出来的孩子都会跟着倒霉。赵宝的那两间依山而建的石头房，成了他们的婚房。都说这地主大小姐跟赵宝日子过不长，肯定会养尊处优或骄横跋扈。可袁正蓉不但很快适应山村的苦子日，还像其他妇女一样爬树上山，摘野果挖野菜，对丈夫赵宝更是体贴入微。只是渐渐地，村里的男男女女都有些怕她，她高傲淡漠又冷嘲热讽，没有哪个无赖不败在她手下。“文革”结束后，对地富反坏右解禁，博学的她被推选为妇女主任，那时正是南里贝繁华时期。八百多人的村庄里，邻里纠纷，婆媳吵架，都找她评理，她像公平的县官，智慧地挠着双方的痒痒，将矛盾处理得平平整整，村民们心服口服。

遗憾的是，她只生育了一个儿子。丈夫五年前得痢疾突然去世了。有好奇的人问她：“嫁给赵宝后不后悔?”她反问来者：“你出生后不后悔?”

那人闭嘴了，甚至不明白这老太太何以会问这么个问题。除了赵宝，再没有人能理解这个最后的贵族了。把事情弄清楚了，反而会使人受伤，而有些人总是因为别人的伤痛而变得快乐，这才是世界最丑陋的事实。智慧的她懂得，她不能对抗整个世界，史书上说得好，凡是与世界对抗的，到了最后，总是这个世界赢得胜利，毫无例外。

白发苍苍的老太太骨子里依然透着贵族的气度，智慧而坚定，灵敏而怪异。贵族是一个自夸的词，她的祖先确实曾建立过一个贵族世家。但在岁月风尘里，任何对财富永久的幻想，都会以玩笑收场。

骑驴才知道驴难骑，没有驴的人，自然也不懂骑驴的烦恼。

老太太坚决不搬到城里，无论儿媳妇和儿子怎么劝解，她始终固守着自己的主意。人们说老太太在等人，但等什么人老太太从不解释。

当老太太看到孙女从红色的宝马上下来，就断定开车的小伙子是那位求婚者。老太太盯着小伙子的面孔，观察着他的五官。小伙子虽然理着时尚的发型，穿着高质量的衣服，皮肤光滑白皙，但掩盖不了五官的本质。聪明的老太太瞬间断定，这小伙子心胸狭窄，没有福禄相。

漂亮女孩永远是某些男人的掘墓人——他们的情色欲念都写在脸上。

看来要过老太太这关，说难也难，说易可也真容易。老太太中年之后，便将以往积累的知识全部用于风水和面相学的学习。无论萍水相逢的客人，还是往来的亲戚朋友，她总以相取人。凡五官端正或天庭饱满、地阁方圆之人，她待之热情，也愿与之深入交往；而对那些尖嘴猴腮、贼眉鼠眼的人，她礼貌地拒之万里，即便对方站到她面前，她也宁愿低头看脚，尽管那脚跟随了她几十年，也百看不厌。

恋人应该创造美，即便发生在深山里的恋情，秦小社也不应该复制电影里的情节。这个时代有钱的男孩好像把恋爱看成了舞台表演，渴望喝彩和掌声，结果失去了恋爱本身的纯美。

赵明露挽着奶奶的胳膊回家，还真看不出是孙女照顾奶奶，还是奶奶照顾着孙女。奶奶心想，这孙女嫩得像池梨，看似成熟，实则不然。孙女脸上的任何一丝颤动，都躲不过老太太的眼睛，她看得出孙女并不喜欢秦小社。

赵明露却并不买奶奶的账，毕竟奶奶生硬的态度让她很没面子。

“奶奶，你太损人了，那样把秦小社赶走，很没礼貌。”

“难道你还真想嫁他？”

“嫁他有什么不好，或许有一天，我就答应他求婚了。”

“那你得二选一了，要么选他，要么选奶奶。”

“有这么刁钻的奶奶，我怎能嫁得出去？”

“嫁不出去绝不是奶奶不好，是缘分未到。坦率地说吧，你出嫁，可要比奶奶当初慎重得多。”

祖孙二人刚进院门，许宗生陪着徐大爷就从胡同拐了出来，紧跟着追到门口。

赵明露尴尬地收住脚，挽着奶奶胳膊的手突然哆嗦了几下。奶奶感受到了孙女的异常，好奇地瞪着许宗生。许宗生冷冷地瞥了一眼赵明露，瞬间把目光甩开了。但正是这瞬间的小动作，让奶奶暗自盘算：两人有过交集，丫头喜欢这位后生。

“小伙子要打听一个人，你们家在外地有亲戚，看能不能帮他？”

说话间，大家就进了正屋。砖房宽敞明亮——铺着祥云图案的淡灰色瓷砖，紫色的避光窗帘，正中是古色古香的八仙桌和气派的太师椅。从房间的装饰就能感受到老人那浓浓的怀旧情结。

“帮不了。在外的亲戚几十年不联系了。”老太太转身看着许宗生，若有所思地问，“我怎么觉得有点面熟……像不像那张速描画上的人？”

偷画某男子像偷某男子的照片一样，意味着朝坠入爱河迈出了实在的第一步。赵明露的脸瞬间红得像苹果，双手驱赶蚊子似的乱舞着：“不是……不是……根本不是……”

东墙边的画架上，许宗生在悬崖上迎风而立，黑色的风衣鼓满了风，帅气十足。许宗生盯着赵明露，仿佛赵明露偷了他的东西。

事情已经发生，谁也无法回头。

徐大爷看看画像，又看看许宗生：“真像啊，露露太有才了。改天也给我画一张吧。”

赵明露不该对赞扬的话挑刺儿，但她立刻穿过去，嗞的一声把画像撕成了两半，又叠在一起从中间撕成了四片：“他，根本就是我的一个同学！”

她微笑着解释，微笑的样子简直不像真的，因为她的酒窝根本就没出来。奶奶的机智幽默从来没像今天这么不合她的口味。

徐大爷刚刚还俯身欣赏着素描，赵明露突然撕了画像，惊得徐大爷伸长了脖子，像只鹅，发出了“咯咯”的惊叹声。

许宗生生气地瞪了一眼赵明露，仿佛赵明露不是撕了他的画像，而是撕碎了他的灵魂。他向两位老人微微颔首致礼，一言未发，怒气冲冲地转身走了。许宗生猜中了画像的本质，但不敢相信，甚至千方百计地逃出来，独自品味这份惊喜和忐忑。他怕人看穿他。她画的是我！她的声音里有种慌乱的颤抖，仿佛急得要哭。

大家尴尬地愣住了，空气里荡漾着神秘的气息，隐含着说不清道不明的味道。老太太首先跳出思维的旋涡，问徐大爷：“这后生找什么人，从哪里来的？”

“他找叫康尔晴的上海人，或许是谁家的上海亲戚。”

“康尔晴？”老太太眉头紧皱，“倒是觉得有点耳熟。不过没听说谁家有上海的亲戚。”

赵明露赶忙逃回自己的房间。刚才的一幕像做梦。是的，做梦也不会被发现自己画了他。偷画了他，就仿佛偷看他洗澡却被逮了个正着，那种羞愧、尴尬，简直无法描述。赵明露预先尝到了暗涛汹涌所赐予的苦乐。只因瞬间的美感偷画了那个男人，但哪个多情女不是由于相似的缘故，才沦为暗恋的牺牲品呢？

赵明露不知能否画出眼中的模样，他站在山顶的侧影，像电影的特写镜头，固执而顽强地出现在大脑里。这两天发生的一切，都强烈地把她引向了不敢承认的事实——已毫无保留地喜欢上了他，每次看到他或听到他的声息，她的心就抖成风中的树叶。

“真羞愧啊……羞愧死了！”

百花齐放的季节，地图已经绘好，每条道路都通向同一个目的地——爱神召唤了。赵明露不知道将发生什么，不知道许宗生为何愤而离开。赵明露已做好了挣扎的准备，不知为何，她突然想起了昨晚求婚的场景——事情发生的时候，她抬起眼睛，透过窗口就看到许宗生那忧郁而惊愕的表情——她醍醐灌顶，知道接下来该怎么拒绝跪在地上的秦小社。回忆，比真实更真实，比疼痛更疼痛。在朦胧的爱情世界里，有情人之间的谅解无足轻重，误会却重若泰山。

刚看到那幅画，许宗生有点蒙，也许从看到求婚那一幕起，他就开始嫉妒那位幸运的家伙。当红色的宝马不紧不慢地跟在出租车后面，许宗生非常生气，难道因为陪那女生的不是自己？不是有那么一刻——幻想着自己坐在女生身边，山风吹拂着她的长发，那长发不时飘到自己脸上吗？承认吧，你嫉妒了，心酸了，你情非得已了……她画得还真不赖，不是吗……干吗要撕掉，凭什么撕掉我的画？

许宗生被弄糊涂了，不知怎么办好。关于那幅画的问题有答案，可就是找不到。

许宗生越想越甜蜜也越气恼，被一种奇怪的情绪折磨着，露出不可捉摸的微笑。她不过是无的放矢，难道真射中了目标？我一代酷男，难道沦陷在她的几个眼波里？笑话！

山村的夜寂静安然，除了夜鸟的几串啼鸣和偶尔的几声狂吠，仿佛大山也酣眠了。

昨晚激烈的战斗，今晚天籁般的寂静，简直是两重世界，两种生活。许宗生徘徊在小石桥上，皎洁的月光清冷冷地洒落下来，黑色的河水发出潺潺的声息，闪动着粼粼的波光。山夜真静啊，她在干吗呢？难道睡了吗？她为什么画我，难道不是喜欢我吗？如果我和她走在这里……不，不可能，我一再让她难堪……可，我真笨。

许宗生感觉自己快疯了，疯子似的胡思乱想，甚至忘记了妈妈的临终嘱托，忘记了来这里的真实目的。古老的山谷等待着故事的结局，孤寂中透着说不出的荒凉，夜晚像一张饥饿的大嘴，等待吞没星月和山岚。今夜的安逸，却终将演变成一次终生难忘的冒险之旅。

山谷的煎熬就这样艰难地度过着，许宗生装作轻蔑，其实很深情地把这几小时称之为“我的炼狱”。他对那女生的爱慕，像一个长在暗处的苹果，尽管无人理睬，却自发地生长，直到果熟飘香。

他在山村里徘徊，不知不觉站到了赵明露的门前。没有一丝灯光，房屋像童话里公主的城堡静静待在黑暗里。那幅撕碎的画像也一定扔在了什么地方，我好想要那幅画。为什么说是她的同学呢，任谁都能看出是我啊！她拒绝真相就像拒绝人贩子一样坦荡。

许宗生越想越气愤、越忐忑，想愤而离开，却又怕房屋的门随时打开，错过赵明露出来散步的机会。他被幻想的哀伤打动，沉浸在自己角色的扮演中。

山村里的老人睡得早，才晚上八点半，大都已关灯闭户。她有出来赏月的可能。可如果真见了她又会怎样呢？责问她为什么画我或为什么撕了画像？责问她怎么赔偿手表？再次把她折磨得尴尬、错乱、难为情？

他这么想，无非是因为还没意识到自己已成了俘虏，尽管还高傲得像只打鸣的公鸡，而且出于本能，不愿让一个好借口白白贬值。黑夜像暗无天日的幽洞，让人找不到爱的出口。

突然巨大梨树下的阴影里，闹鬼似的传来手机报时的声音，黑暗中“嘟”声轻柔而孤独，神秘而略显伤感。

“谁？”

没有人应答，树影里闪亮的手机屏被遮挡在衣袋里。赵明露坐在这里是有目的的，尽管她并不确定目的是什么。奶奶告诉她不要在夜晚离开家，但她认为门前的树下仍然属于家的范围。

“谁在那里？”说出这话时，心里也怯怯的，许宗生可不想无故招惹谁，也不想与什么人结仇绑怨。或许是那位痴情的宝马男子吧？我不如快快离开的好。

刚走了几步，突然，一股奇异的灵感注入心田，使他心跳加快，脸无由地发热，呼吸也极不均匀了。若一部传奇摆在面前，当事人却不能翻，这怎么可能？是她，一定是她。

他收住脚步，转身向树下走去，用手机的手电筒照亮了那片黑暗的空间。

赵明露觉得自己好像一把绷紧的小提琴，微不足道的振动，也会嗡嗡作响。她急忙站起来用胳膊挡住光线。

许宗生按捺不住惊喜、恼怒和报复的欲望，以及激动不已的癫狂。总得为自己突然出现在她家门口找个借口……这是必需的。

“你偷偷画了我，却又撕掉了画像，为什么？”许宗生的口气不像要了解问题的答案，倒像审问人的灵魂，气冲冲的，火药味十足。

“因为我的道歉一文不值！”

赵明露的这一回呛让许宗生又气愤又好笑。赵明露重复着许宗生下午的话，却让许宗生莫名地感受到了一种召唤，甚至滋生出一种无法扼制的冲动……雨中，这女子似真似幻地吻过我，她占过我便宜……他一把按住赵明露的肩膀，把她抵到了树干上，像报复仇人似的疯狂地用嘴压住了她的嘴，仿佛对嘴唇、脸和这柔软的女人有着天大的仇恨。他恍惚觉得，她柔软的嘴唇有着桃花的温度。

赵明露几乎要昏了过去。有那么一刻，她希望昏倒在这个男人的怀里，让他永远永远也脱不了干系。

“这就是惹我生气的后果！”许宗生像只吃饱了的仓鼠，急匆匆逃走了。再没有比这更粗鲁的初吻了，再没有比这更狂乱的表达了。这场梦的雪崩里，颇有些主题明确的指向。

赵明露惊魂未定，唇齿间还回味着他的吻。她甜蜜得想笑，又羞涩得想深深藏起来。何必藏呢，这寂静的山村之夜，这千年梨树的阴影，足以掩盖她的羞涩、甜蜜，甚至激动沸腾的情感。她眯起眼睛，前前后后想了一通，在细节上把玩不已。明天、后天、明年，从现在起往后的许许多多年，他们仍然会梳理各种细节，回忆彼此的面容、气味，咀嚼着各自的感觉，在心里一遍遍描摹对方的轮廓。从今晚开始，他们的生活已无秩序可言——既粗鲁又兴奋，既痛苦又幸福，然而，却比从前要深刻和丰富得多，简直到了无以复加的程度。

我疯了，疯了，我一定疯了……许宗生逃回宾馆，急忙掩上门，仿佛身后有妖精跟踪似的。缺了润滑油的门轴，咯吱咯吱地响，听起来那么水性杨花，许宗生恨不得踢它两脚。他没开灯，打开窗子，皎洁的月光下，树木、房舍，远处隐隐的山脉诗意地朦胧着。我吻了她……狠狠地吻了她……

许宗生感觉之前的生活是一场漫长而单调的酣睡，现在刚从青春的假寐中醒来，头脑特别清醒，能胜任任何工作，能克服多重艰险。

许宗生忽而感觉自己胜利了，像打了一场胜仗，自己征服了那个女人，或者报复了那个女人。我救了她，她却损坏了我的手表，强吻她当然是可以的。他忽而又觉得自己并没有胜利，不但没胜利，反而败在了一个弱女子面前。她说那画像不是我，不是我吗？可我却吻了她，她会不会觉得我喜欢她，我才不喜欢她呢，我才不会拜倒在她裙下呢？她算什么，和那些花花公子混在一起的没品没料的小女生而已……我救过她，仅此一项，我就有权讨点便宜……可是，她会不会瞧不起我？

大学的时候，他总是嘲笑那些轻易接吻的同学们，更瞧不起同学们在元旦之夜玩的接吻游戏。他的初吻一定要给所爱的女生——这狗屁声明挑逗起许多同学的好奇心，大家甚至拿他的初吻赌博。大三那年，赌资竟然高达三千元。三千元的红利诱使许多女生对他放电，哪怕只为那一秒钟的吻。

可他像呵护心脏似的呵护着自己的嘴。同学们以为他是同志哥、打内心厌恶女性的诱惑。他承认自己有洁癖，对肉体的亲密接触有着深深的反感。可是刚才，我竟然吻了她，没有一点心理障碍。

许宗生抚摸着自己的嘴唇，仿佛那里还残留着吻那女生的感觉。感觉当然还保存着，只是在忐忑的心里，在癫狂的梦里。他内心深处始终奉行纯洁爱情的完美主义，又专一又精致，然而却与现代生活相背离，渐渐落入了孤芳自赏的金笼里。他不晓得自己到底想要什么，不过他觉得，只要一遇到，就会立刻明白过来。在此之前，他曾是高傲倜傥、踌躇满志的帅哥，像上帝的助手，正在创造着卓尔不群的生活。

今晚，他被这场狂吻彻底逼成了难民，陷入了阵阵迷思、重重妄想、夜不能寐的困扰和感伤中。以前，他从不在意别人的想法，现在多俗啊，仅仅几分钟，他就成了卑微的情人，想的全是遥远的事情，比如婚礼、生育，甚至八十岁时两人在一起的样子。

柔情的丝线

第二天，一抹淡黄的晨光洒到西山山顶，山脉渐渐从酣睡中清醒起来，雾气像婚纱缠绕在山腰上，晨起的鸟儿在林间啸成一阵阵丝弦大合奏。许宗生醒了，在枕上辗转，像回忆一场快要消失的梦，闪电般重温了昨晚发生的事情。梦结束了，被抹去了，就像黑板上的字。许宗生觉得那逐渐渗入室内的色彩，也正在慢慢穿透他的肌肤，血液里注满了阳光因子。

许宗生为自己感到羞愧和后悔——至少不该逃走，毕竟有好多话要说的。傲慢囚禁了他、夜晚囚禁了他、这笨拙的肉体囚禁了他。他对自己相当不满意。

青石板铺成的上山台阶湿漉漉的，带着梦的痕迹。早起的鸟儿在林间喧闹着，漫山遍野的桃树和许多叫不出名字的花树，竟相在晨露中展现着美丽。远远望去，红的、粉的、白的、淡黄的，美得像托儿所小天使们的脸蛋。再粗鲁、暴烈的男子，穿行在这满山的绚丽间，也会变得柔软如风。

那间坐落于西山山体上的石屋挂着锁，警察已将这人贩子的窝点侦察过。虽然主犯已落网，但这间孤立的房子，像脸上的刀疤，带着伤痛的记忆，折磨着山民们的神经。这房屋已闲置了七年，原主人早已在深圳安家落户。建造它时，或许没人会想得到，这所石屋里将会发生什么。

近距离观看这青石垒起的小屋，许宗生倒吸了一口冷气，这冷气仿佛是从魔鬼般肆虐的灾祸里飞出来的。直到现在，他回想起那晚拼了性命的逃亡和搏斗，仍然心有余悸、后怕不已。

此后的许多年，每当他听到警车呼啸而过，他就会再次回想起那个雨夜，感到整个夜晚就像演一部电影，昏睡的孩子对于参与拍摄的主题一无所知，他们在药物的作用下完全属于一个孤立的世界，成了奇迹和罪恶的综合体。

许宗生绕过石屋，继续向山上走去，清新的空气、灿烂的花海、温暖而亲切的朝阳，还有那些伴他一路走来的鸟儿……许宗生仿佛第一次发现这贫瘠的山村竟然如此诗情画意、浪漫而唯美。

清醒的不单有他和鸟儿们，当然还有这娇羞的花儿。如果能和她一起爬山、一起欣赏山中的晨景，该多美啊。这样想的时候，他突然体会到一缕伤感和莫名其妙的疼痛。他凝视天空和朦胧的山梁，听着远处山谷里狗的吠叫，试图理解这一切的意义——天空、山野、绚丽的百花。他突然顿悟，也许这一切都是妈妈冥冥之中的意图，让他在这里遇到他的最爱。他突然一阵眩晕，那片刻的顿悟又消散得无滋无味了。

“去年今日此门中，人面桃花相映红。人面不知何处去，桃花依旧笑春风。”许宗生突然想起了这首诗，字字仿佛都是写他的。他和赵明露才分开不过几小时，仿佛真的已不知她今在何方。

其实，不知道的只是对方的心意，毕竟昨晚当逃兵的是他。

突然，前方桃花树下，站着一位长发的女子。许宗生一阵激动，像昨晚——一股奇异的灵感冲击着心田，心跳加快、双颊发烧。是她，竟然是她！

阳光是画家的朋友，她和阳光一样透着灵动的美。许宗生远远看着她作画，她忽而站立着观赏风景，忽而俯身在画布上涂抹——一抬首、一弯腰，乌黑的长发在后背上荡漾、飘拂。一想到她画的是桃花或山石，许宗生心里就涌起无限的嫉妒和伤感。深刻的反思并不把每一个时刻都考虑在内，只照亮那些和她有关的片刻，如此这般，昨天和今天的情节就不会有任何落差了。良久，他依然不知道该怎么上前打招呼，该怎么继续昨晚中断的故事。

第一次，他感觉自己智商太低，智慧匮乏。

太阳有足够的时间慢慢爬上山头，柔情的丝线将云彩染成了一片玫瑰红。许宗生静静站着，处于奇怪的兴奋而忐忑的状态，时而理一理发型、整理一下衣领，时而紧张得想笑。他悄悄变换角度，想从各个侧面欣赏作画的女生。艺术家观察风景是观察它们的特殊之处，许宗生相信赵明露眼里的风景定然是别样美丽，就像她眼里站在悬崖上的男人。

这种远观是一种煎熬、一种神秘的驱动力。一棵棵灿烂开放着的花树，隐没在远方的风景里，竟然透着奇特的苍白美。许宗生担心明年春天无法再度看到那花海、那孤零零的悬崖以及这位美丽的女画家。

忽然，藏在枯草里的一只被惊醒的野鸡，扑打着翅膀咯咯地拖着巨大的身躯飞走了。这一惊非同小可，不但许宗生吓慌了神，连赵明露也猛然回头。

她惊讶地愣住了，当然，也许惊讶许宗生怎么会发出那种咯咯的声音。

许宗生想笑着打个招呼，可脚下山石一滑，赶忙扶住了桃树，震落了一片桃花雨。赵明露却没有欣赏桃花雨的闲情逸致，扭过头去，装作灵感涌现似的，急切地挥动着画笔。难道我不是在等他吗？我明明是来等他的，我该说什么？

许宗生暗涛汹涌，却不知道如何泅渡到咫尺之远的赵明露身边。他像做错事的小学生不敢进教室，第一次，骄傲的他也懦弱了。

他有些生气，她怎么能装作不认识似的低头作画呢，怎么能连个招呼也不打呢，难道昨晚接吻后，还能像陌生人吗？

良久，许宗生像欣赏她作画似的站到她身边。

“知道我当模特的价格吗？所以，昨天那幅画应该还给我！”话一出口，连许宗生自己都惊讶，一定是恶魔附体了，他本来要夸奖她画得好的。

“在村口的垃圾箱里，自己去拿吧！”

“你就这么报答恩人吗？”

“你要怎么报答？”

“给我你的电话！”

“我的太旧了，改天买一部新的送你。”

许宗生突然被她气得笑了：“我要的是号码。”

“不给！”

许宗生一直以为他会轻易地俘获这个小女生，至少看在他救过她性命的分上。没想到她竟然如此冷酷无情。昨晚匆匆吻别，他清晰而多情地意识到，他和这个女子的恋情已毫无预感地开始了。那个不近女色、被讽刺为同志哥的帅哥恋爱了。那位冷酷而高傲的帅男，遗留在了幼稚的青春之屋里，那屋子本身已成了永远的记忆。

赵明露非常生气，这个男子为什么总在她面前表现得那么傲慢、那么跋扈。昨晚强吻了她，难道今天就不能柔软一点，难道就没有一点点道歉的想法？难道就不会以平和语气说话？赵明露生自己的气，也生他的气，到头来，还是生自己的气。

高傲的许宗生何时受过这种委屈，何况为了一个女人，可见，昨晚所有美好的幻想，都是自作多情。她根本就是个榆木疙瘩，根本没有人类的感情。许宗生怒气冲冲地转身下山了。

把许宗生气走了，赵明露像泄气的皮球，呆愣愣地站在那里，眼里已没有花、没有树，没有了山梁和云霞，甚至，一只五颜六色的长尾鸟儿站在了画架上，她也无神欣赏。

我真蠢！

她从包里取出记事本，用潇洒的艺术体写下了电话号码，夹在画架上。来啊，拿去吧！

可她知道，他早逃得无踪无影了。

她生气地用画笔在未完成的桃花山上打着“××”，随后又颓废地坐在石头上。

她生气的样子依然那么幼稚和纯美——她的身影、额头、眼睛，许宗生每次看到都不由得为之倾倒，欲罢不能，欲舍不去。这让他很生自己的气。

赵明露正站在阳光闪烁的花海里，周围五彩缤纷、清香浮动。

她也像花似乎异乎寻常地随风颤动着。不知道为什么这种纯属自然的起伏，竟突然使许宗生意识到，可能存在着另一位与此相似的女子——那女子爱他，喜欢他，挽着他的胳膊，小鸟依人地听他摆布，脸上永远是羞羞答答、俯首帖耳、喜笑颜开的表情。许宗生被自己的幻想搞蒙了，像大梦未醒的人，直勾勾地盯着绘画女子。

显然，他冲动得像一件受幸福驱动的机械玩具。

突然身后有脚步声，赵明露猛然回头，果然是他，她不由心头暗喜。

“知道惹我生气的后果吗？我倒要让你再次记住！”许宗生说完一把把她拉到怀里，像螃蟹夹子似的紧紧搂着她，再次热烈地吻着她。嘴唇、眼、额头和鼻子……

赵明露惊慌失措，像一只被捕的鸟儿那样扑腾挣扎，随后又幸福得发昏，呼吸急促，不由双手攀住了他的脖子。许宗生却突然推开了她，满眼怒火地瞪着她，好像他们之间有什么深仇大恨。“这就是后果！”许宗生说完随即转身向山下跑去。

改邪归正，永不嫌迟——永远永远不要再理这个可恶的女人。许宗生怒不可遏地警告着自己。他觉得自己穿着谎言刺不穿的铠甲，走在一架横跨在深渊的桥上。正走着，遇到了赵明露化装的女鬼，要么把女鬼挑到桥下，要么自己坠入深渊。

许宗生感觉自己就像商场里的塑料模特，一旦剥去衣服，就原形毕露。也许真的露出了原形！也许被她看清了本质，所以她才捉弄我、嘲笑我。

赵明露一屁股坐在石头上，双手捂着脸笑了。她突然觉得，这是她今生最幸福的时刻，几分钟后，她又觉得这吻仿佛是用莫大的凌辱换来的。

这个可恶的人凭什么就觉得自己允许他吻，凭什么他生气了就以这种方式惩罚自己？这是惩罚吗？有这种惩罚？宪法上、刑法上有吗？

赵明露越想越不是滋味，越品越觉得怪异。一个被强吻两次却得不到一句温柔情语的女孩，还有什么值得开心的呢？

原本激动而活跃的作画心情，被搅得纷纷繁繁、麻麻辣辣，眼里再也没有风景，心里再也没有了绘画的欲望。此刻，赵明露根本就想不清楚自己要做什么了，就像一个中世纪的画家根本就想不到透视法一样。她索性收起画具向山顶爬去。那里山脉错落，群雁高飞，白云闲荡。

然而今天，无论在哪里，都不是她的风景。她的眼底已被那个男人占据了，她的心思已被他的无礼搅成了一锅糨糊。不要说云霞或山脉，即便西双版纳的万只蝴蝶在她眼前飞舞，她也会熟视无睹。

山顶的风很烈，面向山谷的是峭壁悬崖，几乎是九十度的直角。赵明露模仿许宗生站在悬崖边，向下望去，简直头晕眼花，几欲倒栽下去。她赶忙退后，手捂胸口，调整着呼吸。

前几天，有一对来旅行的上海小情侣，他们喜欢这里的自然和安静，每天早上爬山，在山里唱歌或奔跑，说着老百姓听不懂的上海话。那时桃花还没开，迎春花倒是开了不少，远远望去一片鹅黄，透着一股清雅的美。可是有一天，小情侣约好双双跳崖自杀。原来男方是上海大财团的继承人，女方是工人后代。男方家长请面相大师分析，结论是女子有克夫的凶相，若娶回家必然累及整个家族。

这对小情侣偷偷离家出走，不带手机和电脑，不接触任何电子设备。反正山区的旅馆也不必登记身份证。尽管男方家族动用了美国 FBI 的侦破手段，也没能找到这对小情侣的藏身之所。

当家人担心得要死要活时，他俩在旅店里接吻、做爱，品尝初为成人的快乐，躲进他们制造的童话世界里，尽量避免回忆充满指责与咒骂的生活。两人浪漫地度过生命中最后一周的时光，按照原定计划自杀以抗议家族的逼迫。爱情虽然是他们生命的辉煌，却也成了他们生命的杀手。在稚嫩的年纪，玻璃温室中长大的孩子，把人生的第一场风雨，当成了灭世的大爆炸，以殉情证明自己的坚贞，以杀身回报养育他们的亲人。可知，这坚贞多么没有智慧，从哪个方面看，都像小孩子过家家。活着好还是死了好？双方手牵手站在悬崖边，望着延伸的峭壁，向往着自己的未来。或许一两分钟后，他们将血肉模糊地横在山谷里。难道生命再没有其他路途了吗？难道社会真的没有他们生存的空间？在决定跳的片刻，男方迟疑了。或许他刚想和女方再商讨未来，女方已纵身跳了下去。他们原本手牵着手，瞬间松开。男子吓坏了，随后听到了激烈的惨叫。那惨叫声足以让他灵魂出窍。他火速下山，当然飞身跳下最方便，可他显然忽略了这条捷径。

他丧心病狂地往山下跑去，摔了几个跟头，头破血流却根本感觉不到疼痛。他火速奔赴女友身边。晚了，她死了，脸摔得不像脸，简直丑不忍睹。他突然想笑，瞬间觉得这不是他的女友，他的女友很漂亮，可这女子是丑八怪。在悬崖下、尸体旁，他竟然四处寻找另外的女人，希望他的女友能从藏身的地方天仙般走出来。这是他的幻想，幻想总是很美丽，且不需要支出任何费用，也不必负任何责任。当山民赶到，他想要说点什么，流出的眼泪却足以淹没整个世界。

他始终抱着护身符一样紧紧抱着恋人的尸体，绿头苍蝇嗡嗡地飞来，天边露出吉凶难测的暮色。他醉了，被鲜血灌醉了。他命中注定要遇到这个让自己失衡的女人。这段生活让他明白，一个人无论贫穷还是富贵，遇到门当户对的恋人是非常值得庆幸的。灰姑娘的故事只能存在于童话里。

双双为情自杀，古今中外屡见不鲜，莎士比亚的悲剧《罗密欧与朱莉叶》赚取了多少世人的眼泪。不是当事人，永远体会不到自杀前的奇特心情，就像不经历死亡，永远也猜测不到死亡的感觉一样。

徐大爷帮助上海人安葬了女生，大财团的当家人接走那男生时，男生神情恍惚，目光呆滞。徐大爷说那男生完了，很难再成为正常人了。

那道悬崖成了一道魅惑的风景，而深渊就像一张任由支取的空白支票，似乎谁都可以在此用生命填写自己激动人心的那一笔。

当代男女青年放纵无疆、滥交无度——这是山民们从电视剧和电影里了解的城市侧影。年老的山民们感觉自己要么像外星人，要么像旧时代的遗老。山民们揪住殉情事件的核心——面相，议论纷纷。有的说都是迷信害了人，有人说倒也未必，也许都是命。命定论是游荡在山谷石缝和草木里的哲学气息，风吹不散，雨雪不灭。

议论别人残缺的生活，自有一番抓痒痒的乐趣。走进别人的情感故事像坐在安梦房里，在梦的摆布下，说些痴言梦语。

所谓“迷信”，也许正因为是“迷”，人们才“信”吧。山民们早已被习俗收拾妥帖了，大脑里播种的都是传统观念和陈辞滥调。

这事发生在赵明露来此休假之前的周末。听了这个故事，每次站在悬崖边，她总像携带着一笔散发着鬼魅气息的巨款，无限风光，也无限恐惧。

奶奶说那悬崖之所以叫念心崖是有出处的。相传很久以前，有位书生进京赶考，路过南里贝，夜夜苦读，非常勤奋，感动了一只千年狐狸精。狐狸精便想帮助书生，化作一位知情达理的小姐，不时出入左右。书生和小姐相爱了，书生夜半苦读，小姐红袖添香，孜孜研墨抄书、伴读经史词章。两人对月结拜夫妻，在天愿做比翼鸟，在地愿为连理枝。书生果然高中状元，兴奋冲昏头脑且健忘的状元，被皇上聘为驸马，成亲之夜，洞房花烛。驸马突然看到一只漂亮的狐狸趴在窗口，双眼清泪直流，深情款款。驸马醍醐灌顶，瞬间想起了南里贝之约，他不由坚信那狐狸正是伴读女子的化身。他灵魂震动，良心火辣辣地疼痛，于是脱掉驸马服一路跟随狐狸到了南里贝。可那狐狸成精的年岁太少，因私自化身女孩，被狐狸精王惩罚，必须再过一千年才能幻化成女人形象。书生伤心至极，夜夜在悬崖上等待狐狸精，可狐狸精再也没出现过，书生伤心地从悬崖上跳了下去。人们说狐狸精已接住了他的灵魂。他们的精气神已合二为一了。从此这悬崖才有了正式的名字——念心崖。

这传说没什么新奇之处，带有聊斋的味道。但村民们代代相传，倒为旅游业平添了神秘之感和地域之味。

暗恋与逍遥

传说的鬼话赵明露一点也不信，但听奶奶讲出来，还是让她体会到一种自虐又唯美的快感。奶奶是旧时代的大家闺秀，曾丫环成群，闻名一方。奶奶那样的人中凤凰，转眼间成了山民之妇，成了山谷里的白发苍苍的老太太，其间的跌宕，外人也难以体会。至今奶奶依然睡着她当袁家大小姐时睡过的床，那床有一百年多年的历史。古床像一个巨大的木屋，通体分为三层，第一层的踏板，是放鞋、洗脚的地方。第二层是围在大床四周的回廊，属于丫鬟睡觉的地方，便于听从主人的使唤。第三层才是真正的床，是奶奶睡觉的地方。大床为纯楠木制造，虽历经百年，仍散发出幽幽清香。古床做工极为考究，无论浮雕、镂空、线刻，技法细腻，金碧辉煌。床的吊檐主题是凤凰，四周的浮雕有蝙蝠、梅花鹿、老虎、喜鹊、雄鸡，意喻着“福”、“禄”、“兽（寿）”、“喜”，“吉”，通体五彩描金，色彩斑斓。

爸爸多次让奶奶睡席梦思，奶奶冷冷地瞥一眼爸爸，对儿子如此不懂她甚感遗憾：“我生在这床上，也会死在这床上。”

时间是贵族的一副失踪的面具。也许奶奶只有睡在这古床上，才能重复她的贵族小姐的美梦吧。每天清晨，奶奶起床，不紧不慢地走下两层床基，丫环们侍奉左右，在冷热适宜的铜盆里洗面。那珍贵而又神奇的肥皂泡，盈盈润润，闪着彩虹的光晕，亮晃晃地反射着门窗弯曲的影像，一下子胀大了，破碎了，迸到脖子上痒酥酥的……她沉醉在这一幻象里，可就那么一转身，不紧不慢地转掉了她七十多年的白日梦。

奶奶以清末或民国时期的贵族心态对待生活，认为现在的生活放纵无序且没意思，但她又执着地待在山谷里，好像和未来有过神秘的约定。她说整个世界无非是一个偶然，人贩子被抓是偶然、上海自杀女孩也是偶然，然而她又说，这所有的偶然都在命定的必然里。

奶奶说每天的太阳升起都是一份赐予人间的厚礼。也许因为奶奶的复杂，赵明露总感觉在奶奶面前，永远那么幼小而卑微。

赵明露站在念心崖上，试图体会那对上海情侣的感觉。可她什么也感觉不到。不是当事人，谁也理解不了急切赴死的情态。人有无数种死法，死得那么丑陋，实在不应该。她不禁替那女子惋惜起来。

山顶的春风有点俗气，自得其乐地遗忘了曾经的悲伤。画家坚信生活总有千姿百态的美。站在悬崖边，整个山谷尽收眼底。小石桥坚实而古朴，潺潺的流水灵动而浪漫。山里的人往大城市钻，大城市的人往人烟稀少的山里逃。人是永不知足的动物，在自然界总也找不到适合的那块灵魂之地。

动物也能体验肉欲之欢。高贵的人之所以和动物有区别，就在于人能把爱情变成一种高贵的艺术，把爱深深地保存在心灵里，这样既能得到肉体的满足，也能得到灵魂的滋养——当人们刚刚踏进爱情的门槛时，都会这么想，但能否持久，那又当别论了。

小石桥边的墨绿色垃圾箱前，有人在翻捡着垃圾。那人穿着一件天蓝色的雨衣，不像捡垃圾，倒像一位正在手术的外科医生。突然那位“外科医生”跑到山石后面弯腰狂吐，仿佛对着河道鞠躬不止。一阵呕吐后，再次站到垃圾箱边，翻捡垃圾。

如此敬业的清洁工，引起赵明露的注意，她突然顿悟。是许宗生在翻垃圾箱！天哪，他不就是找那幅画吗？翻吧、翻吧，享受臭气的熏陶吧！她感到羞愧、幸福、伤心、兴奋……好像瞬间感受到的一切对她的后半辈子至关重要，仿佛今后的所有日子，都会与这个人纠纠结结、欢欢闹闹。

远远望着许宗生翻垃圾的样子，赵明露感到非常痛快，这行为本身巧妙、周全地把她从暗恋的纠缠中解脱出来，被强吻所蕴藏的内涵也充分释放出来。赵明露痛快得好比饱餐一顿的乞丐，简直想扯嗓门儿唱出来。在下山途中，她想入非非，能成为他的恋人该有多快活，一定对生活别无他求，天天都如此逍遥幸福。当她下到山谷时，心突然怦怦乱跳，她知道不出半小时就要见到他了。

赵明露背着画夹从小石桥上走过，许宗生怕被她发现，背向石桥站着，但整个后脑勺都清晰地感觉到她的到来。破云而出的山脊烟雾蒙蒙，那片花费较长时间穿越的山梁，此时望去已是一幅云雾缠绕的水墨画。但他什么也没有看到，转身的瞬间，空气中的怪异就让他辨出了自己的灵魂。每次遇到这个女人，总让他兴奋异常又无地自容。他第一次觉得自己还没有长大，毕竟没有人会无故把奖金扔进垃圾箱。

赵明露走到垃圾箱前，装作丢垃圾似的，把一个叠得整齐的纸片放在垃圾箱盖上，好奇地看了看搅散的垃圾。

“找什么呢，先生，不会又丢了钱包吧？”

真该死，她竟然发现了我！他甚至被自己翻垃圾的行为吓了一跳。想拥有一切，却又不知道如何获取，但做梦也没想到获取爱情的重要一步是从翻垃圾箱开始的。

几天来，他看到的总是这个填满他生命的女人，却不知如何迎接她的美丽，这让他很羞愧、很窝火。从吻了她那刻起，他就不会闻其他气味了，仿佛山谷里到处弥漫着她特有的气息。他完全变成了另一个人——以爱情为食的男人。他意乱情迷，不知生活该从哪里继续，他被自己的狂热弄得喘不过气来，似乎生活一下子充满了情欲和撩人的气息。这简直是罪恶。

他几乎站不稳，全身无力，却又不觉得疲劳。他茫然直视，脑子里一团糊涂，甚至不明白发生了什么事，为什么会待在垃圾箱边。

一辆汽车拐向了小石桥，在赵明露身边停下。车玻璃摇了下来。“你在干什么？和捡垃圾的拉扯什么？”

赵明露任何话没说，健步往村里走去。爸爸妈妈突然来了，这在她休假计划之外。她回头望向小石桥，却发现那里没有了捡垃圾的人。她有些怅然，又有点兴奋，有些忐忑，又感到隐隐的幸福。

许宗生在垃圾箱里翻动，本来就够窝心的，又被她撞见，更恼火，恨不得变成树叶顺水逃走。

他望着赵明露的背影，气得牙根发痒。被她发现自己在找画，受她的指使或嘲弄，感觉自己败在了她手里，这感觉糟透了。她一定认为我要么是个没希望的笨蛋，要么就是一个好冒险的傻瓜。凡灵魂存在的地方，他都感觉自己错了。

垃圾箱盖上的纸片，在石子下随风颤抖，仿佛一只有灵性的狐狸，瞪着一双多情而诱惑的眼睛。刚刚还空空的垃圾箱盖……一定是她放的纸片。他扑向纸片——果然是电话号码。许宗生激动地捂着胸口，仿佛心脏要跳出来似的。亲爱的，你的冷血也能发热啊，你的血液原来也和我一样热啊。一想起她或许也爱他，便情不自禁，柔肠满怀。

他像处在高烧之中，仅仅靠希望来支持自己，现在感到希望将要变成现实，突然有虚脱的感觉。

赵明露爸爸的车停在院门口，奶奶还没从山上下来。奶奶也像其他山民，每天早上爬山，带回大山四季的变化，迎春谢了，桃花开了，香椿冒芽了，大山一天天漂亮了。

今天早上，奶奶带着狐狸般的狡猾穿行在山林里，对山体的熟悉，恰如自己的躯体。她以孙女绘画的地点为核心，以能观察到孙女的距离为半径，在周围悄悄徘徊，默默游览。老太太曾觉得自己今生可以完成更大的使命，但老天只分配给她这小小的责任，所以，她只好操纵着自己小小的王权，力图能帮助王国内的所有人。

她觉得孙女心里有戏，这位跋扈的老太太不能不是知情者。生活意味着进步，进步意味着超越磨难。老太太坚信，单纯的孙女还不懂其中的关联。

老太太看到许宗生吻了孙女后匆匆逃跑。老太太有些嫉妒，又有些酸楚，没有人知道七十多岁的老太太，是怎么木讷而敏感地品味那一刻的感觉的。落在孙女嘴唇上的那一吻，离老太太有半个多世纪的距离。年老，智慧不会衰老，智慧的人永远不会淡忘美好的感觉。老太太的秘密就隐藏于生活皱折里，折叠在小小的山谷里。作为琴棋书画皆通的富家大小姐，下嫁给大字不识一枚的山夫，那痛苦只能化作一股对世界、甚至对自己的盲目怒火。但残酷的现实反而给她注入了自控的力量和独自面对孤独的勇气。从走入山谷的那一天起，虽然心头没有片刻的宁静，但她始终小心翼翼地不泄露内心的感受，且以感恩的心情善待着丈夫。因为她知道，她的未来已和这个男人坚实地捆绑在一起了。

操纵别人的命运，或许会让老太太享受王者的霸权，或许，在孙女的命运里有着她未能实现的心愿——那种自由择偶的心愿。天知道。

赵明露的爸爸叫赵宗，妈妈叫齐秀秀。赵明露总感觉妈妈在奶奶面前卑微得像仆人。妈妈是一所大医院的妇产科主任，而奶奶不过是山里的老太太。妈妈对奶奶的伺奉，早已超出了孝敬的范畴，有点丫环式的尊崇和敬畏，仿佛妈妈有什么把柄落在了奶奶手里。

奶奶刚下山，妈妈就迎上去，本想托住奶奶的胳膊，奶奶不露痕迹地闪开了，脸却向着儿子和孙女，根本不看儿媳妇堆起的笑脸。

“是来看露露的，还是来看桃花的？你要说来看我，我就捂你嘴巴。”

赵宗在妈妈面前从来不敢有任何隐瞒，这老太太像透视内脏的CT机，能直视儿子的灵魂。

“为露露的事来的……”赵宗跟在妈妈身后，他清醒地意识到，行使家中唯一男人权力的时候到了。但几分钟后，又再次明白，行使男主人的权力——仅仅是他的奢望。

赵宗是那种神经过敏的人，看到别人做错了事情，自己倒觉得脸红。为这长处，老太太一直对他心怀不满。

老太太回头看了孙女一眼，用一道不被人察觉的目光安慰了孙女，向孙女表示自己无条件的支持。老太太旋开门，和儿子进了屋。赵明露却被妈妈悄悄留在了树下。这是他们夫妇商量好的节奏，赵宗负责说服老太太，齐秀秀负责说服女儿，主题便是赵明露和秦小社的婚姻。

本来双方父母都盼着为一双儿女举行婚礼了，可秦小社求婚失败，这也太出人意料。露露也太敢闹了。齐秀秀训斥女儿不知好歹，秦家那样的家庭背景，秦小社那样的帅哥才子，多少女孩迫不及待地想嫁过去。妈妈大讲秦家的权势，又一语双关地影射隐形如山的财富，将来的荣华富贵……试图诱导女儿，可女儿像秤砣，稳稳地坐在木凳上，回忆着昨天晚上，许宗生在这里给她的初吻。

妈妈心急如火，恨不得踢女儿两脚。

口袋里藏不住狐狸。原来两家在济南就有交集，两家的朋友也从中顺势做了个人情——牵线搭桥。虽然秦小社追了赵明露三年，可现在有了双方父母的督促，在谁看来，婚姻便也是板上钉钉的事。秦家庞大的家底、夯实的人脉让齐秀秀恨不得立刻把女儿嫁过去。可女儿竟然不知天高地厚。

其实，他们嫁的不是女儿，而是父母的心愿，是世人眼中的面子，是未来美好的期许。

赵宗和老太太聊的就没这么多了。儿子刚提到秦局长的儿子秦小社，老太太就打断了他的话头："我没意见，让露露做主，她愿嫁就嫁！"

"可是，听说您把他骂走了！"

"我还骂过你媳妇呢，她不也还是来了？"

老太太打量儿子的眼神，似乎不是看儿子，而是向内审视着什么，有一种冷漠的感觉。老太太的腔调里，也露出一种疏远亲情的意味，仿佛儿子总也配不上生他时所赐予他的全部高贵。她曾一再提醒儿子，软弱永远无法进入现实的王国，因为社会是一个严酷、吝啬的国度，人们只会对意志坚强的人俯首称臣，也因为只有这样的人才能面对生活的挑战，才能给大家以安全感。

老太太也明白，儿子的这一特点，遗传于赵家的血统。

赵宗又和老太太闲扯了一阵子人贩子绑架的事，院外母女的声音越来越高。赵宗焦急地看了老太太一眼，担心老太太生气，没想到老太太却暗自发笑，似乎胸有成竹。

妈妈和女儿吵得越来越激烈，不像逼着嫁人，倒像逼着卖身。

“宁可睡在地板上做自由人，也不睡在席梦思上当囚徒。”

“志气不能当饭啊，露露！”

“妈，您别逼我，前几天有一个上海女孩从念心崖上自杀了！”

“别拿自杀吓我，你为什么不嫁秦小社？”

“没感觉。”

“没结婚当然没感觉，感觉是两个人亲密接触才有的。”

“妈，你说的是猪。”

“熊孩子，气死我了。你说，是不是有人了？”

“我这么漂亮，有人也很正常。”

“怎么能这样，你本来就该是秦家的媳妇！”

“你生我时就被秦家贴上标签了？”

妈妈终于闭嘴了，但她仍不甘失败，试图继续说服女儿。她感觉希望像竹篮打水，拉一下，就涨起来，可是一旦拉出来，就什么也没有了。

母女争吵之即，许宗生一直躲在不远的胡同口。他是偶然听到母女争吵的，没想到自己也成了隐身的第三者。忐忑、感动、焦灼和忍耐……折磨着、考验着他。赵明露那优美的声音甚至会令石头动心，那多情的话语会让山谷流泪。她的心已清清楚楚，如同这四月的阳光照在山梁上——许宗生被自己沸腾的激情压得喘不上气来。他感到一股升腾的勇气的召唤，这足以震撼世界。

她不再是遥不可及的恋人，而是可以娶回家的妻子。

妈妈想让女儿乖乖听话，做秦家的新娘；许宗生却想让她彻头彻尾地成为他的女人。如果说赵明露的妈妈是为了爱女儿，那许宗生坚定地认为这种爱就是谋杀，谋杀了他们两个人。

“说吧，他是谁，叫什么名字，家里什么情况，什么学历？”

是啊，他叫什么呢？他叫黑风衣男子？英雄救美的帅哥？或叫强吻先生？他或许应该叫……我的爱人……

赵明露尴尬地看着妈妈，想蒙混过关，可妈妈紧盯不放。这时，手机信息响了，她打开信息，突然想笑，向四周看了看，却没发现任何人。

“许宗生，上海人，22 岁，大学本科，国际金融专业，父母双亡。”

当读到父母双亡，赵明露心里突然咯噔一下，难过得声音变了。

“父母双亡？你竟然要嫁一个父母双亡的孩子？别妄想了，露露，你奶奶这关就肯定过不去！”

妈妈兴奋得像得到了逆转胜利的砝码，得意地进屋去了。

他是个孤儿啊，可怜。

就是这一刹那，开悟般的幻觉闪过她的脑海，她紧闭着双眼，仿佛变成了一尾小鱼，随着溪水流去。而许宗生就是她潺潺的小河，给她力量，给她温暖，也给她新的生命……这是个真理，是她和许宗生的真理。

赵明露坐在木凳上，四处观察，想发现许宗生的藏身之处。可许宗生虽然知道赵明露独自坐在树下，依然躲在墙角后面，不愿出来。

赵明露的手机来信息了：“两小时后在念心崖上见，我有重要的话告诉你。”

“什么重要的话？现在就说！”

“不行，我不能让垃圾箱的气味，坏掉我们一生的美好。”

读到这条意味悠远的信息，赵明露脸上顿时熠熠生辉，照亮了她的忧愁和欢乐。他和她这样交流简直出乎意料，深深地刻在心上，其深刻程度使她无法保持内心的宁静。她高兴地意识到她在完成一个庄严而幸福的举动。第一次感觉自己成了自己的主人，感觉到被爱和被保护，胸中充满着幸福的气息，泪水模糊眼睛。

关于秦小社，早已忘到千里之外了。

时光灿烂如锦缎

许多年后，当赵明露试图回忆那个被悬崖的魔力理想化了的男人，却发现已无法将他从昔日那些支离破碎的花海中分离出来。

许宗生快速返回旅馆，迅速脱得像出生时一样，站到温热的雨幕下，他突然意识到自己在这世上竟然孤身一人，像生活在净界之中。他真切地感受到，好也罢，坏也罢，她是他生活里唯一发生过的事情——绝不后悔。

许宗生清洗着自己，为约会而洗令他激动不已，甚至使他产生已经置身山顶的那种兴冲冲的幻觉。对山顶的想象，仿佛也是对未来的想象。他分明嗅到了爱情的香味。

儿媳妇告诉老太太露露有喜欢的人，所以才拒绝了秦小社。“妈，您知道吗，露露喜欢的男生可是个父母双亡的孤儿!”

一向讲究圆满的老太太，像丢了钱包般遗憾。孤儿，怎么可能？他的面相极好啊!

那男孩子的面容，是老太太难得看到的好面相，不仅天庭饱满、地阁方圆，难能可贵的是山根连额，并且鼻头光润、丰满，是极少见的大富大贵的面相。

这样的孩子竟然成了孤儿，难道八字偏弱？也许父母的恩泽会降临到他身上吧。死人永无开口之日，而死亡所带走的秘密却比大山的树木还多。

对有些人来说，霉运如同疾病，不时伴随左右，人们承受它，却无力躲开它。以达观的心情对待噩运，不仅要本性善良，而且需要非凡的机敏。凭着一生坎坷的赐福，老太太意识到：冷幽默不是一种心情，而是观察世界、体验人生的一种方式。

老太太并不完全是面相控，深知一生的运气取决于很多因素，人的生辰八字、居家风水等都极为重要。无人愿意与受伤的牛为伍，父母双亡确实是他极大的缺陷，但比起儿子和媳妇硬把露露嫁给那个轻浮公子，更让老太太踏实。算了，顺其自然吧，尽人力，听天命，让时间做主吧。

老太太认为，时间是解决问题的很好手段。随着时间的推移，原本热恋的男女，慢慢降温了，原本不可调和的矛盾，也会出现转机，和平解决。拖延有时是不错的选择之道。

齐秀秀向丈夫抱怨同事尖酸刻薄，没法共事。老太太把热水瓶放到八仙桌上，像自言自语，又像教训儿子和儿媳妇：“做好你自己，就是为完成任务所做的一切。”老太太的话不多，却能让儿子和儿媳妇卑微得像小学生。

赵明露早早赶到了山顶，像新娘等待出嫁，等待着激动人心的时辰。山顶的风光像演出的舞台，突然安静下来，风住了，阳光也羞羞地藏到白云的后面，时而从轻薄处筛下缕缕金线。漫山遍野的花树，则让大山成了一幅重彩的油画。宁静的山林，诗一样流淌的小溪，山谷里升起了带有倦意的炊烟，一条迷津似的小路，弯弯曲曲地消失在层峦叠嶂、满山苍翠的幽深里。

但真正的美，依然是赵明露心里的风景。这家伙，难道他是出嫁的新娘，还要重彩地打扮吗？

许宗生踏上山顶的最后一级石级，心跳得像要崩溃。她那么美，她的眼神让人心碎。她知道不知道自己很美！她粉颈挺立，像画中漂亮的女子。她瞭望风景的姿态当然是她惯常的姿态，但她却不知道，这个姿态会折磨许宗生多少年。

“你好！”许宗生本想大大方方地打招呼，却听到自己颤抖的声音，像走了弦的小提琴。

俩人近距离地站着，时而看看风景，时而瞥一眼对方的表情，羞涩、甜蜜、幸福……像所有一见钟情的男女，简直觉得自己是上帝的儿女。

沉默得有点尴尬，应该说点什么，说点什么呢？许宗生焦急地搜寻着词汇，大脑乱得像一座蜂房。

“有人说我心理年龄偏小，成熟得晚。所以，无论我做了什么让你不乐意的事，我都不会道歉。”

他的意思是强吻了我，却坚决不道歉？这真是最狡猾的推理！赵明露含嗔带怒地瞪了许宗生一眼，生气地望着一群北飞的“人”字型雁队，仿佛她是一只掉队的雁子。

“如果你答应嫁给我，我就大赦你所有的罪！”

赵明露简直被他气得想怒又想笑，语塞得不知说什么好。

“你的罪当然很多了，偷了我的表不说，还偷了我的心，让我整天错乱得不知是什么时辰，肚子不知道饿，大脑也不会想，还撕了我的画像，骗我在垃圾箱里捣腾了一上午。有把救命恩人当垃圾搬运工折磨的吗？既然撕了我的画像，那就让我一辈子做你家里的模特，要不要吧？”

“你总这么强势吗？”

“不强势能成吗？人贩子也抢，秦小社也抢，再不强势，我的女人就被别人夺走了。别惹我生气，你知道惹我生气的后果！”

可是，我多么喜欢那后果啊：“我愿意……承担……后果！”

仿佛有一股看不见的力量把许宗生吸引到赵明露身边。当她不由自主地把脸迎向许宗生时，许宗生用双手捧住它，保持一段距离，迷醉地欣赏着，久久不动。他要让自己有充分的时间回味渴望已久的梦想，目睹它的实现。

不过他在她面前竟然如此腼腆，全不像强吻时的勇猛和不计后果。嘴唇无我地吻在一起时，两人都明白，什么也不会拆散他们了。

许宗生激动地把赵明露拥抱在怀里，这是特权，也是专利，第一次，也是永远。

突如其来的爱情，让这对恋人觉得他们不是刚刚相恋，而是从很久很久以前，从有记忆以来就为此时做足了准备。他具备一种能使赵明露充分信任的幽默感和朴实的诚恳。赵明露觉得自己像一棵砍掉了所有旧枝的树，新的、更健壮的树枝正茁壮生长出来。

不知不觉中，通过激动人心的爱慕，相爱的人增加了对彼此的威力。他们很幸福，这幸福是一种围困，是一种枷锁，是心甘情愿自投的罗网。就在头一天，他们还为不被对方喜爱而厌烦、相互折磨、甚至恶意诋毁。爱情和战争相反，越是被打败，越是胜利者；陷得越深，收获得越甜。

许宗生拥抱着心爱的女人，好像刚从沉睡中醒来，欣慰而甜美，脸颊火一般在燃烧，心柔软得如同果冻。再看怀里的女人时，她的美丽又增添了几分。

像许多恋人一样，他们彼此有倾吐不完的爱意，诉说不尽的未来。爱情是一种永远不能恰当表白的感觉，是对语言的挑战，语言虽然借助诗的力量，终究还是败下阵来。赵明露感觉和他在一起，就像坐在上帝的右侧，安全、幸福。

从老太太那里得不到支持，赵宗夫妇便想再去说服女儿。当他们出了院门，发现女儿不知去了哪里。电话也关机。

不是去会那个孤儿了吧？这瞬间的想法，让齐秀秀紧张起来。女儿是她的砝码，家庭的未来需要这个砝码去平稳和掌控。如果女儿嫁到秦家，不但女儿享受荣华，凭借秦家庞大的关系网，就连他们夫妇，也将会快速升职，这种潜规则，人人都懂。

一定意义上，嫁女儿，必然捆绑着全家的前程。养育儿女就像用大半生的时间打磨一件精品雕塑，绝不能轻易出手。

夫妇俩沿着石径上山，花香阵阵，灿烂如锦缎。如果没有烦心事，来山里放松游玩、细细观赏，还真是不错的选择。

任何时候，总有操不尽的心。甚至人活着，就为各种各样的事情烦恼着。

赵宗给妻子讲小时候在山林里背唐诗宋词的情景。妈妈让他站在高高的山石上，面向着山谷，一首首地背诵。六岁的时候就能背诵唐诗三百首和宋词三百首。背不下来不让吃饭，谁讲情都无济于事。小学五年级时，有一次赵宗考试没得第一，回家后，妈妈用柳条把他的屁股抽得像毕加索的画。赵宗是山谷里唯一的大学生，这功劳当然归功于这位严厉而冷酷的母亲。他考上大学，母亲的虚荣心得到暂时满足，试图把她风发的意气和拼搏的激情横溢到儿子的才智中，但她始终没机会欣赏她想要的硕果。

赵宗对母亲既爱又怕，总感觉无论能力、学识或智慧，都比不过母亲。他的雄心壮志始终没被激发起来，工作上又遭受了不少挫折，这给母亲的育儿观添了不少笑料。也许正因为总生活在母亲的阴影下，所以他既不像父亲那么坦率、从容，又没有母亲的智慧和霸气。

人生已过了大半，到了知天命的年纪，对仕途早已心灰意冷。处处示弱，事事求人，在没有关系、没有财富做铺垫的仕途上，他感觉自己快要变成一个惹人讨厌的人物了。因为露露的婚事，心中的某些野火被妻子一再扇燃起来。如果真能官升一级，将来风风光光退休，岂不也心满意足？一个人除非死于横祸，总会遇到一些值得庆幸的事吧。关于露露的婚事，是好，是坏，是得意，还是无聊，也是见仁见智的事了。

突然，他们发现念心崖上，一对恋人紧紧地拥抱在一起。他们一向对光天化日男女搂搂抱抱，甚是反感，认为有些传统已走到了穷途末路。

“没家教的孩子！”齐秀秀刚骂了一句，突然感觉不对，手搭凉棚望向念心崖，发现那女子很像自己的女儿。

这一惊非同小可，赵宗也望向那里。正是赵明露。

赵宗像自己做了丢人现眼的事，尴尬不已。这让他想起了那些闷得发慌的周末下午，他们夫妇在床上互逞雌雄，疲惫、慵懒，以及因之而产生的可怕的颓废感。他感到奇怪——自己居然还活着，如果是妈妈，就绝不会这么失意地、颓废地活着。那时，把女儿养大，是他唯一的兴奋剂。

呵护女儿成了他生命中重要的任务，妻子讽刺他是小男人，胸无大志。他终于明白，这世上有两种男人：一种是性格阴郁的，善于忍让和承受；另一种是阳光的，善于开创和拼搏。赵宗了解到，自己继承了父亲家族忧郁、忍让，甚至有点消极的性格特点，而没有遗传到母亲家族的智慧、阳光和自信。基因的东西很难改，这就是为什么有人是拿破仑，而有人就只能当士兵。拿破仑一向英明果断，只要他认为有利的事，说干就干，像大步前进的半神，心情永远是爽朗的。妻子齐秀秀却有那么一点拿破仑敢作敢为的精神气质。

"熊孩子！这可怎么办好？"

不要打扰一对戏水的鸳鸯。赵宗夫妇犹疑了一阵子，最终像一对逃兵，悄悄地下山去了——花也不是那花，树也不是那树，连儿时背诵过的唐诗和宋词，也成了逃跑路上羞愧的记忆。如果此时遇到哪位老山民，赵宗一定会羞愧得满头是汗，不是浏览了一段花开遍野的山路，倒像三伏天扛着石头上山似的。

"这绝对不行！"齐秀秀绝不允许女儿将自己廉价拍卖，她没有这个权力，就像画上的人对画的价值没有决定权一样。

在爸爸妈妈眼里，赵明露依然是那个熟睡的孩子、那个牵着爸爸的手才敢去动物园的儿童、那个依赖着妈妈的建议才知道穿什么衣服的小女孩。可惜，他们无法体会到另一点——女儿已长大成人，她有时静若处子，又活力四射，有时庄严优雅，又性感妩媚。

齐秀秀的电话响了，是秦小社的妈妈打来的。这两位妈妈因工作关系早就认识，只是对方的职务太高，齐秀秀一向没机会深入结交。现在，接到秦小社妈妈的电话，齐秀秀像接到女皇的召唤似的激动不已。

原来，秦小社出了事故，在济南的某医院治疗，让露露尽快赶过去。

那次求婚失败，秦小社一直归因于山谷的风水不好。如果在济南或其他繁华的都市、优雅的场所，露露一定会爽快地答应嫁给他的。秦小社天真地认为，凭他那辆宝马，赵明露就没有拒绝的理由，多少女孩子恨不得立刻躺到他床上呢。

谁都想坐在胜利的休息室里，而不想待在漏雨的塑料棚里。秦小社得知赵明露的父母来山区说服露露，便急不可耐地想见到露露。露露那么漂亮，像夜空的月亮，任何星星都夺不去她的光辉，然而，她又那么内敛、谦虚、羞答答的，几片乌云又会把她吓得东躲西藏。

红色的宝马像一道火焰，点燃一路羡慕、嫉妒的目光。秦小社幻想着赵明露幸福地坐在身旁，极其风光地穿行在人们崇拜的目光中。

进入山区后，山路左拐右绕，不但放不开速度，而且极其无语的是窄窄的路面被一群不知好歹的山羊霸占着。几十只山羊，仿佛同一父母所生，都是半边脸黑，半边脸白，一边耳朵和眼睛黑，另一边耳朵和眼睛白。它们拥挤着，毫无羞耻感地不紧不慢地挤占着路面，任你怎么鸣笛，它们都极其自信地踏着牧羊人的节奏。领头羊脖子下的铃铛已锈迹斑斑，风中的铃声听起来有哀伤的韵味。在这群花脸山羊的心里，红色的宝马，赶不上一条鞭子来得威武和霸气。

天才就是永恒的耐心——米开朗基罗的这句话，仿佛山羊们都懂。

秦小社很疑惑，忍不住琢磨牧羊人到底想干什么，养几十只山羊就以为自己是国王了吗？但那群山羊屁股彻底把秦小社的感觉打乱了。红色的宝马可以跨越任何禁忌，牧羊人显然不明白这点。

秦小社气恼地跟随着羊群慢慢移动，突然，一道黑色的影子从天而降，坚实地砸在宝马的车盖上。“嘣”的一声巨响，秦小社随着车子震动一了下。那黑色的影子滚到了地上。

秦小社急忙下车，一个年轻人弯曲着躺在地上，鲜血正从耳道、鼻子和嘴里涌出来，红色的血慢慢地浸洇着水泥路。放羊老人也吓了一跳，急忙向山崖望去，显然，自杀的人是从非常高的探海石上跳下来的。死者的身份证落在秦小社的脚边。

山羊们泰然自若地移了过去。秦小社拾起身份证，这名字他熟悉——上海自杀女孩的男友。秦小社看看放羊老人，又看看地上的尸体，一股血腥气味吸入鼻中，洇在口腔里，仿佛在品尝一种悲伤，一种疼痛。弯腰打量假寐中的陌生人，突然一头栽倒在地上，和尸体形成了“八”字形。放羊老人不知这小青年演的哪出戏，啪地一甩鞭子，放开嗓子，叫来了对面山村里的人们。

放羊的老人说这小伙子肯定被鬼附体了。秦小社用自己的生命给死鬼开了张支票，支付着死鬼生前大笔的情感债务。几分钟后，秦小社从地上爬起来，急切地对放羊的老大爷说：“是您的车吗？我砸坏了您的车？我会赔偿的，我家是上海大财团……我是他们唯一的继承人。”

“你不是刚刚还开着车，随着我的羊群一起走的吗？”

“您看错了，我明明是从上面的悬崖上跳下来的。刚才咚的一声掉在了这车盖上，还吓坏了两只羊。不过羊吃草不吃人。”

“这个人是谁？”老人指着倒在血泊里的尸体问这个被鬼附了体的男人。

“我不认识他，他怎么睡在地上？”

“他死了。”

“死了？我也快死了吧？”秦小社再次栽倒在地上，呼吸急促，双眼圆睁，手脚不时抽搐，像戴着镣铐跳舞。

任何沉重的发生，总会被时间冲淡。不知时间在鬼的世界里会是什么概念。

梦里的春花

警察和秦小社的父母先后赶到事故现场，秦小社根本不认识这位抱着自己哭泣的妇女。他恼恨地推开了妈妈，打掉了放在肩膀上的爸爸的手，终于像驱赶苍蝇似的，把他们赶得远远的。

秦小社捶胸顿足地低泣着：“莹莹，你在哪里？我来了，却怎么也找不到你。我跳的山崖比你的还高，我摔得绝对比你还惨，你安心了吧。你知道我爱你，我本想再告诉你一遍，我爱你的，你却跳下去了。混乱的并不是你我，是这个残忍的世界，这个混乱的年代还能容忍纯洁的爱情吗？莹莹，请记住，海浪遇到高山或许会散开，但它们还会卷土重来，一波接一波，直到最后，山脉变成了石子。好了，我们都成功逃出来了，我们不会被他们击败。快来接我啊，毕竟你先到冥界十多天，我是新手，不知道往哪里走啊……”

秦小社变成了另一个人，让死者的母亲感动地抱着他哭了很久，几乎错乱到要认秦小社为儿子的地步。那位贵妇痛苦地袒护着秦小社，沉浸在一种自己玷污自己的错乱中。

秦小社住进了济南某医院，他的父母根本不相信鬼附体之说，认为这简直是胡扯淡，但谁也解释不了为何总从儿子嘴里说出那位死者的心声。医生建议心病还得心治，最好让他爱的女孩立刻赶来，满足他情感表达的欲望。

必须让露露去济南，刻不容缓。齐秀秀望向念心崖，那里除了一片银白的天空，再没有半个人影。念心崖有时比太监更冷淡，比婊子更残忍。女儿很好，但有了金子更好。夫妻俩分头行动，赵宗回家向妈妈讲明原由，齐秀秀负责进山寻找女儿。

半小时后，齐秀秀就听到了女儿和那孤儿的谈话声，不等女儿走近，便扯开嗓子，大呼女儿的名字。女儿被妈妈的声音吓了一跳，急忙赶到妈妈身边，妈妈夸张地宣布了车祸的情况。

“秦小社来看望你，路上发生重大车祸，正在医院抢救，生命垂危，直呼你的名字……”她用生死诀别的口吻说过之后，看上去像是过度的狂喜，又像是过度的绝望。在她的意识里，只有痛切一刀，才会促使女儿和这孤儿分手，而这种挥刀的过程，又能给她奇特的兴奋。

坏消息把这对小鸳鸯吓傻了，谁也不敢和生命垂危的人计较，谁也没敢发出任何怀疑的声息。他们快速向山下奔去，仿佛秦小社的性命就掌握在他们的脚底板上。

回到山谷，许宗生想说点什么，可露露的妈妈用那匕首般的目光封住了他的嘴。在秦小社生死不明的关键时刻，确实说什么都有点不近人情。但他又觉得，这一切也太有戏剧感了，简直像情节跌宕起伏、环环相扣的美剧。山谷被抛在故事和事故的相对中，唯有时间在流动。此时，沉默总比品评垂危病人的寿命容易得多。

赵明露被妈妈绑架似的塞进车里，表情木然，不知是因为无奈还是因为恐惧，一句话也说不出口。车子飞也似的开出了小石桥，逃出了南里贝。

许宗生呆呆地站在池梨树下，仿佛在做梦，又仿佛在别人的梦里挣扎。悲剧了不是？半小时前还一只脚穿着爱情的鞋，一只脚踏在幸福的靴上。秦小社仅仅因为生命垂危，就可以把赵明露夺走吗？如果以生命为前提，那岂不只有死人才配得到爱情？他像被卸掉一只胳膊似的难过，却又无力抗拒赵明露的父母。

自遇到了赵明露，每缕清风都是一首田园诗，每个时辰都是一场有星星参与的美梦，那么，现在，赵明露被劫走后，又是什么呢？

上帝一定是个优秀的剧作家，所以才会用很多跌宕的情节折磨当事者。剧作家善于从细小的生活现象里寻找纠纷的可能，牛顿通过摆弄木球，洞察天空的秘密，爱因斯坦盯着一艘逆水而行的船舶入了神……许宗生通过体验受到打击的爱情，发现爱情之伤就和呼吸一样，能让他迅速成长。他从中得到一个教训，那就是他深信崇尚真善美的这个世界，实则处于道德脆弱的境地。道德在某些金钱和权力面前不堪一击。自此，任何有关道德的说教都让他滋生伪善的错觉。

历史告诉人们，任何稀奇事件都可能发生。当车子拐过山角，许宗生那种舍我其谁的强者意识再次泛滥。管他呢，谁也夺不走她，她必定是我的女人！人们只看到钱或权，这个世界需要更高等次的爱情。他不想这么呆呆等下去，不想被山谷沸腾起来的潮气吞没，他只想让在这里开始的爱情有个震撼人心的圆满结局。

儿媳妇对秦家的自作多情，在老太太看来，就像把儿媳妇身上的疥癣去掉，就等于把她最美好的东西糟蹋了。狗的吠叫声，虽然和儿媳妇的说话相似，但老太太还能忍受，因为狗从来不是她的家人，所以她没有义务为它的吠叫害臊。但儿媳妇奴仆似的为权势战栗，很让老太太气愤。家门不幸，且由她去吧。

自送走儿子一家后，老太太一直在门口静观这位忧郁的孤儿。虽然他表面看上去波澜不惊，但那刚毅的眼神揭露了内心的沸腾。坚强的男人或许就是以这样的姿态迎接一切的，不管是坎坷，还是坦途。老太太竟然从许宗生的表情以及他强吻孙女的行动上，发现了一点似曾相识的感觉，但又解释不清是什么感觉，既亲切，又陌生。以后的很长时间，老太太被这种模糊的感觉困扰着，试图找到明确的答案，但答案从来不明确。

许宗生正要离开时，老太太走了过来，带着长辈欣赏晚辈的阳光般的表情："打听到你要找的人了吗？"

"没有。"

"你父母什么病去世的？"

"都是意外事故，妈妈是车祸，爸爸……"

老太太摆了摆手，制止了他，仿佛这正是她想要的答案。

老太太像审视红木梳妆台似的盯着许宗生。有这张脸，就什么都有了。“你饿了吧，我给你煮碗面条？”

老太太的提议出乎他的意料。他已气饱了，这会儿除了空气，什么也咽不下。许宗生谢绝了老太太，他还有更重要的事情要做。

深山里雾霭渐浓，像弯弯曲曲的灰白色绸幔，遮住了花海。童话世界与现实世界似乎融合在一起了。

许宗生认为只有有力的行动，才不会被世俗淹没。

到底秦小社伤到什么程度，妈妈也说不清楚。这可急坏了赵明露，毕竟他是来看她的路上发生的车祸，再加上前次拒绝了他的求婚，如果秦小社真有个三长两短，赵明露也会背上沉重的精神负担。

与其欠别人的，不如被别人欠着。

警察刚处理完上海男生的尸体，村民们还围着一摊血叽叽喳喳地议论着，赵明露他们的车就赶到了这里。地上那暗紫的血像死亡的咒符，让赵明露瞬间崩溃，泪水喷涌而出。这生活是疯狂的，看似无辜的人无意中走向了深渊，莫名的危险正在袭来，爱情受到煎熬，时间也在毁灭。人们只知道怎么去死，却不知道该怎么快乐而善良地生。我该怎么办？怎么办？一定程度上，人们所有的泪水都是为自己流的。

“淌了不少血啊！”妈妈感慨着，那快怡的口气仿佛不是在看血，而是在欣赏一片火红的玫瑰。

女儿如此伤心，爸爸心软了。他说秦小社伤得并不重，那血是其他人的。可赵明露坚信秦小社一定病得非常重，爸爸只是在安慰她。

妈妈很欣赏女儿的泪水，这泪水足以证明女儿对秦小社的感情，也就足以证明两家有联姻的可能。如果女儿泪水汪汪地出现在秦小社父母前，他们会多么感动，又会多么喜欢这儿媳妇啊。露露的妈妈简直是个不信神的祭司，又是一个害怕神的无神论者。与权力的掌管者打交道，总让她奴颜婢膝又反复无常。

妈妈的算盘打得很对，当女儿两眼红肿、泪水涟涟地出现在医院里时，秦小社的爸爸妈妈确实吓了一跳，以为这孩子受了什么委屈。当听说是因秦小社受伤而痛心时，这对夫妇暗自诧异，自然也抵消了所有对赵明露拒绝求婚的怨恨。

不要说流血，秦小社当然连一点擦伤都没有。

秦小社的父母并不告诉她秦小社病情如何，却让她自己去看。这更让她忐忑，以为他毁容了，或者生命垂危，迈向病房的腿几乎软得支不起身体。护士替她推开了门，赵明露胆怯地探进头，似乎怕打扰熟睡的病人。秦小社神清气爽地坐在床上，双眼似乎比平时更明亮更有神。赵明露诧异了片刻，惊喜地奔过去，抱住他的胳膊，又感动又庆幸，一句话也说不出来，鼻子一酸，泪水就漫了出来。

秦小社着了凉，苍白的额头上渗出了大颗大颗的汗珠，像是晨间田野里的露水。他奇怪地瞪着赵明露："我认识你吗？你是莹莹的朋友？"

赵明露以为听错了，泪水还在眼眶里打转，却水汪汪地愣住了。她诧异地看向秦小社的父母，他们脸上挂着火葬场般沉重的表情。赵明露突然意识到问题或许很严重。

"孩子，她是赵明露，你的女朋友啊，她答应嫁给你呢！"秦小社的妈妈轻轻拍着儿子的肩膀。

"你们糊涂了吧，我的女朋友叫莹莹，我在等她来带我走。她会来的。"

"她就是你的莹莹！她是来带你走的。"赵明露的妈妈非常机智地推动着剧情。

秦小社果然审视着赵明露的表情，抓住赵明露的手，仿佛在思考很久以前的问题："你真是莹莹？你是来接我的吧，我就说你会来的，太好了，我太高兴了……"

秦小社走进了一个奇特的魔幻世界，人们用蟋蟀的叫声相互引诱，如果不懂蟋蟀的语言，那就闭嘴。秦小社需要莹莹，需要向莹莹表达他无尽的、盲目的爱，需要那种梦境般的状态。

医生无力把他从那怪异的世界拉回来，聘请了精神病专业的医生会诊。

专家的诊断很明确，就是传说中的鬼神附体，用现在医学理论解释就是一种较为常见的癔症的表现。发生鬼神附体的人，一般好感情用事、想象力丰富，深信鬼神妖怪的迷信传说。病人有相信鬼神存在的思想前提，还有易于接受心理暗示的性格特点，受到强烈的精神刺激后，自我意识受阻，经过自我暗示，瞬间成了死者灵魂的化身，以附体者的身份讲话，讲话内容与患者当时的内心感受有关。经暗示治疗或其他疗法，病人便可恢复原来的身份。不相信鬼神的人，就不会发生这种症状。

春花朝露消失得多么容易啊，人怎么能进入另一个人的意识里，难道这不是罪孽，不是犯奸？这比偷盗金钱更恐怖吧？前几天，秦小社让人贩子下了毒药，差点命丧黄泉，却成了与人贩子斗争的英雄，而今却从黄泉路上拦劫另一个人的灵魂，冒充另一个灵魂对世界发号施令，这是罪人还是英雄？

去了一趟山里，怎么就相信鬼妖那套迷信了呢？难道二十多年的教育不足以强化他的世界观吗？高一暑期的阅读任务就有《聊斋志异》，虽然给儿子摆放在书桌上，儿子却翻都没翻。他一向对这类故事没兴趣。秦小社的父母嘀咕着，齐秀秀心虚地躲到了门外。下次回山里，一定拿这事好好和婆婆理论理论。婆婆就是典型的老派人物，是迷信的传播者。

世界是一个舞台，演员总是搭配得不伦不类。至此，赵明露在医生的指导下，以莹莹的身份，守在病人的床边，试演着那出殉情的爱情戏。秦小社沉浸在那个人的爱情里，诉说着那个人的感觉："莹莹，我讨厌大家族的规矩，讨厌父母的傲慢，讨厌他们对你的漠视和偏见，讨厌奢侈无度又冷酷无情的两面人生，只希望和你过平凡而美好的生活……"

他深深爱着莹莹，碰碰她的手指都会让他的每一根神经快乐得颤抖。自杀跟异教仪式一样，既需要祭师也需要祭品。借着爱情的愚蠢，他们终于可以拿自己的生命为所欲为。

希望都寄托在赵明露的身上，赵明露既忐忑又尴尬。她当然希望秦小社快快康复。但让她为难的是，双方的父母，以及部分亲朋，都希望赵明露嫁给秦小社。赵明露觉得自己虽在扮演别人坚贞的爱情戏，自己的爱情却被腐蚀着、摧残着。她快被焦灼化成灰烬了。

“孩子，小社那么爱你，我们会让你幸福的。”秦小社的妈妈握着赵明露的手，那口气有乞求，有许诺，有命令，也有温柔的强硬。

赵明露默默从这些人中低头进了病房，不想让他们看到眼底的泪水。她似乎目无所见，耳无所闻，心无所想。

秦小社吻了她的眼睛，起身下床，轻轻走到窗前。窗子嘎吱响了一声，风雨中传来哗哗的声息，像中了魔，充满了神秘和恐惧，充满许诺和危机。他躺回床上，拉着赵明露的手：“莹莹，如果我一无所有，你还爱我吗？”

“爱你。”

不知道秦小社在想什么，他闭上了眼睛，似乎睡着了，但枕头却被泪水浸湿了。

在这短短几个小时里，他成了另一个人，虽不更聪明，却更谦虚和单纯，虽不更成熟，却更慷慨和坚贞。赵明露感受到那对情侣爱得既美好又绝望，既纯真又悲伤。无主的罪行布满黑暗的各个角落，甚至还在各处的树端对人狞笑。赵明露有一个疯狂的念头，想把秦小社摇醒，甚至打他两巴掌，将一切和盘托出，告诉他这一切太荒唐可笑、一无是处了。可她不想那么残忍。

秦小社睡着了，像一个没长大的婴儿，一缕头发盖在了前额上。赵明露撩开头发，静静看着这张脸。三年来，她从没有认真地注视过这张脸。他长得不难看，甚至还算英俊，可自己为什么就没爱上他呢？此刻，她多么希望躺在这里的是——许宗生，她一定会情不自禁地吻他，抚摸他，一定会紧紧地拥抱着他。艺术家应该创造美，不应该把自己的生活放进去。可这个时代，好像人人都站在舞台的中心，人人是大片的主角，结果失去了抽象的美。

我把自己放在了谁的故事里？许宗生又在忙什么呢？

我和暮雨一道问候你

许宗生寻找一切可以出山的机会，可是左等右等，终不见一辆机动车。他徒步沿着山路走去，他知道命运总不会亏待意志坚强的人。

老太太远远望着孤儿走过了小石桥，一步步拐过了山角，这让她想起了第一次和丈夫进山时，就这么一步步走来。那时，沉在命运最低谷的她坚信，凭着自己的双脚，一定也能活出精彩。

不回忆从前已很久了。如今，老太太心里涌起一阵奇异的感动，但说不出什么理由，不知道为什么，山谷花期脆弱的美总让她有说不出的伤感，让她想起了那些开端美丽、结局脆弱的日子。五十多年前那个坚强的大小姐，已成了白发苍苍的老太太。命运真会开玩笑，依然让她站在村头，看人来人往，听风来雨去，却等不到曾经许诺给她的人。

傍晚下起细雨的时候，已走了二十多里山路的许宗生终于坐上了出租车。

灰蒙蒙的暮雨把沿途的风景洇浸在梦中，许宗生心情沉郁却柔情如水。亲爱的，我在想你，我和暮雨一道向你问候。

他突然想起了一首词，似乎能表达他伤感而酸楚的心情："帘外雨潺潺，春意阑珊。罗衾不耐五更寒。梦里不知身是客，一晌贪欢。独自莫凭栏，无限江山，别时容易见时难。流水落花春去也，天上人间。”

当默默念诵李煜的这首《浪淘沙令》时，突然想起了妈妈，他和妈妈正是天上人间。妈妈叮嘱他要找的人，却一点线索都没有。如果妈妈在，告诉妈妈自己爱上了一个姑娘，妈妈会非常开心的。自升入大学以来，妈妈总是问他有没有喜欢的女孩。他每次都让妈妈失望。作为单亲家庭长大的孩子，妈妈一度怀疑他的性取向有问题。现在，他可以踏实地告诉妈妈，他的儿子是健康的、优秀的，那个女孩也是非常美丽而善良的。妈妈，她还会绘画呢，她把我画得很帅、很酷、风度翩翩。

晚上八点，许宗生终于站在了医院病房的大厅里。

秦小社依然沉睡着，药物滴完了，赵明露起身去通知护士更换液体。她的手机信息响了。齐秀秀立刻抓起女儿的手机，匆匆翻看：“亲爱的，我在医院病房楼大厅等你！许宗生！”

齐秀秀快速删掉信息。女儿回到病房后，齐秀秀借口去洗手间，出去了。

那小子竟然跟到了这里，齐秀秀似乎觉得他在制造一场荒唐的闹剧，他的执着使她感到麻烦。她胸膛里积聚着满满的怒气，恨不得赏给这个不知天高地厚的家伙一刀子，让他明白癞蛤蟆和天鹅的距离，可不是几句情话能丈量的。

齐秀秀像一头愤怒而饥饿的豹子，气冲冲地站到了许宗生面前。如果是在南里贝，她可以狠狠地赏他几个耳光，但在这弘扬人道主义的医院，她不得不高尚一把，控制着自己的慷慨。

“你不要再来找露露了，我不会把女儿嫁给一个没爹没娘的孤儿！滚开，别让我再看到你！”她的口气充满了报复的意味，得意地将新烫的头发摇来晃去，黑色的瞳孔流露出无限愤怒，右手上的珠光宝气，高高地挥舞着，提醒着唯一的听众——这虽然是一只普通的手，毕竟也烙上了财富的烙印。

许宗生被这突然的一梭子子弹射蒙了，愣了片刻，才回过神来。他调整了一下站姿，一副年轻气盛、舍我其谁的样子。

“您不是因为我是孤儿，反对女儿嫁给我，即便我父母健在，您依然不同意这门婚事。您喜欢财富超过喜欢女儿。您不是对我不满，而是对秦家的权势和财富太中意了。既然我敢向您女儿求婚，肯定有我坚强的理由，我自信、坚定，我相信我的能力和未来。我不会像秦家公子，靠父母的权威，甚至靠一场莫名其妙的疾病来骗得女人的怜悯。阿姨，我敢说，如果我和秦家公子平等较量，您肯定会选择我的。您嫁女儿，嫁的是女儿的未来，不是当下的礼金。如果只在意当下的礼金，您和后娘有什么区别！”

“放肆！我就是在意礼金，有什么错！有人坐公交车，有人开法拉利，社会就这么现实。我的女儿，我做主。别拿未来、自信画饼充饥，我可不是小女生。”齐秀秀理直气壮地转身走了，她感觉自己也霸气如王侯了。

丑陋和愚笨的人历来占尽世间的便宜，他们可以随意而坐，开口骂人，虽不知高尚为何物，却可以免尝痛苦的滋味。他们一方面可以无忧无虑，随遇而安；另一方面又有利必争，有宝必夺。他们可以把痛苦带给别人，却一样感觉生活无限美好，妙不可言。

许宗生还想说什么，可话到嘴边，还是咽了回去。毕竟她是赵明露的妈妈，为了将来，必须留条后路。他呆呆地站在那里，模模糊糊地意识到周围的人都在看他，但又不知道为何看他，他恍然大悟自己不是来当模特的。明白了自己的情势，一阵剧痛如刀子般钻心，每一根细小的骨头都颤抖起来。

无论山河万里，还是金山银山，都不如赵明露能吸引他。他心甘情愿做这个女人的俘虏，终身囚禁在她的领地中。爱情的世界既单纯又复杂，既静止又骚乱，既惊恐又温暖，这么多奇妙的特质集中在许宗生心里，简直让他神魂颠倒、痛不欲生。赵明露的眼神让他平静安宁、信心十足，她香喷喷的气息令他飘飘欲仙、灵魂酥软。但齐秀秀的态度如同匕首般可怕，稍一舞动，任何亲情都会毙命。

许宗生想握住齐秀秀的手，让她感受自己的真诚和热情，但又不敢表现出那样的激情，不想让她以为他是乞丐、浪荡仔或情感的骗子。

医院本是个悲情荡漾的地方，许宗生伤感地意识到一个很好的机会给白白浪费了。以前不知道孤独的滋味，自从爱上了赵明露，仿佛世界只剩下自己，孤独到抬脚就能踩到自己的疼痛。

许宗生断定赵明露根本没看到信息，不然绝不会让她妈妈来传话。他将刚才的信息重发了一遍。果然，当妈妈回到病房时，赵明露正往外走。

“干吗去？”

赵明露对妈妈焦急而严厉的口气感到诧异，无语地看着妈妈。

“你还去见他吗？有点良心好不好，秦小社为你变成了这样，你却还要去见那小子。他有什么好的，值得你这样待他？”

赵明露像被妈妈当胸捣了一拳，一时闷得喘不上气来，憋得脸通红。

“我从没答应嫁给秦小社，是你们要我帮他治疗才留在这里的。”

齐秀秀突然抓住女儿的胳膊，又生气又恳切地劝说道：“孩子，这么好的条件你不要，别让自己成为笑话，错过这个机会，你会输得很惨，玩不起！”

“妈，您这样才是笑话。”妈妈一向闻到铜臭就穷追不舍，正是这一点，很让奶奶不屑。

“我究竟造了什么孽，养了你这不知好歹的坏种。”

“这称呼可真好！”赵明露甩开妈妈的手，匆匆跑出去了。妈妈伤心地跌坐在椅子上，仿佛女儿不是去约会，而是去跳火坑。勇气和愚蠢只有一线之隔。愚蠢、愚蠢、愚蠢的孩子……

伤心的不止齐秀秀，还有床上的病人。谁也不知道秦小社已恢复了理智。半小时前，秦小社小睡时，突然被电话惊醒，是赵明露的好友朱蓉蓉打来的。电话里，赵明露详细介绍了秦小社的发病地点、发病过程以及现在的症状，同时也介绍了自己正在扮演的角色，忧心忡忡地叹息着尴尬的心情和难堪的现状。

秦小社奇迹般被唤醒了，但他假装着依然沉浸在另一个人的灵魂里。

钝剑如跛马，刚才赵明露的话太伤秦小社的心了。这次灵魂出游让他突然明白，虽然追了赵明露三年，三年像梦，是一场男女追逐的大戏，如果没有追逐的游戏，青春岂不太苍白了。但此时他才顿悟，三年来，他始终没有钟情她，而仅仅钟情于能够拥有她——拥有她，就拥有了占有校花的骄傲。即便真的把赵明露娶到手，爱情的那把椅子依然空缺着。但被赵明露这样否定，似乎也太伤一个男人的尊严，尊严有时比金钱更金钱。那个上海倒霉蛋其实教给他很多，他必须寻找那位真爱他、可以为他跳崖的女人。把那样的女人放在家里，男人才有尊严、有地位，才能霸气十足。显然，赵明露永远不是为他跳崖的女人，甚至连跳两尺高的小土丘也不可能。如果以前她还享受被追逐的乐趣，如今，她连那游戏也厌烦了，因为她有了那个男人。

赵明露仅仅是我恋爱的假象，我在假象里闹腾了三年。秦小社为自己三年的辛苦伤感，为自己曾那么低贱地乞求而难过。他曾发誓娶她为妻，但谁都看得出，他真正的妻子是父母赐予他的财富。

赵明露去见许宗生了，秦小社听见了她咚咚离开的声音。三年来，我和爱隔着遥远的距离，盲目地以为和她一起吃饭是爱，一起看电影是爱，一起嗨歌是爱……其实，我也并没有爱上她。

但是，这世上还有什么比与女人的游戏更有趣呢？从今以后，他将在新一轮游戏中猎获光辉、荣誉和宠幸，他不再是沉溺于歌谣的清纯男生。

计谋就像酒，需要时间酝酿才会成熟。秦小社的计时器开始了。

赵明露刚出了电梯，就看到许宗生静静站在大厅的广告牌前。她心跳加速，脸也发热了，双腿又软又飘，像随海浪起浮的帆船，难以掌控身体的平衡。“嗨！你来了。”

许宗生转过身来，仿佛多年没见面似的，有些陌生，又有些忐忑，上上下下打量着赵明露。她苍白地笑着，像一朵茉莉花：“你病了吗？”

“病的是你吧，脸很苍白。”

“饿的，一天没吃饭了，有时间吗？一起去吃碗拉面。”

赵明露心疼得心快碎了，她拉起许宗生的手，向外走去。正好碰到秦小社的妈妈。秦妈妈微笑地问赵明露“干吗去”，目光却在许宗生脸上扫来扫去。这个男子她见过，儿子被人贩子下毒那天，他的病房和儿子的紧挨着——那位解救了大家的无名英雄。

“阿姨，我们出去吃快餐。”赵明露做错了事似的急切地解释着。

秦妈妈立刻拿出钱包，捏着厚厚一叠百元纸币，塞到赵明露手里：“拿去，吃点好的。”

赵明露推着，许宗生好奇地看着秦妈妈。真是演员啊，笑里藏刀。难道我带她去吃快餐，我连快餐钱也付不起吗？

赵明露最终抵抗不过秦妈妈的强势，不得不握着那叠纸币。秦妈妈疼爱地抚摸着赵明露的头发，又亲切、又宽容、又温暖：“去吧，慢慢吃，今天辛苦你了。”现在的女孩就是爱冒险，只要有旁观者，她们就敢和任何人调情，露露也不例外。

许宗生内心的火气越来越大，刚刚汇集到心里去的血液，像汹涌奔腾的愤怒，一下子涌到脸上，渗出大粒大粒的汗珠。在转身离开的瞬间，他的胳膊就搭到了赵明露的肩膀上，还偏过头，在赵明露的头发上亲了一口，像一对老情人搂肩搭背地走了。

赵明露既幸福又难过，简直过着冰火两重天的日子。做梦都想和许宗生这样走在一起，可秦小社那边又该怎么收尾呢。

凡是挑衅，必定不道德。秦妈妈简直气得发抖，几乎想扑过去，把他们俩分开，可又不敢贸然行动。在单位，她只要闪一下冷漠的眼神，就能使下属发烧寒颤、丢官卸职。她觉得老天实在不公平，凭什么总赐予穷光蛋那么多的骄傲和超高的颜值，为什么不能让儿子要风得风、要雨得雨？为什么总让智慧的儿子受那么多灾难？

因为太爱儿子，秦妈妈几乎想把自己的心掏出来，给上帝拌拌吃了。当然，从没听说上帝对老女人的这道菜感兴趣。

秦小社继续假睡着，思考着尊严地摆脱赵明露的对策。医生从被褥下抽出他的胳膊，将冰凉的手指放在手腕上测脉搏，然后又轻轻地翻开他的眼睑，那芳香的哈气喷到了秦小社的脸上，之后又调整床对面的仪器插头，长长的发梢在秦小社的脸上拂来荡去。

秦小社像从梦中被唤醒般的惊恐，明亮的眼睛瞪着这位漂亮的小医生。擅长借势是智慧的表现，我只有像踢掉破鞋子似的踢掉赵明露，才可以挽回丢失的颜面。用另一个代替赵明露，无疑是战胜过去最有分量的砝码。何必为一个不知好歹的女人费心呢？爱情有时也展现女人最丑陋的一面，而婚姻则让清纯的女孩变成老妈子。

既然早晚是老妈子，又何必发誓彼此包容，彼此忠诚？并不是谁都会拒绝触手可及的富贵，并不是谁都傻到与宿命抗争。

这个护士或许会成为化解我伤痛的女孩，或许只消一个微笑便可除尽眼下的悲伤。

秦小社用一双欣喜而略带伤感的眼神盯着医生。

医生根本不在意秦小社的目光，用近乎机械的口气问道："感觉怎么样，还胸闷吗？"

"护士，你真……漂亮！"

"留着你的赞美对护士说吧，我是值晚班的医生。"

"医生，真漂亮！"

"你在用哪个身份说话？是秦小社，还是……"

"我想，我用……你男朋友的身份……"

漂亮的小耿医生愣在那里，瞬间不知道该怎么做了，表情木木的，眼睛眨也眨得像一只出神的鹦鹉。看来甜言蜜语对每个女孩都是毒药，她好像吞了不少，中毒还挺深的。

兔子虽小，闻起来却像一道美味大餐。"美女医生，请给我检查身体，看我够不够做你男朋友的标准？"他低声倾吐着温柔甜蜜的话语，希望像音乐一样优美动听，像美酒一样使"兔子"陶醉。

小耿医生虽然不是第一次从男人口里听到这样的话，但说话的人是秦公子啊。她觉得全身被幸福包围着，荡漾着无限的欢乐和骄傲。

被迷魂汤灌醉的小耿医生多想此刻有同事当证人，来强化当前的情势。她按响了急救铃，主治医生随后就进了病房。

"什么情况？"主治医生焦急地询问病情，小耿医生尴尬地看着病人，却又说不清楚病人的状况。

主治医生检查秦小社的脉搏、心率。秦小社微笑地盯着小耿医生，仿佛不盯紧，她就会化作轻烟消失似的。

"我要小耿医生给我检查……我喜欢她的味道，喜欢她温柔的手。"他依然用背台词的口气说着挑逗、引诱的情话。岂不知，正是借自己的嘴，背诵着书里的语言，才使他三年来都没能打动赵明露。但他成长于政治表演之家，非常擅长即兴表演。

主治医生呆住了，一时没明白病人的意图，当看到小耿医生羞涩的表情，再瞅瞅病人痴情的目光，立刻恍然大悟，退后两步，把小耿推到了病人的床前。小耿医生觉得自己是那样甜蜜和柔弱，那样昏沉和恍惚，仿佛置身于梦境一般，仿佛被这病人的病情搞蒙了。

“大学的时候，有个老师说我：‘你这人总是对着灰暗的东西微笑。’我醒后第一眼看到了小耿医生，我以为看到了天使，我想，这一次，我肯定笑对了……”

金钱有灵魂，而人没有。灵魂可以买卖，可以交换。赵明露不懂，所以不是一家人，不入一家门。这个小耿医生却具备了一切可能。

秦小社的爸爸突然发现儿子不但苏醒了，而且还聪明、幽默了。对，这才是我的儿子。这惊奇的发现让局长大人激动不已，他紧紧握着儿子的手，轻轻拍着儿子的脸颊。

“爸爸，我是一个坏人吧，怎么突然喜欢小耿医生了？”

“很正常啊，孩子，小耿医生很漂亮，又很温柔。”

“可是我感觉对不起露露，不知怎的，不喜欢她了。”

“没关系的，儿子，喜欢谁不喜欢谁，都是命中注定的事。”局长大人伏在儿子的耳边，悄悄叮嘱道，“记着儿子，在财产上谁也别相信，但对女人可要迅速出击，像老鹰俯冲兔子，兔子就没得跑了。”

“爸爸，你觉得露露美吗？”

“让稻草人穿上衣服，可能都比露露美。”

“我觉得也是。”父子俩哈哈大笑，这笑声灌满了父子亲情。爸爸在儿子的额头上亲了一下，下一次亲吻，就是在儿子的婚礼上，不过是儿子主动亲吻了爸爸。

条条大路通向一个终点，但幻灭却是秦小社新生活的起点，幻灭带着胜利花环来到他身边。

多情的女人总是自愿走向祭坛的。小耿医生懂得医疗之法，也同样懂得爱人之术。为了金冠，裙子上多点泥巴也值得，虽然偶尔也感觉自己成了病人苏醒的赠礼，但这年头的美女就这德行，至死都牢记宝马的魅力。虽然意识到最大的悲哀是浅薄，但披上爱情的战袍，浅薄便也崇高了很多。

齐秀秀瞬间成了这里的陌生人了，明明什么都没有变，却又好像什么都不一样了。刚刚的情景剧仿佛往她心里打进了一个楔子。她简直气疯了，可又不敢发作，她不知道这对父子在要什么诡计。她对情势极为敏感，就像狗儿可以嗅出恐惧。看到小耿医生又羞涩又甜蜜地站在床边，齐秀秀很想扑上去掐住她的脖子，让她窒息而亡。

这也仅仅是想一想。她审视着秦小社促狭的微笑，纳闷那是什么意思——这位苏醒的青年总像在享受着什么秘密，不是笑得如花，就是笑得诡异。

可是当齐秀秀心里很不是滋味地看到，小耿医生和秦小社像两只发情的鸟眉目传情时，便觉得整个世界的秩序颠倒了。在她看来，这个又瘦又小的女大夫，比下贱的虫子还不值钱，却堂而皇之地代替了露露。她气恼地甩门走出了病房。她生自己的气，生没良心的秦小社的气，更生女儿的气。女儿对财富没有好奇心，这是女儿致命的缺陷。济南是一座宏大的城市，可是齐秀秀却感觉到它是那样小，小到让秦小社转眼就遇到了新的爱情。

此时的齐秀秀像个溺水的人，无论是一块木板，还是一个轮胎，对她来说都是救命的。

不要说小耿医生，即便小王或小张医生，无论秦小社选中哪个未婚女孩，她们都可能极其荣幸地接受秦小社的表白。在世俗的社会，毕竟追求华衣美食、香车豪宅，都是她们梦寐以求的理想。

小耿医生幸福得无法自控，自那一刻起，微笑就始终挂在脸上，走到哪里都是一副幸福的模样。这是一种从未有过的幸运，这种幸运直到昨天为止都是她无法想象的。可是现在，她不再问自己为什么会这样了，反而认为这是极其自然的事情，只要能留在这里，她就能牢牢抓住这幸福。快乐中含着一种畏惧，生怕获得的东西会重新失去，以至于当她喂他喝水的时，她几乎连那汤匙都要亲吻一番。

漂亮的小耿医生让秦小社苏醒了。秦小社的妈妈拥抱着儿子，好像儿子死而复生似的。可秦小社像追悼死去的另一个自己，竟然在妈妈怀里号啕痛哭。八岁之后，他就再也没有这样肆无忌惮地痛哭过了。“妈妈，我怕，我好害怕……我好怕……”那哭声在走廊里回荡，席卷着病房的所有角落。谁都以为又死了什么病人，其实，是一个病人复生了。

恐惧，害怕自己一无是处，不被重视。对失败的恐惧，对生的恐惧，对女人的恐惧……让秦小社清醒了。

他选择了小耿医生，让小耿医生爱上自己，至于爱不爱小耿医生，那就交给时间去解决。娶一个爱自己的女人当妻子，找一个自己爱的女人做情人。新的恋爱原则，让秦小社增智不少。

事实证明，病房比公园更适合培养爱情。小耿幸福地守在秦小社的床边，两人卿卿我我，难分难舍，似乎有说不完的情话，表白不完的心意。“这次事件让我明白，我并不爱赵明露。就在我快要绝望的时候，幸运的是，爱神突然眷顾了我，你终于来了。”

伤感的喧嚣

当许宗生和赵明露吃完饭一起回病房楼时，被齐秀秀凶神恶煞似的拦住了。她头脑里的计划，曾像春花般丰富多彩，可现在已不知说什么好了。她感觉，原来一直把她和未来的成功联系在一起的那根琴弦断了，而新的琴弦又没能接上。她很想痛痛快快地骂女儿一顿，可又无力开口。在她看来，露露简直就是个蠢蛋，是这世界上最最愚蠢的女孩。放着大蛋糕不吃，偏要乞丐似的讨生活。但所有的怨气，只能化作深深的叹息。

看看，露露，我们生活在什么时代，人善变得比变色龙都快，美德成了无人问津的垃圾。齐秀秀像皇帝一样厌烦而忧郁，她的世界像失去了房梁的木屋，散架了。

赵明露无法相信秦小社在一顿快餐的时间里就和小耿医生坠入爱河。

赵明露虽然始终没能爱上秦小社，可朋友间的交集和疏离，使她非常了解秦小社的个性——死要面子、装高贵、伤不起，总想在公众面前装“狮王”，却又发不出“狮王”的吼声。他误把挥霍钱财的豪爽当成与生俱来的领袖气质，自始至终陶醉在同辈人羡慕和敬佩的眼神中。他总以为掏钱请客就会赢得朋友，这一招，他屡试不爽。

如果他能真爱上别人，那岂不太有戏剧感、太完美了？

带着猜测、忐忑、犹疑，赵明露见到了声称陷入热恋中的秦小社。一场分手的话别在所难免。秦小社的父母、赵明露的父母、小耿医生以及几位亲朋都在场，秦小社要他们做分手颂辞的证人。他本想要许宗生也参加的，可许宗生根本不想介入。秦小社断定这是许宗生的损失，如果他能听到这场智慧的演讲，定会受益匪浅吧。

秦小社无限惋惜地拉着赵明露的手，深情款款又非常痛心地说道："亲爱的，多么奇怪啊，三年来，我一直追逐着你的美，我们相亲相恋，卿卿我我，出出入入，一起度过了多少美好时光。过去的三年，我是幸福的，没有你，我的大学会多么苍白、多么贫瘠。我本幻想着，等我们白发苍苍的时候，我们会相携着看海、看夕阳、看南里贝的春花……可是一场莫名其妙的天降车祸，让我成了另一个人，有着另一个人的感情和世界观，那人的世界观、价值观影响了我、催化了我——我感觉自己变了，不是肉体的变化，而是精神、思想变了，我不再是原来的我……你没发现我更沉稳了、更幽默了，甚至更机智了？当我睁开眼睛，像新生了一次，第一眼看到的不是你，而是别人。瞬间，我和你的距离变得遥远而模糊了，甚至没有了一点爱的感觉了。亲爱的，真对不起，我只能说抱歉。你能原谅我吗？我们依然是终生的好朋友，好吗？我知道这样说很卑鄙，我是负心郎，是陈世美……你骂我什么都行……我一生可能都怀着一颗负罪的心待你。如果你遇到困难，买房、生病，或其他原因缺钱的时候，亲爱的，我依然在，依然是你的坚强支持者……我祝福你，听说喜欢你的人是个孤儿。孤儿也没什么不好，我们都孤独地生、孤独地活在这世上。不过，当你感到孤独的时候，当孤儿的性格让你难以忍受的时候，联系我，我会第一时间去帮助你、陪伴你。我想，我的小天使一定会同意的。毕竟我把你当妹妹，你是我在尘世的唯一妹妹，好吗？见见我的小天使，过来，亲爱的耿，过来见见我可怜的妹妹……"

小耿医生羞羞地走到床边，向赵明露怯怯地伸出了手，赵明露昏头昏脑地和小耿医生握手，她们俩像新旧接班人，以握手言和的方式完成了工作交接。

直到被爸爸带出了病房，赵明露依然懵懵懂懂地没明白秦小社的全部内容。齐秀秀像战败的士兵，懊恼而气愤地骂着，骂秦小社卑鄙、阴险，故意设计这分手场面，挣回求婚被拒的所有面子，骂秦小社爸妈的无耻，怂恿儿子见异思迁、拈花惹草。

妈妈愤怒的咒骂，补充了赵明露对某些细节的缺失。渐渐的，赵明露终于明白，所谓分手大戏，就是秦小社挽回面子的表演，那段以贬低赵明露抬高自己的唱词，不过是脆弱、不自信、无能且自大的又一表现罢了。更可恨的是秦小社以回忆甜蜜时光为由，暗示他们曾发生过肉体关系，影射作为男人的光彩。其实，三年时间，两人最亲密的举动就是亲吻了赵明露的额头。他无情地向众人宣告：赵明露只是一个累赘的蠢货，一个只有依赖他的资助，才会快活起来的情人。赵明露从心底觉得秦小社不但可怜、贫乏、软弱，更无耻、无赖。他天性狭隘，却自命尊贵。*他嘲笑我，或贬低未来的我，而我却把这种嘲笑当作嘉奖领受了。*

无论秦小社将来多么豪富，他永远不知道幸福的真正滋味，因为他永远不敢投入地爱别人，不敢义无反顾地享受生命的美，他爱的仅仅是自尊，是面子，是众人眼里光鲜的自己。

在秦小社看来，赵明露应该怀着深沉的敬意、深沉的自卑和深沉的忌妒，羡慕他的自在、快乐、从容富裕的生活，简直与神仙差不多。然而赵明露却并不这么想，她觉得秦小社家的生活像海市蜃楼，虚伪地停留在童话里，幼稚地蛰居于理想国，每一件衬衣干干净净，每一顿晚餐都山珍海味，每个仆人都服服帖帖，但风雨一来，烟消云散，去留无痕。

赵明露兴冲冲跑出医院，许宗生正在大门口等她。

赵明露会心的微笑让许宗生更踏实了。

“露露，你有一张美得让人窒息的脸。”

“你要带着这张脸去哪？”

“亲爱的，去结婚。从现在开始，进入结婚倒计时。”

一列穿透远方沉寂的火车，载满了沿途的秘密，去黄昏的路很远……去黎明的路也很远。

女人之间的告别却优雅得多，特别是自以为深谙世态的老女人之间，那种明里客气、暗里争斗的味道，很值得彼此珍记，也确实忘不了。

秦妈妈微笑地把齐秀秀邀请到走廊的玻璃窗前，仿佛都喜欢欣赏远方的风景。秦妈妈望着朦胧中的千佛山，装模作样地叹了口气："你看，事情变化真快，超出了我们想象。我们老了，思维太老土了。本以为小社和露露能有缘，可他睁开眼就看上了小耿医生，把发病前的感情忘得一干二净。院长说小社有个性，是那种碰一碰女人的衣袖，就能点燃她们激情的男人。露露妈妈，我就是感觉对不起露露，露露始终侍候在床边，对他尽心尽力，好不温柔。毕竟他们有了三年，三年可不简单。酒很香，但也能把人搞臭，恋爱也是这样，多少恋人反目成仇。正如小社说的，以后他们就像兄妹，无论露露有什么困难，小社都会出手相救的。他们之间能结成这种兄妹友谊，我们也感到高兴啊，你说是不是？"秦妈妈向楼下望去，正好看到许宗生和赵明露站在那里聊天，"听说喜欢露露的男生是无父无母的苦孩子，他们以后的生计只能依靠你了。现在，没有父母的帮助，年轻人哪有高质量的生活，单是房子、车子……就能把他们逼疯。不过，这都是命……这个孤儿话很少，智商不会有问题吧，你可得替露露把好关，千万别嫁错了人。俗话说：学得好不如长得好，长得好不如嫁得好……"

"正是他那天晚上和人贩子搏斗，救出了孩子们和露露的，他不但帅气还很勇敢！"齐秀秀实在气不过，愤愤地开口了。

"说的也是，所以，我们要分清恶棍和英雄的区别。我也以为他是个英雄，可怎么像逃兵似的从医院里溜走了呢？不然得个什么舍己救人奖，不是对以后有好处吗？有勇无谋可不好，即便当个保安、收银员，有良好的荣誉，也会优先聘用的。可见，还是太年轻了，你可要好好教导教导他。"

"谢谢您的叮嘱，我会告诉他的。以后再救人的时候，一定记着功绩不能被别人抢了。再见！"

"常联系啊！"

去死吧，王八蛋！齐秀秀心里充满了对秦家的痛恨。但许宗生，却像当铺里的银子，一直在她内心无法触及的地方闪烁。经过秦妈妈这一番阴阳怪气的讥讽，激活了齐秀秀内心的感觉，对许宗生的态度转变了。当然，她本无力抗拒女儿的意见，无力改变女儿的选择。

经过这场惨烈的考验后，一股觉醒的激流突然向齐秀秀袭来。这是一种冷静而清醒的感觉——无论怎么努力，都没能置身于女儿婚姻的核心，都不能抵达尊严的最高层。她几近失望地发现，攀附权威的路途上，空气十分稀薄，差点让他们夫妇窒息身亡，以往没有任何事情如此消耗过她的精力。她曾那么热情真挚撮合女儿的婚姻，最后却变成了一场笑话，让秦小社一家人嘲笑，让女儿嘲笑，甚至也让许宗生嘲笑。不，至少不能让自己成为许宗生的笑料，如果女儿执意嫁他，谁又能阻止呢？

赵明露的爸妈答应了许宗生的求婚，事情进展得似乎太顺利，让这对恋人有做梦的感觉。他们像所有一见钟情的恋人，被幸福的波涛包围着，被甜蜜的生活滋养着。虽然大海有深渊和险恶，但大海也映照着蔚蓝的苍天。济南的空气透着怪异的甜腻腻的花香，和煦的春风亲吻着行人的脸颊，街景倾诉着深藏的故事，鸟儿静静站在树枝上思想。不要提问，因为答案可能超出你的想象。

春日已逝，花季的故事汇成伤感的喧嚣。秦小社在妈妈的陪伴下到珠宝店买钻戒，秦妈妈是这方面的行家，不是嫌花式太老，就是嫌价格不合适。作为求婚钻戒，钻戒不必太大，太大了显得女方太尊贵，相比之，男方就显得太薄弱。买什么价位的钻戒，当然非常有学问。

店主发现秦妈妈来头不善，于是向秦妈妈推荐一款新进的品质较高的钻戒，128 万。当店主戴着白手套，谨慎地端出那款钻戒时，秦妈妈和秦小社眼睛一亮，那硕大的钻戒闪闪发光、美轮美奂。真不知什么娇美的手指才配戴这款戒指？

秦妈妈眼光热辣辣的，店主理解买主的心情，便将钻戒戴在了秦妈妈的手上。秦妈妈惊喜地看着自己的手，仿佛那不是自己的肢体，而是英国王妃的手。欣赏了一番之后，店主问是刷卡还是支票？

秦妈妈匆忙取下了钻戒，对那豪华饰品，能提供的就是微笑和眨眼。

秦妈妈在两到三万区间挑选着。两位漂亮的服务生轮番介绍着钻戒的特点。这时，许宗生走到柜台边，要服务员为他推荐一款求婚钻戒。一位经验老到的男服务员看了看他，端出了一款十多万的钻戒。对方瞥了一眼价格，问还有没有更好的。这轻轻的问话立刻把店主吸引过去，微笑着端出了刚刚为秦小社母子展示过的钻戒。对方满意的眼神，驱使着店主立刻把他引领到贵宾室。

秦小社突然发现购买者是许宗生，刚想打招呼，秦妈妈按住了他的胳膊。他像一只惊呆的鹅，呆愣愣的。妈妈拉着秦小社闪出了珠宝店，坐进车子，惊慌的秦妈妈立刻给丈夫打电话，要他马上查一查许宗生的来路，是不是什么省领导的亲戚或私生子。

多年的从政经验让秦妈妈敏感多疑，出手如此豪放的许宗生是哪座山头的老虎，如果这都搞不清楚，无意中得罪要人，不要说自己前途险恶，连丈夫的政治生命都可能成了水中月。钟表度量的不只是时间，也度量着人心和世态。在度量自己的关系网方面，秦小社有一个优秀的妈妈。

人们总爱习惯地认为，明天的黎明会依然美丽，明天的大海依然蔚蓝。人们不会想到，在那五彩缤纷、充满各种调味品的后面，有时竟暗藏着让人尴尬的深渊。秦小社怎么也搞不明白，许宗生竟然比他还拽，自己对赵明露的那番演讲岂不成了笑话，自己岂不成了笑料？

“妈，许宗生不会是个骗子吧？”

“你看他像吗？”

街上传来乌杂的声响，来来往往的行人也仿佛渲染在一种不知所措的醉态里。

秦妈妈把许宗生这个名字挂在嘴边，在她看来，这个名字好似一个绚丽的万花筒，摇晃一次，就能看到里面不同的风景——金色的太阳把万道光芒斜照在如山的金块上。她毫不怀疑，这个奇怪的孤儿，定是个假装孤儿的高官后代，是某个城市真正的统治者。幸亏儿子及时放弃了赵明露，不然，可真是罪大恶极了……可他身上一点也没有贵族的骄傲，一点也没有王者的反光，掩藏得真深啊！

天啊，在当今时代，真是什么怪事都可能发生。她看了看手机，从没像今天这样期待着丈夫的电话。

秦局长的话差点让秦小社尿裤子。许宗生是上海岩石场集团董事长许卫的侄子，拥有岩石场集团一半的股份，是资产几十亿的主人。

战争能逼出许多俘虏，爱情也能造出许多傻瓜。秦小社一副哭丧脸，简直无法表达听到这消息后的悲哀，比死了什么近亲更让他难过。他妈妈则像夜间出行的猫头鹰，精神抖擞地酝酿着扭转与齐秀秀濒危关系的对策。毕竟，有权的人得罪不起，有钱的人更招惹不得。焦虑的情绪如同沙漏，止不住地赶往脑子里落着。本以为自己是王侯大家，可灰姑娘的故事竟然在身边上演了，自己竟然成了这出戏的群众演员。这种落败感，可不能表现在脸上。如果被齐秀秀看出来，那可就一败涂地了。

哲学家说，除了你自己，就没有人能打败你。但对于秦氏家族，这道理太深奥，用山珍海味滋养的脑子根本不懂。几年之后，当秦氏夫妇分隔在两地的铁窗里，依然不知道谁打败了他们，他们的人生何以如此有戏剧感。

齐秀秀突然接到秦小社妈妈的电话，感觉很诧异。“打扰您了吧，露露他们都好吧。小社和露露结拜兄妹的事，考虑得怎么样了，咱两家是否举行个结拜仪式？露露和许家公子的婚礼时间定了吗？需要帮忙的时候说一声，我们肯定全力以赴……”

如果说国家建立在仇恨的基础上，边界要靠仇恨去划分，而家庭却不然。作为政治女人的秦妈妈懂得，只要有利可寻，她就有化敌为友的能力。虽然失败的联姻会让齐秀秀受伤，但情况发生逆转，优势已不在自己手里。没关系，我来处理伤口，虽然不是医生，但比医生还会止血。

挂了电话，齐秀秀像沙漠中的鸟不知所措。

“许家公子？”她站起来，走到窗前，风中摇摆的蔷薇花纷纷飘落。远处，白云朵朵，悠闲地盘旋在千佛山山顶上。她呼吸着浓郁的四月气息，有树叶的清气，有花的香味，还夹杂着不知何处烧艾草的味儿。她心里盘算着，两点半钟，许宗生就要来按响那个按钮，他一定会讲一个有趣的故事。

让秦小社妈妈紧张的许宗生一定有来头！齐秀秀全身兴奋得发抖，早就应该看出来，许宗生气宇轩昂，任何语言都不能形容那种自信和高贵，他身上有一种让人心魂不定、头脑犯晕的冲击力。之前以为是孤儿的悲剧分量，现在看来是家族坚实的影响。可我曾那样鄙视过他……我真是荒谬透顶……

齐秀秀的冰山一角正在坍塌，并且那虚伪的架势正地动山摇。她和丈夫早早泡好茶等着女儿和许宗生了。她本来以为可以在未来女婿的心目中能占据重要位置的。现在呢，她感觉自己就像一盏油灯在太阳下面，完全黯然失色了。

梦在蔬菜青绿的田野

南里贝这几天的经历让许宗生像沉在梦中，害怕梦醒，又害怕梦不醒。遇到了赵明露让他感觉人生开始了新的旅程，可这旅程也并非那么容易启程。高中及大学阶段，没有人知道他的背景，师生们了解的许宗生只是一个失去了父亲的苦孩子，一个内向、洁癖、有点孤傲的男生。大学时，因为长得帅气，曾被推选入市模特队。教练以胡兵等模特的美好前程苦苦劝导，他拒绝了。师生们都说他是浪费天资的傻瓜。

他不喜欢活泼的女孩，也不喜欢木讷的女生。同学们说他要么像寺庙里寡淡的小和尚，要么像早熟的商人。很多女生给他发信息、约他看电影，他都礼貌地拒绝了。为了活跃寡淡的大学生活，许多男生也冒充女生恶搞他。自大三后，他再也不回任何约会的信息了。

或许他真的成熟得晚，或许也真的看不上那些轻易和男生搂肩搭背的女孩。

妈妈的突然过世，催熟了他，让他不得不考虑之前从没考虑过的人生问题。

许宗生最瞧不起拜金女，瞧不起那些为了一件衣服或一盒化妆品就对男人低眉卖笑的女人。齐秀秀是、秦小社的妈妈是……好在赵明露不是。这让许宗生很有满足感。

许宗生把一见钟情的事情汇报给了爷爷、叔叔和婶婶，爷爷之前曾对这位孙子的婚姻有过特殊的安排，但儿媳妇突然过世，迫使老人调整了方案。让孙子快快成家也好，冲冲家里的晦气、驱一驱家族的阴霾。

爷爷看过赵明露的照片，非常爽快地同意了。这出其不意的结局，让许宗生兴奋不已。

许宗生本想买一个普通的求婚戒指，他深知戒指无非是求婚的媒介，即便用青草编一个，赵明露也会爽快地接纳他。

爷爷严厉训斥了孙子，任何时候也不能降低家族的尊严，他要许宗生必须买对得起家族身份的宝石。他忐忑着不知怎么和赵明露一家袒露自己的身份，幸好，秦小社的妈妈提前帮他做了些功课。

许宗生和赵明露欢欢喜喜地进了家门，而齐秀秀的表情却比求婚者更紧张。

四人在沙发上相对而坐，温热的茶水飘着淡淡的清香。初次登门的许宗生，引得这个家的空气似乎也稀少了，每个人都不自在，像坐在影院里，等着电影开场。许宗生微笑地看着赵明露，首先打破了客气而忐忑的气氛："露露，当着叔叔和阿姨的面，对我有什么担忧的，现在可以讲出来。"

露露显然没想到许宗生会问这样的问题，一时没反应过来，吞吞吐吐地说道："只要……只要你还没结婚……一切都好……"

许宗生被逗笑了，齐秀秀故作生气地拍拍女儿的胳膊："傻孩子，这是什么话！"

"不但没结婚，之前都没恋爱过，以后除了你，也不会喜欢别人，这你尽可放心。"许宗生从包里取出紫红的首饰盒，放在露露面前，"露露，可别惹我生气，你知道后果的！"

露露羞得脸红了，一下子抱住了许宗生的胳膊，娇羞得像依人的小鸟。这突然的举动让爸爸妈妈又幸福又尴尬。赵明露的爸爸急忙端起茶杯喝了一口，或许因为太慌乱，呛咳起来。女儿发现爸爸小孩子般脸红耳赤了。

齐秀秀催促露露快打开看看。

露露打开盒子，巨大的钻戒亮乱了齐秀秀的心率。她接过首饰盒，惊讶地瞪着钻石，掂量着它的分量。它的体积和清澈的光亮叫她心花怒放，但她故意生气似的说道：“孩子，这也太奢侈了！”

许宗生笑而不答，妈妈忐忑地把盒子放回到女儿面前。

许宗生拿起钻戒，戴在露露无名指上：“有了露露，每天都很奢侈。”

自此，这一家人才知道许宗生的背景——上海岩石场集团，著名的家族企业。许宗生的爷爷创业起家，后来叔叔和妈妈共同壮大了企业。妈妈半年前去世，许宗生继承了妈妈的那部分家产。在没遇到赵明露之前，许宗生准备到美国深造的，现在的计划是先结婚，如果露露愿意，两人一起去留学。

“当然愿意，露露也曾计划去留学的。”齐秀秀抢先替女儿回答了。

许氏家族的长孙结婚，可不是那么简单的事。许宗生马上回上海，向爷爷和叔叔汇报结婚的事。许家会从家族的立场出发，组织相当规格的婚礼，邀请政府友人和商业伙伴参加。婚礼也将在上海举行。

齐秀秀完全答应，一切听从许家的安排。女儿能嫁入豪门，她哪敢再有为难想法。那鸽子蛋钻戒已亮透了她的灵魂。

赵明露的奶奶拒不参与任何意见，也不参加孙女的婚礼。曾作为贵族大小姐的她，太了解豪门的待客之道了，旧贵族的她，可不想欣赏新贵族怜悯的目光。

婚礼定在二零零八年五月十六日，提前一周，赵明露的爸妈陪她去上海，带上户口本、身份证等证件，将提前两天到民证局办理结婚登记手续。

赵明露一家第一次入驻丽思卡尔顿酒店，立刻被酒店的豪华和周到的服务所折服。

齐秀秀倒很享受酒店的待遇，在丽思卡尔顿酒店的泳池游泳，体验磨砂的去角质按摩，体验奢华桑拿和蒸汽浴，从肉体到骨骼得到了彻底的舒缓。所到之处，美女服务生服务的温暖，帅哥服务生招待的亲切，让她真正体验了主人翁的待遇，享受了他们为客人服务的盛意。渐渐的，她才意识到什么是贵族，什么是富有。秦小社家不过农民工而已，秦小社的妈妈也不过卖菜的水平罢了。一种无形的自豪感从脚底升起，美好而尊贵的未来，在大脑里五月花海般灿烂了。

否极泰来、乐极生悲，道理一点不错。在豪华酒店住了三天的齐秀秀，自以为成了贵族一派。陪女儿购物时，她昂首挺胸地穿行在高档货区，对服务生颐指气使，一副傲然的女王作派。双眼专挑昂贵的看，衣物也专捡贵重的买。齐秀秀在试穿一套豪华裙装时，竟然把包丢在了试衣间，直到提着六七个包装盒回到酒店，才恍然明白。

丢了多少钱财，都不是事，可丢了户口本和身份证，此刻，就成了大事。出门之前，女儿曾让妈妈把户口本之类的证件放在酒店，可小市民心态的齐秀秀依然信不过酒店的安全系统。

明天就要办结婚登记手续了。

齐秀秀后悔到想把自己的眼睛挖出来。她心里像火烧着了似的，觉得雷电就要摧毁女儿的皇宫，屋顶就要掉下来打在头上了。

许宗生亲自带人到商场寻找，动用了大批警察，调取了商场录像，也没能找到任何线索。

没有证件是不能登记的，再有本事也超越不了国家的规矩。

只能先结婚，后登记。

齐秀秀知道自己犯下的错误有多大，这可是女儿的人生啊，她悔到肠子发青。在此后的两天里，她罪犯似的缩在房间里，豪华酒店的桑拿和蒸汽浴也没心情涉足半步。

也许这是命中注定的结局。

正像故事开头的那场婚礼，在婚礼即将举行的两个小时前，新娘突然失踪了。这场兴师动众的婚姻完全无效。

婚礼之前的夜里，许宗生做了个奇怪的梦，梦到自己在种满蔬菜的田野里走着，突然听到一阵婴儿的哭声，他感到很奇怪，甚至有点恐怖。四处望去，除了淡淡的雾霾和绿油油的蔬菜，并无一人。可哭声越来越大，间歇式的。他循着声音走去，声音是从一片萝卜地里传来的。一排排又粗又白的萝卜，将半个身子探到土外，青绿的叶子极其茂密。许宗生又害怕又好奇，走到一个硕大的白萝卜跟前，哭声正从绿油油的菜心里传出，声音震得叶片颤抖着。许宗生使劲拔出了大萝卜，哭声竟然弱了，但偶尔还能听到细细的呼吸声。许宗生用指甲划开萝卜皮，果然，一个又白又胖的婴儿，纯洁得像小天使，正眨着一双如水的大眼睛看着他。他抱起这女婴，瞬间又觉得这是赵明露，是婴儿般的赵明露。他刚要亲吻那婴儿，梦却醒了。

这梦预示着什么呢？许宗生向老人们提起了自己的梦，可谁也解释不了这怪异的现象。这梦却折磨了许宗生很久，以至于他在超市里看到萝卜，总会不由自主地想起赵明露，想起那婴儿的哭声。

警察立案侦察，三天仍没有新娘子的消息。许宗生垮掉了，住进了医院，赵明露的爸爸血压急剧上升、心率失常，也被抬到了急救中心。

赵明露为何逃跑？或者为何自杀？许宗生一直不相信她自杀！每逢想到她爱他，她是心甘情愿地又无限幸福地走向结婚殿堂的……沉痛的悲哀就死死攫住了许宗生的心，深沉的柔情像大海的波涛汹涌澎湃。有时他会残忍地涌出这样的想法：如果能杀死她，然后抱着她一起死，会多么幸福啊。他感觉自己快要疯了，或者干脆变成疯子，并且也会从疯狂中发现一种超然洒脱的乐趣。

一时间，许宗生成了捉摸不透的残酷的年轻人，谁也不敢靠近，谁也不敢劝说。

苍天有眼，谁能知道赵明露的去向？

悲痛的时候，他恨不得放火烧掉整个世界，但又怕救不了藏在某处的赵明露——这是痛苦在说话。

看来影响世界的不是男人，而是女人，有时女人会像玩玻璃球似的玩弄整个世界。

许宗生忘记了自己，忘记了人群，也忘记了那些无法理解的事情。有时他怒火中烧，然而他又觉得这愤怒毫无力量。这位桀骜不驯的高才生一直相信，征服世界的是男人的力量，现在他生平第一次认识到，自己的认知是多么表浅，多么幼稚。除了这种威力之外，还有一种更大的力量，那就是爱情。

参加婚礼的客人们败兴而归，就像一出未完待续的故事，观众们带着疑惑，期待着谜一般的结局。然而，没有结局，至少七年之内没有。

许宗生竭力想弄清梦的启示，他终于意识到那个收缩了的、冷冰冰的婴儿，不过是他渴盼赵明露出现的内在表现。可事实上他不知道，梦的推理并不适合于一个激动的新郎。

回忆中的赵明露，只是一个被他无限美化了的女人，是将各种美好杂糅在一起的天仙般的女孩。婚纱为许宗生的理性设置了一层薄膜，总是透过婚纱朦胧而美好地看待自己的逃跑新娘，但忽略了逃跑本身的性质。

原以为空无一物的心灵，在令人望而生畏的黑暗中，却蕴藏着何等黑暗的秘密。正如打开黑暗房间里的电灯，虽然房间的物体依然，黑暗已不复存在，却不能质疑黑暗的存在。也许只有虚无才是真实，然而在虚无里思念赵明露时，又会真切地意识到那未获承诺的婚姻，如何撕碎了他的生活。

许多天后，大约十个多月之后的夜晚，他再次梦到了他的新娘，赵明露身穿红色的晚礼服，高贵而美丽。可他的新娘坐在一艘客船上，正启程远航。许宗生奔到海水里，踏浪追去，可海浪一次次把他冲到岸上，他一次次扑到海里。船渐行渐远，而那位身穿红礼服的新娘，也小成了一个红点，直到苍茫一片，什么也看不到了。他伤心地哭着，泪水像海浪喷溅到脸上。一位老人在海边散步，走到伤心的许宗生身边，说道："人啊，认识你自己。"

老人苍劲的声音随风散去。

许宗生醒了，暖暖的朝阳射到玻璃窗上，许宗生想起老人的话——"人啊，认识你自己。"似乎很熟悉，却又一时想不起来。他打开电脑检索，原来是希腊悲剧里的一句话，高中时曾抄写在笔记本上。

回忆整个梦，突然顿悟，他终会遇到赵明露，不会是现在。是什么时候，他不知道。也许是白发苍苍、满面皱纹的季节，也或许是宽阔的黄泉路上吧。

天知道！

和生命中的美好保持距离

二零一四年五月十六日，许宗生从纽约返回了祖国。五月十六日，这个魔力无边的日子，每年的这一天，他都发狂似的不知怎么度过——他的结婚日，她的逃离日。

因为赵明露也曾有去美国留学的打算，在新娘逃跑的第二年，许宗生激情地去了美国。可是，他遍寻了著名的美术院校，走访了可能接触到的留学生圈子，都没有赵明露的踪影。悲伤和孤独这两位忠诚的好友，和他形影不离，好像以此来保护他的生命。

一年年地过去了，无论学习、行走或工作，他都像是个驱赶鸟儿的稻草人，固守着心灵这块寂寞的土地。六年的寻找和等待，足以让许宗生变得严肃而冷酷，沉默而自虐。站在曼哈顿街头，望着匆匆而过的各种肤色的人们，感觉自己如此多余，仿佛谁都有大事要做，只有自己婴儿般闲荡在子宫里。

再苦、再累、再难，他从不向任何人表露，从不让沮丧、颓废的情绪写在脸上。哥伦比亚大学研究生毕业后，他就进入了华尔街，从实习生做起，慢慢地成了经验丰富的分析师。每天要工作十几个小时，许多人几近精神崩溃或望而却步，在紧张的数据收集、整理、分析中，不要说休闲，就是吃饭都以行军打仗的速度进行，睡眠更短得像闪电。他却惊喜地发现，繁忙和劳累让他无暇考虑那让他心痛的事情，无暇折磨自己的内心。当身体极度疲累，恨不得一头倒在床上再也不醒来，赵明露这三个字，像那些梦里飞扬的数字，让他渐渐远离尘世的刺痛。

徘徊在曼哈顿哈德逊河岸边，冰雨急切地落下来，纺出了一条条生命之线。许宗生当时不知道绝望是什么，好多天后，冰雪中遇到一位朋友，从朋友那冷冰冰的目光中才知道绝望的深意。当天夜里，风咆哮起来，怒吼着满腔的愤怒，乌云压顶，不堪重负要坠下来。那位失恋而绝望的朋友从曼哈顿桥上跳入冰冷的河水里。

人活着的概念就是有机会随时随地毁灭自己的世界。

每当收到朋友结婚的请柬，或撞到结婚的场景，内心的某个地方总会坍塌，痛苦的感觉油然而生，就像坐在教室里听老师痛批某篇作文，而那篇漏洞百出的作文正是自己的杰作。

朋友们对他总不参加婚礼尤其恼火。他们确信，他很孤僻，是另类青年。但话又说回来，只要付了超额的礼金，其他好像也不重要了。渐渐的，人们对他也毫无责备之意了，倒不是因为他正直、善良，而是他背后的庞大财团。他们觉得，见不得别人娶妻还不算缺点，缺点是有些人总想把别人的妻子拉到自己的床上。

许宗生就拒不参加婚礼这事，根本不想解释，因为“赵明露”这三个字，依然拥有一种神秘的魔力——能立刻让他失去自控力。他宁愿独自回味那个逃跑新娘，她的善良、慈爱、微笑、高傲，她的天真和局限性……回忆过去终是一种颠倒的旅行——不是旅行者走向旅游胜地，而是旅游胜地走向旅游者——他终是把纽约带给了逃跑新娘，她跟随着他，无处不在，而他转身就和过去撞了个满怀。

叔叔多次催他找个好女孩结婚，他都以忙为名，搪塞过去。华尔街的忙，世界闻名，但华尔街的单身汉并不比其他地方多。叔叔多次让他放弃华尔街的工作，回家为公司尽力，可他总以这样那样的借口留在大洋彼岸。他潜意识地认为，赵明露就在美国，他会在美国等到她。

虽然他的第六感从来不准，但这一次，他依然坚信。到后来，他已分辨不清是第六感还是因畏惧而退缩——害怕没有赵明露的祖国，害怕看到那个城市，害怕靠近和赵明露共同走过的街道和南里贝。

叔叔突发脑溢血，急命许宗生回国。这借口非常坚强，虽然叔叔把高血压夸张成脑溢血。三年前，爷爷过世，叔叔成了最疼爱他的人。作为许家的后代，许宗生理解叔叔骗他回国的心情。他不得不辞去华尔街的工作。他觉得自己不是辞去了工作，而是辞去了一个借口，辞去了一份伪装，甚至辞去了一个永远不想长大的身份和遮风挡雨的面具。

在成长的记忆里，叔叔对他就像父亲，既关怀体贴又严厉异常。儿时，叔叔每次看到他，总亲热地把他抱在膝盖上，又是亲吻又是摇晃，两只大手抓着他，像抓着一只小兔子。不止一次，他总怕叔叔像捏一只鸡蛋壳似的把他捏碎了。叔叔给他的印象总那么强硬，以至于很长时间，看到电影里的硬汉，总会联想到叔叔。

家里曾有位老花工，把花园侍弄得非常漂亮，四季鲜花不断、曲水流觞。每次放学，远远看到老花工就像坐在餐桌前一样踏实。老花工崇拜叔叔，叔叔也很善良地把他的儿子安排在公司上班。老花工喜欢给儿时的许宗生讲家族的故事，特别讲叔叔的故事。有一个故事竟然给七八岁的许宗生讲了好几遍。当时许宗生不懂，却觉得很光荣；现在懂了，却觉得很羞耻。

公司在农村征地，农民想多得些补偿。村里有户农民房间很多，工作人员向许宗生的叔叔许可厚汇报了这件事："他确实有八间房屋。"

"他会数数，我相信这一点。那你就对他说，他数错了，把隔墙打掉，就是一间屋，或者顶多三间，不能再多了。"

"那法律呢？"

"什么法律不法律的，告诉他，我的话就是法律。"

最终按三间房赔偿的，据说那农民终于认识到，三间总比一间赔偿得多。

后来又听了这故事的其他版本，有的说是爷爷的故事，更多的说是叔叔的故事。无论爷爷还是叔叔，讲故事的人都盛赞许家的霸气和智慧。回忆起这些，许宗生总有找不到方向的感觉。

高中时，许宗生突然对哲学感兴趣，竟然抱着康德的《纯粹理性批判》读了又读，也想用纯粹思辨的理性思维，探讨人类知识的来源和范围。带着年轻人的那种火热的激情，冲动地要就读哲学系。

晚饭时，叔叔把他叫到书房，拿起一个空玻璃杯，咚的一声放在许宗生面前，一掀风衣，重重地跌坐在藤椅里。可怜那藤条吱吱地抽筋似的疼痛着。

“哲学，孩子，请用哲学把这个杯子倒满，你喝了它，然后告诉我，哲学是什么滋味!”

叔叔温和的语气、挥动的手势，比劈头盖脸地臭骂一顿更有杀伤力。许宗生像匹身边有大炮在轰的战马，惊慌不已。

“你不是为哲学生的。你爸爸只有你一个孩子，如果你有个弟弟，我允许你读哲学，可你没有。读金融吧，这是我们家族的大事。”

其实，如果当时许宗生不是读的《纯粹理性批判》，而是读了摩根、洛克菲勒、卡内基等大亨的故事，许宗生就会对金融、经济等专业首先感兴趣。

上辈人创业的哲学已成了过去式。现在是网络时代、微信时代，传统的经营模式、管理理念均受到了严酷的挑战，许多传统企业不变是死，变也许是等死，没有互联网思维，就等于没有未来。金融危机之后，一些企业脆弱得像秋天的树叶。

“幸福只在天上，你将会知道的。”一位自杀的企业家给女儿留下了这么一句含金量极高的遗言。许宗生曾多次陪妈妈到这位企业家家中坐客，他的女儿是许宗生小学同学。现在那位女同学只好抱着爸爸的遗言，艰苦地打工，盼望着天上掉下幸福的金币。

许宗生尊重叔叔和婶婶，他不想和他们发生冲突，但他知道，如果让他接手企业，不冲突是根本不可能的。这不仅是两代人的差异，更是两个时代经济哲学的冲突。当阿里巴巴一夜成名，当国内房地产饱和，制造业成本上升，再固守着那点人工成本的空间，再争夺产品原料的那点利好，就已经落伍到时代的身后了。他不想回来，仅仅是不想和父辈冲突，不想破坏家族的亲密关系。

许宗生回来了，带着爱的悲愤、气恼，甚至永远不想也不敢面对的伤痛，回来了。六年之后，如六年之前，盼望着睁开眼睛就能看到赵明露，盼望着抬头遇到赵明露，盼望着能听到她的笑声，触摸她的存在。人生就是一件交易，可他不知道用什么才能换回赵明露。

"你疯了！"六年前，叔叔这样说他。六年后，他感觉自己的疯劲一点没减，反而更狂更癫更痴迷更沉重，埋藏得更深厚无形。

在叔叔婶婶的渲染下，美女们嫁不出去了似的，不放过任何靠近许宗生的机会。更有些心计颇重的女子，发现许宗生是漂亮的富家子弟，试图以向他提供肉体亲密的机会而套牢他，有的竟然等不到天黑就想冒险。向他提出温暖的建议时，美女们的表情，就像欣赏光天化日之下的裸体舞蹈，轻松快意，情绪异常高涨，口气也异常美妙。许宗生很想不假思索地给对方一拳，但这种惩罚即便能帮法律的忙，却也改变不了败坏了的淑女风范。

从传输带上取了行李，许宗生向出站口走去。机场大厅靠窗的一侧正举办油画展览。远远的，许宗生被一幅画吸引过去——一男子临风站在悬崖上，风鼓荡着黑色的风衣，短发齐刷刷吹向一侧，头顶上乌云翻滚，几只飞燕在狂风中失去平衡。

许宗生像被雷电击中，顿时心律加速，呼吸急促。他简直无法形容瞬间的感觉，仿佛又回到南里贝老太太家里，第一次看到那张素描，看到赵明露惊慌而羞愧的表情。

许宗生急切地向那幅画走去，胳膊突然被人紧紧地抓住了，他像一条被网进兜里的鱼，困守在无奈的力量里。

"我在这里，你想往哪里跑？"

许宗生被从梦里摇醒般失神又茫然地瞪着美女，胸脯急促起伏着，仿佛正发着高烧、呼吸困难。谁都看得出，他怀着一种忧郁而痛苦的感情，哺育这种情绪的不是回国的快意而是沉痛的回忆。

"你病了还是瞎了？我招手你都看不见！"说话的是范思荣，在美国追了他很久的女诗人。

如此热情地被别人盯着，是相当危险的情势。

许宗生是在美国同学生日 party 上认识范思荣的。参加聚会的五十多人，大家把漂亮的范思荣当成了韩国人，甚至憋着半生不熟的韩语和她打招呼。她仰头灌下了酒，甩着飘逸的长发，美丽的丹凤眼流泄着轻蔑的笑意，高傲地冲着黄皮肤的留学生喊道："说汉语好不好？"

几位中国留学生羞得无地自容。

许宗生不但知道她是上海人，还知道她是地产大亨刘通的千金。三年前，叔叔和婶婶就反复把这女生的照片发到他手机上，只是他对这位写诗的女生，没有什么诗情画意。

她在纽约大学主修欧洲文学，据说诗写得非常棒。天天沉在数字里的许宗生，一想到那高雅的诗句，就倍感自己低俗。

聚会上，许宗生总是沉默一族，朋友们了解许宗生的个性，很闷骚很低调。可朋友们不知道，那奇特的家庭背景和成长经历，养成了他少年老成、沉郁多思的性格。如果说遇到赵明露是唯一的一次奔放，奔放的苦果却让他整整啃了六年。

激烈的生存竞争中，人们总想拥有某种经久不灭的东西，总想盲目地囤积财富，以为强强联姻就能保持永久的地位。叔叔和婶婶不停地往他手机里输入美女的照片，都是些既有家庭背景又有姿色的高素养女孩，可许宗生总是直接删除。在他的心目中，那把尊贵的座椅始终为赵明露留着。

许宗生坚信会找到她，坚信她能再次出现。有时候，他觉得赵明露就是他的信仰，是他的哲学。

当范思荣端着水晶杯远远地微笑着向他举杯，许宗生立刻想起了这个女子。双方家人对二人的交往均寄予厚望。叔叔曾以家族大业为名，催促许宗生主动约范思荣。可许宗生依然像石头般不起波澜。

"人们为什么喜欢艺术，因为那是人类留下的唯一的财富。"范思荣侃侃而谈，显然成了沙龙的核心。可她发现，无论自己怎么像孔雀似的表演，始终锁不住许宗生的目光。

才女范思荣被邀请当众朗诵。她朗诵的是罗伯特·勃莱的短章，共三句：

啊，在一个清晨，我觉得自己被永存的

快乐的肉体围裹，
好像草儿裹在它的绿云里。

她先用英语朗诵了一遍，随后又用中文朗诵了一遍。整个 party 只有他们九位中国男生，很明显，范思荣是朗诵给他们听的。

另八位男生喜不自胜，他们都以为美女是朗诵给自己听的，可美女并不这么想。才女范思荣有点精神洁癖，还有点乌托邦，自妈妈把岩石场集团许家公子的照片发给她后，她就一直盼着许宗生能主动联系他。可他一直沉默着，像一颗遥远又孤傲的星星。一向被众星捧月的范思荣，发现了一颗根本不理睬、不在意，甚至漠视她的星星，这让她很受伤。想象中把那许宗生当成无人理睬的臭狗屎，唾了又唾。

此时，范思荣才发现，想象中的臭狗屎，竟很帅气、很酷、很迷人，特别是很有人缘。无论他发声或不发声，谁都看得出，他才是众星围拱的月亮，光而不耀。

许宗生最终也没明白那诗的意思，他品着红酒沉入了一种平平静静、无知无觉的状态，依在窗前，一动不动，仿佛倾听身边这喧闹的时光在怎样流走，倾听这异国他乡里的年轻人灵魂的躁动。

老乡们不明真意，讪讪地敬才女喝酒。她眼波如蜜，婀娜似仙，她的美貌能成为任何沙龙里的装饰。才子们争先恐后地醉倒在她的石榴裙下。

朋友们问才女灵感的来源。才女说她所有的灵感来源于樱桃，只要一吃紫红的樱桃，灵感便像喷泉激情而出。所以，春天总是她出作品的黄金季节。

生物学博士生沉思着，晃着杯中的红酒："一般的小型哺乳类动物多在春天发情，原来诗人也一样。"

许宗生不肯参与讨论，像一只蜘蛛悄悄地晃动着，目光忧伤而迟钝。他突然被同乡的这话逗得笑喷了，这是许久以来，最开心的一次狂笑了。生物学博士意识到自己的失礼，马上用银匙敲击着盛冰桶，声明要讲一个让大家笑翻天的笑话。

人群安静下来，都想看看这书呆子又发表什么蠢言呆语。

“有一次回内蒙，我和朋友去骑马，远远就看上了一匹油光放亮的栗棕色溜蹄马，那马水汪汪的大眼睛多情地望着我，我骑上了溜蹄马，结果那马根本不受我控制。马儿带我跨过了篱笆，穿过了人群，撞烂了蒙古包，狂野肆虐，无人可挡。最后，这匹马终于找到了马群，驮着我就骑在了一匹母马身上。瞬间，我竟然高高地骑在两匹马的身上，那感觉比骑在马上的拿破仑还光芒四射……”

确实是个有料的笑话，在哄堂大笑中，谁都以为这是博士编的笑料，只有博士那童贞似的表情，证明是他的亲身经历。范思荣笑得像花，颤巍巍地走到博士面前，优雅地和博士碰了碰杯，笑着说：“我有个遗传学上的疑问，如果母马怀孕，里面的小马会不会长得像你？”

博士尴尬得脸像猪肝。美女的这一招太狠，像毒箭，直扎人心。受侵害就会反抗，连狗都知道。可生物学博士却不知道怎么对抗美女，一脸的失忆相，像哭又像在笑。

“美女，这个就别担心了，我相信他绝没那么强的穿透力。”有了酒的许宗生最看不惯嚣张的女人，特别容不下别人欺负自己单纯的兄弟，晃晃悠悠地搂着博士的肩膀，对诗人说：“诗人也会借伸张正义达到报仇雪恨的目的，报仇雪恨是凡人所为，我以为，诗人应该以宽容为前提吧。”

“诗人的宽容，你懂吗？”

“我是猪，有一副猪脑子。”

“华尔街是猪圈吗？”

“你高估了，我们猪狗不如。”

许宗生过度的自我贬低，也凸显了对诗人的不屑，重伤了诗人自我良好的感觉。

诗人的表情极富有文学性，尴尬、忐忑、心酸……甚至有那么点乞怜。许宗生借取酒的机会逃出了战场，他以为这回可把诗人得罪了，没想到诗人却黏了过来。当许宗生站在院子里遥望远方的灯火时，诗人悄悄站到他身边：“你那逃跑的新娘，也在灯火阑珊处？”

果然是一个辣角色，专捡刺痛人心的话说。

“如果知道她在哪里，就逃不掉了。”

“这么痴情的男人，我该怎么敬你？”

“很简单，别把我当回事就成！”许宗生说完，咚咚迈下台阶，竟然真的走了。那宽阔的肩膀、甩动的双臂，甚至那抬起又落下的鞋后跟，像美丽的诗行般牵引着才女的目光，搅动了她内心的沉静，不由暗涛汹涌、波澜起伏。

他用最优雅的盾牌，挡住了女诗人的进攻，女诗人又感动，又心酸。

她生平第一次从男生的口里听到这样绝情的话，也是第一次从男生的口里听到如此真情的坦白。可惜那真情与她无关，她只是别人爱情大戏的看客。她仿佛闻到了他怀抱的气味，那气味直透她的心田——心中什么东西被唤醒了，全身被电流酥麻地包围着，无限欢乐，又无穷烦恼。她面颊发烧，心在狂跳。她想冲上去拉住他，腿却软得像泥巴。

温暖的空气、柔和的轻风、青草和无花果的清香，灿烂的街景和无月的星空……所有夜晚的魅力沁入了这个动了情的女孩心中。

一只蟋蟀单调得颤颤地叫着，好像它很寂寞。她把许宗生看得比总统还尊贵。她想写诗，但写出来的竟然是酸楚。她想叫住他，可叫住的只能是自己卑微的自尊。那瞬间的感觉让她很奴隶、很低贱。有些人故意和生命中美好的事情搏斗，最终把美好的人儿弄进了情感撕裂的疯人院。遥远的空中投射出一条冷冷的绿光，使纽约变得更为荒凉孤寂。

在时光中看到往昔

范思荣一直是人中公主，她已习惯了被男人们恭维着，习惯了当威仪万方的女皇。她的那些勾魂摄魄的技术，并不是从《安娜·卡列尼娜》之类的文学作品中学来的，而是从情爱探奇历险中，从慌慌张张中领悟出来的。在那些兽性的、陌生的怀抱中，有可能会培养一种女皇的心情。可许宗生竟然胆敢把女皇晾在台阶上。当然，上次把她晾在了手机里。

上次家人把许宗生的照片和资料发到范思荣手机上，她等了两周，竟然没有等到对方的半个符号，在心急气恼的火头上，给许宗生发了条信息："我是范思荣，你知道的，请回信！"

她随后又被自己这种轻率、任性和与生俱来的易冲动性格给吓坏了，因为她看到自己是多么神经质地、多么急切地想操控那个人。她觉得把自己的整个灵魂交给了别人，别人却当作一杯水泼掉了。此后的很长时间，她都后悔自己的冲动。当然，她又原谅了自己月经周期前的情绪起伏。毕竟，内分泌点燃的内火，让她很难控制。从那个时候起，她就开始收集许宗生的信息，立志要报复自己所受的委屈。

愤怒给了范思荣很大的力量，若不学会控制，会毁了自己。这道理她懂。毕竟留学生的圈子很小，同乡会、同学会、文化沙龙……不长时间，范思荣就成了许宗生的熟人。许宗生的沉默、低调、冷静，甚至专一，都成了他有别于其他人的特点。在如此世俗、浮躁的社会里，这种冷静而担当的男人，简直是极品。浪漫的范思荣认为，许宗生正是未来丈夫的楷模。这个男人的存在，让喜欢憧憬的她喜不自胜又度日如年。

毕竟从熟人到朋友，在许多人看来是很自然的事情，可许宗生是个忙人，又是个盲人，或者更像个同性恋者，对美女范思荣一直保持着遥远的乌托邦距离，让诗人又怨又恨，发誓把许宗生当成她网里的鱼。她深知在每个男人的灵魂深处，总有某种东西，一闻到那种香味，就会激情乍起，情欲难耐。人类对异性的本能反应，与道德、信仰、年龄、才智，完全无关。妓女说在这个世界上，人人都是婊子，至少都有做婊子的潜质。妓女不是诗人，不懂诗人的情怀。

范思荣为此努力了两年。两年里，她为他过生日，陪他度过美国那些莫名其妙的假日，替他计划社交礼仪……可每次，许宗生都像条黄鳝，从她的计划里逃窜，就像赵明露从他的计划里逃窜一样。谁都看得出，许宗生是她的菜，可许宗生一直是不能入口的菜。她虽然筋疲力尽，心中承受着做傻瓜的痛苦，但她还是情人般耐心地关照着他的生活。

许宗生像有厌花症似的，讨厌这个女人，躲避着这个女人，无论范思荣怎么示好，他依然孤芳自赏、独来独往。没有一个女人能使不爱她的男人中意。她始终隔着密实的水帘看他，既近又远，既真实又虚幻。

有人说他在寻找他的逃跑新娘，有人说或许华尔街让他性无能。

范思荣提前半年回国。许宗生的婶婶立刻把许宗生回国的消息告诉了范思荣。许宗生张望着寻找他家的司机，范思荣拉着许宗生往外走："接你的人在这！"

许宗生顿时对现代化的机场心生破灭之感，上海和纽约的机场没什么不同，匆忙的旅人，快餐式的故事。范思荣穿着一身白雪似的衣裙，纯洁得像公主，对迎面扑来的人群不闪不避。她牢牢地抓着他，似乎怕他被人群带走。什么是纯洁？纯洁就是年轻的处女吗？还是拘谨的姿态、羞涩的脸颊，还是稻花的芬芳、飞舞的雪片？在许宗生的心里，永远守护着纯洁的理念，哪怕已没有纯洁的东西。

“等等，那幅画，我得看看……”许宗生看着范思荣明亮的眼睛，心里却惦记着那幅画。

一位干净帅气的年轻男子，突然从许宗生眼前飞身跃到一丈远的地方，与其说是真人的本事，还不如说是袋鼠的功夫。就在一瞬间，一对情侣歇斯底里地呼叫起来，仿佛世界末日到了。如此近距离地目睹流血事件，让许宗生颇有回到故乡的感觉，瞬间消解了时差的影响。

原来一对情侣要去泰国旅行的，男的突然被追上来的男子从身后捅了一刀，刺进了胸腔，袋鼠般跳跃的凶手迅速消失了。流血男子倒在距画展五六米的地上。人群围拢着尖叫着，机场警察迅速画地为牢，画展也不得靠近了。世上最困难的事，不是把别人的钱硬塞进自己的口袋，而是把别人的画硬塞进自己的脑袋。

警察奋力奔跑，猎人似的围追堵截。大概不止范思荣一个人感到一种愉快的兴奋，就像失火的时候看热闹人的那种心情。

许宗生茫然站在警戒区外，像站在悬崖边不知所措。人们相互推搡着，嘴里嚷嚷着什么网恋、小三、二奶之类的。这场面对华尔街工作的许宗生来说，根本就不是什么有趣的短剧。但是，他也不会因为目睹了激烈的真人秀而感谢机场。他想靠近画展，机场保安拦住了他。

“搞数字的人又对画展感兴趣了，上海有的是画展，够你看的。”范思荣想拉着许宗生离开。

许宗生掏出手机想把油画拍下来，警察制止了他。

“我只拍那张油画！”

“不行。”

“要不你帮我拍？”

“不。”

“可是，我想留下那油画的照片！”

警察摇了摇威严的头颅，仿佛捍卫祖国尊严似的坚决而冷酷。

他花了六年才寻找到一点往日的线索，而警察瞬间就把线索封锁了。除非今天在烂醉中结束，否则大脑根本甩不掉那幅画的影子。

“走吧，这种低水平画作，有什么可拍的?”范思荣挽着他的胳膊，向出口走去。如此亲密地行走在中国的地盘上，还是第一次。虽然几步之远，她却觉得如此美妙。

范思荣内心充满了对未来的欲望，希望像这几步的路程，是拴牢许宗生的开始。信息的时代，机遇加财富约等于胜算。这两样，她都不缺。

许宗生却分离着，脚往前迈着，心思却一步步留在了油画上。那一定是南里贝，一定是赵明露画的，她也许成了画家，她一定在上海。

许宗生越想越忐忑，越想越焦灼，六年的渴盼终于在踏上祖国的第一步就有了暗示和希望，内心的那份不安和躁动使他忘记了坐在范思荣的跑车里。他紧闭着嘴唇，一只手搭在车外，高速行驶的风从他指间穿过，范思荣不停地唠叨成了耳边唯一的噪音。他心里七上八下，总有那么一抹不安，心思像陀螺，滴溜溜总围着一处转动，虽然旅途劳累，却仍然专注而紧张。

如同永恒一样，爱情是一种野心，一种美丽的野心。然而爱情就是爱情，跟他摆架子、使性子，毫无用处。许宗生似乎怒火中烧，而心底却压抑着激动或伤感的泪水。他努力闭着嘴，以免开口就想谈论那个女人，以免自己把自己刺伤。当缺少爱情时，唯一的疗治之法就是倾诉。而范思荣以女王般的霸气向他滔滔不绝，那张不受捆绑的嘴，放肆地吐露着整个青春都钳不住她舌头的情言恋语。

许宗生眼望前方，总感觉有什么东西遗落在了身后。六年来，这种错觉一直跟随着他。

范思荣不停地讲着他们圈子里的趣闻，无非谁和谁联姻，谁和谁分手。她在讲述中常常加上自己高明的见解。当然，听故事对许宗生没什么损失，但老是不得不听类似的故事，多少还是觉得没劲。

后视镜里的范思荣看着镜子外的范思荣的脸，满意地眨了眨眼睛，像穿上了婚纱那样舒畅。范思荣观察着出神的许宗生，她一直读不懂这个男人，一直抓不住这个男人，可是却像蝴蝶恋花、蜜蜂找粉一样，深深地被他吸引。仿佛他是空气、是水、是她生命的必须物质，一刻也不能缺少。这是生的哲学。

她看着这个英俊的男子——他一颗火热的心藏在严肃的面具下，若有所思，情有所恋。范思荣的心头涌起一股难以名状的寂寞。当然，他对她并非不喜欢，她从触摸他的手而他没有拒绝的反应中，知道他是可以争取的。她可不想为他的生活敲敲边鼓，她必须参与其中，并成为重要的一部分。

范思荣把车缓缓停在高速上，一手扶着方向盘，一手搭在手刹上，一双美丽的眼睛忽闪忽闪地看着许宗生。许宗生诧异地问道："这可不像停车场!"

"你也不像我要接的人!"

"像谁?"

"像丢了魂的人，要不要回去把魂捡回来?"

"我看行，下个出口调头，机场的警界区或许已撤了。"

"还真回去啊?"范思荣惊讶地嚷道，"你们男人到底想要什么?"

"或许想要更多的女人，更多的财富，更大的名气。但我现在只想要那幅画!"

"凭你这回答，我完全可以把你扔在高速上。"

不要玩弄深埋在他人心底的东西，这道理范思荣懂，重新启动车子时，范思荣的心也像死机了电脑，重启了一遍。

阳光下高速路面泛着大海般的波光，一闪而过的田野仿佛笼罩在梦幻之中。她幻想许宗生能像肖邦抚弄琴键般轻抚她。她希望上海五月的花海，像太平洋的波浪一样多，希望和许宗生在一起的夜晚更长，蕴藏着更多的惊喜，希望吮吸他的目光，犹如啜饮一杯日照绿茶般的清香，希望在豪华的大酒店里过一夜，希望能在他的注视下赤身沐浴。一千个夜晚她都试图了解这个男人，可他看上去根本无法掌控。

多情的范思荣还是顺从了许宗生的意见，折回机场。当赶到机场大厅，病人已被送往医院，可那布展的油画，却也全部撤走了。

许宗生慌忙向工作人员打听，可谁也不能给他一个明确的答案。好像是一群美术生为贫困生募捐义展的，效果不佳，所以撤展了。

机场人来人往，比集市热闹却比集市无情。这里是旅客的中转站，从天南地北而来，向四面八方而去，无论是亿万富豪，还是贫困小生，踏一样的路，过一样的关，呼吸一样的空气。

他终于回到了上海——这个让他辛酸疼痛的城市，这个梦想起始又最终疲软的城市。富人在金钱面前表现出彬彬有礼实在妙不可言，因为富人们虔诚地相信钱是万善之源，有铜臭的人是永远下不了地狱的。

上海如太平洋般深邃、神秘，楼群、街道、河流……城市折折叠叠、高低错落，波涛般永无尽头。每个皱褶都暗藏着动人心魄的故事，每个房间都淹没在浩瀚的闪烁中。寻找一个人，如同大海捞针。有时还真能捞到那根针。

这种好运或许就要降临。

许宗生像初次进大观园的刘姥姥，贪婪地看着，每次等红灯，他都像警察般搜寻着人群。眼睛瞪久了，每当看到长发披肩的苗条女子，都惊喜地以为是赵明露。这让他迷惑不已，既恨行人，也恨自己。中了爱情箭毒的人们，是多么心甘情愿地献身于万劫不复的深渊啊。

红色的法拉利跑跑停停，很适应上海的节奏。一位年轻的妈妈带着五六岁的小孩在路边等红灯。小男孩子牵着妈妈的手，惊喜地看着法拉利：“妈妈，它和我的车是一样的。”

“对啊，你有两辆这样的车呢。”

许宗生突然听到这声音，全身的肌肉立时抽紧，他急忙循声望去，果然是赵明露，手里还牵着一个小男孩。

许宗生以为是梦中，片刻的出神和呆傻，吸引了范思荣的目光。赵明露惊讶地发现了许宗生，无疑像晴天霹雳，慌得如过街的老鼠，拉着儿子匆匆向法拉利的反方向跑去。许宗生刚要下车，可已变成了绿灯，后面的车笛响成了一片。范思荣一踩油门，冲了出去。

“停车！”许宗生怒吼着，脸色通红，怒眼圆睁，似乎世界崩于眼前般的焦急。

范思荣急踩脚刹，许宗生兔子般蹿了出去。范思荣的心像冬天被捅了个洞的窗户，嗖嗖地飞落着寒风冰雪。她真想买把猎枪，朝兔子后腿放一枪，看他还敢不敢和猎枪怒吼。

那个女人一定是逃跑新娘！但一想到她已结婚生子，范思荣又坦荡得像守着满园的苹果。

许宗生疯子般在街头转悠，他已找了好几遍，可根本就没有那个女人。她已结婚生子，她怎么会和别人生了孩子？一想到这痛苦的结局，许宗生真想以头撞墙，头破血流才好。

许宗生失魂落魄、虚汗淋漓地蹀躞着。范思荣看到他这副模样，既生气又心痛，嫉妒、愤怒，甚至想破口大骂。自己怎么会屈辱到容忍喜欢的男人如此迷恋另一个女人，简直不可思议。

然而，这就是生活，这就是卑微又高贵的人类感情。不疼痛不叫人生，不嫉妒也不叫爱情。奔跑时才知道脚下的荆棘是多么危险。

范思荣替许宗生扎紧安全带，许宗生突然抓住她的手：“你也看到她了，是吗？”

“是的，我还听到那小孩叫她妈妈！”

“她一定吓坏了，那么惊慌……那么瘦弱……跑那么快，我一定得找到她。”

范思荣发现他完全沉浸在自己的世界里，根本没听她说话。

范思荣倒希望那女子和她的孩子立刻葬身车轮下，从此了断这个男人的念想——这血淋淋的幻想，竟然也有点波德莱尔《恶之花》般的诗意。她突然意识到自己正和一场流血的爱情携手梦游。

许宗生面色蜡黄、精神颓废，叔叔以为他是时差的关系，要他休息三五天，再到公司上班。许宗生却向叔叔请了半个月的假。

“半个月？有什么事吗？”

许宗生点了点头，算是回答。他怕叔叔追问，幸好叔叔很智慧。

再次站到自己的房间，这感觉又温暖又辛酸。几年之后，许宗生依然是那位心碎的男子。她飞也似的跑了，带着那个叫她妈妈的男孩。她结婚了？不，不可能，她不会的……感情的伤疤使人脆弱，但活着就必须不断突破极限，必须把注意力从伤疤上移开。毕竟生活也是漫长的即兴表演。

许宗生越想越气恼，越想越焦灼，恨不得像尼禄火烧罗马，一把火把上海烧掉，让赵明露赤条条跑来求他，求放过她或她的孩子——那该是多么快意十足的场面，他可以质问她为什么逃跑、指责她多么背信弃义……许宗生知道这幻想太狂妄，可不狂妄又怎么是幻想。

焦灼的他躺在床上，感觉就像躺在雪地里一样危险。他不能昏昏沉沉地在雪地里死去。他跑出去，在午夜的街道上来来回回地走动——看起来像乞丐般的时髦，也像乞丐般的哲学，没有疼痛，没有感觉，生活变得无法忍受。

死去的人永无开口之日，而死亡所包含的秘密却比野草还多。他来到妈妈的房间，跪在妈妈的像前。妈妈温和地看着他，似乎质问他找到了那个“宗”姓人家了吗？

当然没有，亲爱的妈妈，我会继续寻找的……一定会让您满意！

花瓶里插着几枝红玫瑰，玫瑰鲜艳而娇嫩，除此之外，这房间没有一点生气，更没有一点有感情的东西。房间里的陈设也像泰坦尼克号撞了冰山后还擦洗甲板一样多余。

他从妈妈首饰盒里取出了那块玉佩，这是妈妈留给他的，妈妈说这是无价之宝，对许宗生有着特殊的意义。

什么特殊的意义呢？许宗生没来得及问。妈妈的突然离世，带走了太多秘密，而许宗生却一个也没能解开。妈妈留给他一团化不开的雾。风吹得玻璃窗啪嗒啪嗒地响着，这房间像妈妈在时一样，每天有人来通风，保持着平常的习惯，好像妈妈并没离开，妈妈一直存在。

但这是骗人的，就像爸爸离开一样，死，就是永远地离开了，再怎么牵念，也不会复生，不会回答任何哪怕极其简单的问题。妈妈，您放心地走吧，六年之后，我才明白，我不该这样牢固地牵拉着您，我应该是您长大的儿子。

许宗生跪在那里，看上去像一尊青灰色的兵马俑。

感伤的重逢

许宗生感觉自己像骑在马上的拙劣骑手，骑在生活上，之所以还未被抛下，完全归功于马的良好本性。风从窗口吹进来，窗纱飞扬，发出轻轻的扑动声，像魂灵在舞蹈。许宗生望着窗纱，突然很兴奋，就像和谁战斗了一场，一腔热血滚遍了全身。

未来就像那奇特的玻璃窗，一会儿清澈透明，一会儿雾气朦胧，离奇的寂静笼罩着四周。

许宗生和叔叔商量，要把妈妈的房间改成书房。叔叔重重握了握侄子的手，表明了他的态度。在叔叔看来，侄子真的长大了。一个人可以才华出众，意志坚定，而作为成熟的男人，必须善于集中心智与整个生活保持平衡，而不至于因杂事削弱力量。叔叔希望侄子能逐渐担当起家族的重任。

叔叔的独生女许萌萌，扔下书包，几步蹿到哥哥身边，瞬间扑了上去。许宗生紧紧抱着妹妹，眼眶突然热乎乎的。

萌萌拉着哥哥的手，围绕哥哥转了两圈："帅呆了，我们学校的男一号该撞南墙了！"

"丫头，是不是有喜欢的男生了，我可警告你，没有哥的检阅，谁也不合格。"

萌萌羞涩地跑开了，保姆通知晚饭准备好了。

在和妹妹的问答中许宗生体会到亲情的飞跃，一种血溶于水的甜蜜感觉。可是当一家人坐在餐厅里，少了爷爷和妈妈，竟然好像少了许多人。许宗生有一种出自灵魂的孤单，这家对他来说，也透着冰冷的味道。他有一个疯狂的念头，想随便找一个路人，将逃跑的爱情和妈妈留给他的困惑和盘托出。不过，令他震撼的却不是生活的神秘莫测，而是它的荒唐可笑，是它令人发指的意义缺失，一切都显得那么没有逻辑、那么的不和谐。

人是时间运输机上的高级动物，一个时段一个时段的推进，又把下一个时段丢在身后，如同音乐不断演进，从一个主旋律到另一个主旋律，从一个节拍到另一个节拍。生命的每一个阶段临近终点，便会出现凋谢的气息，而山穷水尽之际，自然会出现新的转机，出现新的觉醒和开端。当今，世俗生活近乎堕落和低劣，竞争既粗鲁又野蛮，气息既混乱又雾霾，似乎全无美好与理想可言，需要超越和革新。

宇宙万物独自生息又相互关联，许宗生凝望着轮廓鲜明的月亮，从无边的城市缓缓上升，涌起了一阵难以言传的奇妙感觉。他觉得自己的心灵已融入了夜空，成为夜色的一部分。

渐渐收起疲惫，倒头便睡，而眼睑之下，成群的燕子和乌云正在狂奔。梦里，赵明露的美是由许多秘密铸就的，她的美是心理上的，与外形无关，凝在唇齿间的那抹淡淡的笑容，也太过高深莫测，绝不是单纯的甜美。梦里梦外，他成了一个不知悔改的人，心像漏水的船，如不及时修理，到头来会沉没到悲伤的大海里。

这是爷爷生前置办的别墅，许宗生上小学那年全家人辞别了旧宅，一起搬进了这所环境优雅、装饰豪华的别墅。一楼爷爷居住，二楼是许宗生和妈妈的地盘，三楼是叔叔一家的根据地。虽然小有分歧，可总是和和美美地生活着。爷爷去世后，一楼改建成了会客室、陈列室和台球室等。网络时代的所有强词夺理、巫术般的诡辩和通往未来不计其数的道路，终将使人们对原始的社会关系越来越依赖。

许宗生像一架停不下来的机器，奔波在各个美术馆、展览馆和美术交流会上，天知道上海到底有多少个可以展览美术作品的地方。似乎转眼之间，上海成了美术之邦，谁都可以用颜料涂抹生活，谁都可以展览自己的泣血之作。许宗生有跑不完的展览，看不尽的作品。

可是，无论哪里，都没有他要找的那幅画。机场的那幅作品启示录般的灵光乍现，随后踪迹全无。这神迹似的闪现，仿佛雨停的间隙，偶尔露面的杏黄般的阳光，又软弱无力地折断在另一片乌云里。许宗生莫名其妙地感觉到，自己的什么记忆被那幅画带走了，或者自己的一部分被那幅画带走了。如果找不回来，必定不再是完整的自己。

他几乎每天都徘徊那个十字路口，希望再次遇到赵明露。她总会出门的吧，总会带孩子散步吧，总会送孩子上学或逛逛商场吧……

坐在保时捷里，盯着人来人往的十字路口，监控的警察也不及他认真，可依然没有任何收获。赵明露和那个男孩像掉进大海里的水滴，无影无踪。

静静观察着十字路口，各色人等在进行着原生态演出，闯红灯的、发名片的、翻越围栏的……远远望去，路边斜刺里高高探出的一排排灯柱，支撑着沉重的头颅，谦虚地静守着繁华与寂寞。阳光似有若无地荡漾在马路上，空气含着湿润，虽然对拥堵的车辆一点也没有办法，却令人感到一丝凉爽。

半个月的时间，他像出租车司机般跑遍了上海的各个角落，凡是可能举办美术活动的地方，他都要挤进去，警察似的查看一番。

两周的时间很快就过去了，他依然像失去嗅觉的家犬，迷失在茫茫的楼群和绵延不绝的街道上。

命运的恩惠根本无公平可言，有时对苦苦追求的人冷酷无情。每次迈进家门，许宗生感到有说不出的沉重。为了安慰自己，思想上又兜了一次不知兜过多少次的圈子，到头来还是那样苦恼。他不禁对自己感到失望，无由地幻想着，当他不在人间时，赵明露会有什么感触，会不会有哪怕一点点怜惜。一个人去死是不用介绍信的。作为一个工具，我还有些用，作为一个人，难道我已是废物了吗？

为了一个不知能否实现的愿望，人们往往会豁出一辈子，锲而不舍，甚至倾家荡产。而那些笑其愚蠢的人，也不过是人世的过客。许宗生感觉自己越来越成了那执迷不悟的人。周五，他在大学门口等妹妹下课，突然看到路边广告牌上写着："新自然美术展"。许宗生顺着广告牌的指示向博物馆走去，宽敞的展览大厅，悬挂着上百幅美术作品。也许是因为傍晚的关系，大厅里人不多，光线柔和，环境优雅，气氛营造得很适宜。

许宗生放眼展厅，瞬间就捕捉到了那幅画，比机场展览的那幅更大更宽，也更有韵致。高高的念心崖上，一位男子临风而立，长长的黑色风衣随风鼓荡，几只飞雁似乎也不耐风力，天上灰蒙蒙的乌云，像一面忘了打磨的镜子。

许宗生头晕眼花，这是惊喜所致。他快速赶过去，盯着卡片上的标题：《念心崖的孤独者》；画家：赵明露。

许宗生很想紧紧地亲吻这幅画，又担心工作人员把他当成疯子架出去。他的爱，他的生命，他所有至尊的一切，都是由这幅画引起的。赵明露、赵明露、赵明露……他心里一遍遍默念着，他仿佛大闺女相亲，憨厚地红着脸，紧盯着画，傻乎乎地笑着。他仿佛又回到了南里贝，天气晴和，白云片片，没有一丝儿风，山花烂漫，潺潺的溪水中，蓬草枯立，临河低垂的柳枝上，洒满柔滑如饴的阳光。觅食的山鸟群飞群落，山谷里也隐隐地笼上一层青烟，又朦胧，又甜蜜。

画展上共展出了赵明露五幅作品，全是以南里贝为背景的，其他四幅是《南里贝的石桥》《悬崖》《南里贝的桃花》《山顶日出》。

一群小学生来看画展，为首的小男生，带着同学们径直走到南里贝系列作品前。

"这几幅都是我妈画的，好看不?"

"能卖很多钱吧？够买牧马人遥控汽车吗?"

"不知道，妈妈没说。"

许宗生像星探左右观察着小威，发现他长得果然非常像赵明露，有着赵明露一样俊俏的五官和下颌，甚至连微笑的表情，都有着妈妈的样子。许宗生像误吞了毒药般胃肠绞痛着。这痛苦的现状，都是他尽力寻找的结果。他很想钻进车里，偎在车门上伤心地哭个痛快，一直哭干眼泪，哭干疼痛。可他忍住了刺痛，悄悄跟在同学们后面。

同学们像阅兵似的在大厅里溜了一圈，跑掉了。许宗生跟随着那位叫小威的同学出了展厅，远远地尾随着，平坦的花砖路，他却走得深一脚浅一脚，既忐忑又紧张，既兴奋又恐惧。

拐过街角，就是蓝海别墅区，小威像打足气的足球，蹦蹦跳跳地向前走去。赵明露和一位帅气的男子从院门出来，小威喊着妈妈，赵明露微笑着等待儿子走近，抚摸着儿子的头，把儿子送进院里。那男子早已启动了奔驰，赵明露坐进副驾驶座椅上，开走了。

她果然结婚了……我真傻，竟然一直在找她，满心里全是她，她却无情地和别人过着幸福的日子……许宗生躲在广告牌后，心烦意乱，尴尬透顶，仿佛误闯了地狱，看了不该看的秘密。额头上，鼻尖上，淌着豆大的汗珠，仿佛淋雨了一般。

萌萌放学了，只看到哥哥的车，不见哥哥的人，便给哥哥打电话。许宗生要妹妹自己打车回家，这会他正忙着。

他是够忙的，心思一会也没闲着，在别墅对面的一家咖啡厅，静静望着那院门，他到底想见证什么，自己也不知道。如果这时有人问他，“你是谁？到底想要什么？”他一定回答不出来。

半小时后，奔驰果然回来了，赵明露和那男子老夫妻似的一前一后地进了院门。院门关上了，也关上了许宗生窥探的心情，关上了许宗生不知所以的梦想。那个家和上海所有幸福的家庭一样，全家人正和和美美地吃着晚餐，或者围坐在客厅里看电视。他突然幻想着赵明露把头枕在那男子的腿上，那男子抱着她向卧室走去……

许宗生的心快碎了。这不是他想要的结果，或者，他根本不想要结果，他宁可没有结果，让他尽情地、怀揣着梦想继续寻找……至少心里还有希望，至少还有一个美好的奢望！可现实如此残酷地捅了他一刀，如此残酷地放净了他沸腾的血。

他感觉自己快死了，根本没走出咖啡厅的力量。在对真爱的崇拜中，他已把自己变成了爱情的奴隶。过去现在将来，在上帝眼里只是瞬间的事，在他眼里，只有赵明露的真情参与，才能进入真实而幸福的未来。

夜像无尽的大海，荡漾着不知疲倦的波浪。许宗生躺在床上，昏沉、眩晕，却没有一点睡意。他觉得自己成了最后一只海鸟，凄凉地飞翔在怒气冲天的大海上，与飓风抗争，与海流搏斗，孤独、悲壮、惨烈……

回忆让他产生了嫌恶的感觉，痛苦的是，许宗生怎么也不能把往事和现实统一起来。他摆脱不了别人对自己的责难，因为这种责难不是由于他懒，而是由于他的不幸，可耻而又可恨的不幸。上帝给了人十字架，也给了人忍受的力量。他穿过嘲笑和责难的目光，执着地追求她那含情脉脉的眼神，就像向日葵追求阳光。

在无限的时空里，在无限的物质里，培养出一个生物体水泡，却刹那间破灭了。许宗生感觉自己就是这样一个水泡。而这，是不允许的。

天还没亮他就出了门，向着蓝海别墅方向跑去。目标扯动着他的双脚，吸引着他的神经。看到他奔跑的样子，谁都会以为他是健美达人，可他仅是个被爱情之火烧灼的伤者。对于一个伤感的情人来说，纯粹的表达最高贵。

幸好离蓝海别墅区只有四公里的路程。吞没赵明露的大门紧闭着，许宗生在门前站了五六分钟，转身向回跑去。他满脑子都是一场奇遇，可奇遇还有什么意义？或许他满脑子里都是一场审问，可审问又有什么意义？难道他还在乎一个答案？还在乎一个花言巧语的借口？

推开院门，叔叔正要出门。许宗生告诉叔叔今天去上班。

叔叔探寻的目光在他脸上扫描着，点了点头。

有时越是疼痛，就越分裂。对另一个许宗生来说，寻找或许只是用来掩盖脆弱的面具。他不时与行动开着玩笑，就像艺术家不时与军事家开玩笑一样，他把自己弄成自己生活的间谍，并且当审视自己的疼痛时，他发现已成了自己悲剧的旁观者。生活让他发疯。

许宗生要洗心革面，忘记过去，开始新的生活，或努力开始新的生活。他的人生从今天起，一分为二了。之前的生是迷茫的生，盲目地为青春交付了一笔沉重的诊疗费，而今后，他要为家庭为自己，活出一番新景象。这是作为男人必需的，作为自己必需的。

他以为自己很坚强，比钢都硬，比落花都无情。至少他希望自己这样，能拿得起，放得下。

一个人喝醉了，他喝的是白酒还是啤酒并不重要。爱情的痛苦之杯灌醉了他。

再坚强的男人，在愚弄自己时，都犯着相似的错误。几个小时后，许宗生就明白，他根本没想象的那么坚强，根本没自以为的那么果敢。赵明露已走进了他的灵魂里，他无法把她从灵魂里分离出来，甚至根本就做不到——哪怕有一晚不为她辗转反侧、孤枕难眠。

许宗生对于伟大、单纯而原始的东西，如大海，有一种不可思议的憧憬，海与生活一样，都能给他原始的激情。然而一段时间以来，他感觉自己对自然期望得太多，而与其生活的时间太少。他要涅槃重生，活出真正的自己。

许宗生的身份是董事会秘书，当然谁也不知道他是董事长的侄子，也不知道他是公司的接班人。他以普通秘书的身份尽快熟悉业务，了解公司的运作模式。

听说来了一位帅气十足的秘书，在机关待久了的女人们，不放过眼睛尝鲜的机会，以这样那样的借口去办公厅一睹许宗生的风采。不是装着查文件，就是借口问事情，品评着这位帅哥，掂量着帅哥的品位，猜测着和他约会的可能性。

适应了华尔街繁忙节奏的许宗生，突然发现，叔叔管理的公司不是公司，而是娱乐场所，大家有足够的时间闲扯、游荡、吃零食、涂指甲油……

范思荣第一时间接到许宗生上班的消息，立刻赶来祝贺。诗人范思荣在爸爸的公司上班，也仅仅是挂个职。最近刚刚出版了一本诗集，据说反响不错。当然，花钱开了七八场研讨会，声势造得也很像那么回事。

两周来，范思荣一直等着许宗生约她，可许宗生连个信息都没有。打他电话，他也总以忙为借口，拒绝和她见面。这让范思荣心生怨气，当然，她也知道，光生怨气一点也不解决问题，对于许宗生这类人物，不能守株待兔，必须主动出击。满汉全席摆在眼前，只闻香味解决不了腹内的空虚感，只有亲自动手，慢慢咀嚼，才能享受美食的快意。

从来没有人把爱关在门外。范思荣仙气飘飘地来到公司，大楼的保安、门岗对美女一路绿灯。她女王派十足地落座于办公厅的沙发上。

“第一天上班，许秘书，感觉如何？”

“像六十岁的老人，不紧不慢，轻松自在。”

“别拿这里和帝国主义比，毕竟我们是人性十足的社会主义国家。”

许宗生不想惹人注意，更不想让范思荣在公司散发香味。各种意图的男欢女爱，都应该在后花园里进行。而范思荣的错误在于坚持把它当作一场电影在办公室上演，而许宗生则是这场电影的导演兼女主角的战利品。

他看了看表，已到了下班时间，便和范思荣一起向外走去，引得许多男女同事像鹅似的伸长脖子观看。

“你们公司员工脖子真长。”

“因为你太漂亮，以后少到这里来，免得他们颈椎出毛病。”

范思荣听懂了许宗生的言外之意，内心稍有不爽，但低眉顺首之间，便很快扫掉了心头的阴霾。她知道，对于不好钓的鱼，必须有下钩的耐心。

不喜欢我，是你做过的最愚蠢的事。

可许宗生并不这么想。

与自己不喜欢的人一起晚餐，就是填饱肚子；而对于追求者来说，晚餐就是散发香味、传递情感的绝佳时机。许宗生和范思荣一起晚餐时，许宗生吃得匆忙，仿佛急着赶飞机，而范思荣却慢慢品着，仿佛时间的指针将停止转动。

许宗生求范思荣帮个忙，他买了一批画，想装饰书房，不便让画家知道买主，想让范思荣帮助收下。

范思荣当然乐意，不要说帮这小忙，再多再大的忙，她都乐意效劳。她甚至幻想着许宗生到她家里取画的情景，她带他参观她家的房子，再或者参观她的闺房，许宗生会吻她，或干脆带他体验床的质感。

这确实是诗人诗情画意的空想。因为第二天去取画的司机把画幅运走时，高高站在台阶上的范思荣，感觉自己的一些机会也被运走了。她虽然漂亮得像曙光，可没能闪亮许宗生心灵。不久的将来，这台阶上挤满了求婚者，像战场上的乌鸦，诗人有足够的笔墨描绘失意情场的伤痛。

歌手们最爱炫耀声音，诗人最爱炫耀词句。诗人范思荣尽情抖擞着诗情画意，根本不问谁的画，那画有何价值。她娇羞地看着许宗生，盼着许宗生也多情地注视她一眼。可许宗生始终神不守舍，似乎很饿，埋头吃着，心事重重。华尔街教会他一件事，那就是每个人都有自己的角色，戏里戏外一样的担当。

范思荣不知该怎么才能让许宗生快乐起来，许宗生越是深沉，冷静，不言不语，她越是着迷。她看惯了口若悬河的轻浮男子，听惯了阿谀奉承、花言巧语的媚俗语调，而沉稳、干练、胸有城府的许宗生，却让她俯首称臣，甘愿为奴。她有信心让他成为丈夫，不然，此生岂不白活，诗人岂不是白当了。天亮后黑夜的美将会消失，酒醒后说过的话就不算数，趁现在他床侧的空缺，必须抓紧时机，绝不能大意。欲望意味着邪恶，如果有人把他夺走后，范思荣相信，天下所有的美男和诗歌的美誉，都填补不了心中的空缺。

范思荣幻想着他们慢慢吃饭，优雅地品咖啡，然后再去看电影，情节动人处，她适时地流一通眼泪，借机偎在他的肩头。可许宗生打破了她的幻想，放下筷子，结了账，让范思荣先回，他还要去个地方。

范思荣愣了好半天，像一只没明白主人意图的猴子。

许宗生站起来时，范思荣才知道约会已到此结束。范思荣一度想甩他两个耳光，把他打清醒点，可这没用，她只会打痛自己的手。人生不比诗歌，有朝一日，奢望过多的人可能会大失所望。

念心崖上的思考者

送走范思荣，许宗生急不可耐地赶到了画展，像欣赏凡·高的《星夜》，贪婪又惊喜地欣赏着赵明露的画作。小威和两个女同学跑了进来，径直挤到许宗生面前。小威骄傲地告诉那两位女同学：

“悬崖上站着的是我爸爸，可帅了！”

胡说八道的小家伙，分明是我，怎么会是你爸爸！许宗生感觉这小家伙真是吹牛大王。

“你爸爸站在这里干什么？”

“他在思考！男人都是这样思考的。”

小威带着小同学去欣赏其他的画了。妈妈是他的骄傲，值得向所有同学炫耀。许宗生欣赏着那幅画……那时的他真的在思索吗？或者也仅仅是在画家的眼里是思索的！是的，在赵明露的心里，他是思索的，所以才画出思索的样子。难道她反复画这一情景时，心里就真的没有爱吗？没有爱又为何画呢？既然已和那个男人结婚生子，又何必画从前的情人呢？

给他一万块手绢，也无法擦干爱情伤口的渗血。许宗生买下了赵明露展览的全部作品，留的是范思荣的电话和地址。工作人员答应第二天上午送货上门。

许宗生拿出华尔街工作的拼劲，查阅岩石场集团大大小小的文案，了解公司运作程序，掌握业务的来龙去脉。他渐渐觉得文件透射的味道不对，先前岩石场集团浩大的声势，如同巨大的烟囱冒出来的青烟，消失得无影无形。

其实自妈妈去世，他继承了妈妈的那部分股权，他就有权参加公司的董事会、参与决策重大问题。可他不想介入，一是因为自己根本没有经验，难免墙头草般的倒伏；二是很想读书，想学得更深更厚，想智慧地参与未来的生活。

那时的他就曾经幻想过，未来未必真的就是岩石场集团，叔叔董事长的位置对他也没有多大的吸引力。

他以秘书的身份列席了 2014 年年终董事会，岩石场集团包括房地产公司、钢铁公司、纺织公司、矿山公司等八个业务单位，除房地产公司、矿山公司和纺织公司微薄赢利外，其他均处于亏损或严重亏损状态。后来许宗生才知道，公司糟糕的现状让叔叔神经性失眠，总感觉有什么利器要伤害他，甚至一段时间，像铅笔之类的尖细的东西，都使叔叔精神紧张、坐卧不宁。

自金融危机之后，国内制造业已失去了低劳动力成本的优势，开始了微利时代，房地产的黄金时代也成了过去，而钢铁行业更是遭遇着黑色深谷……董事们无论怎么分析归纳，都很难看到辉煌的前景。岩石场集团正遭受着要么改革重组，要么转型发展的艰难选择。

抉择是困难的，这些五六十岁的老总们，经历过辉煌，享受过激情的人生，但现在已失去了承担风险的能力，失去了敢闯敢拼的豪气。一个个求生的改革方案，在他们困惑的眼神里消解了。他们虽然知道马云一夜暴富，却不敢更深地涉足互联网，因为那不是他们熟悉的地盘，不是他们擅长的领域。他们只能站在互联网的岸边，看着新锐一族从互联网的大海里，一网一网地将真金白银兜上岸来。

董事会上，许秘书默默地听着、记着、总结着。他查看八大公司的账目，了解他们的经营情况，分析未来发展的可能性。叔叔告诉他，从公司的历史可以学到很多东西。可许宗生却觉得，要想发展，必须抛开公司的传统模式。叔叔想要把他培养成叔叔那样的企业家，这在许宗生看来，绝不可能，像把月亮变成面包般不可能。

许宗生不喜欢翻看公司的历史，如能忘却，他宁愿忘掉爷爷、叔叔和妈妈为公司创造辉煌的方式。在夏季午后的阳光里，他注视着公司业务的曲线图，心想：我们三代人里，到底谁更有创造力呢？冷气柔柔地喷着，实际上，许宗生从没有像此时此刻，莫名的紧迫感逼仄而来。

在许宗生看来，照叔叔这样经营下去，只会步步萎缩。每每这时，连院子里盛开的月季也倍觉凄凉。雨后的路面泛着幽暗的光影，潮湿的街景笼罩在似真似幻的海市蜃楼中。

随着对公司的深入了解，他越来越理解叔叔为何要他尽快回来的心情。可这样的现状，他根本不想介入其中，不想当那些老家伙们的扶手，不想为公司逐渐衰亡的现实而扶陵低泣。

晚上，回到家里，他会和叔叔在书房讨论很久，叔叔作为老一辈创业者，坚信市场一定会回暖，公司各方面的业务一定在不久的将来重达辉煌的巅峰。

叔叔把希望寄托在国家经济的全面好转，在许宗生看来，这好像把希望系在了气球上，貌似越飞越高，终有一天会四分五裂。

许宗生建议叔叔扩展新业务，抢占新市场。中国经济的生命力在于新科技，只有占领了新科技的高端市场，做些有社会价值的产业，才有出路。未来的任何公司不能只为赢利而存在，还应有其深厚的社会意义或历史价值，这样才能在未来的经济大潮中扬帆远航，否则就会吞没在汪洋大海里。但是叔叔对陌生领域如临深渊，对侄子的公司哲学冷而淡之。

说服叔叔总让许宗生有背叛家族的味道，像背叛了正义而投靠了魔鬼。天知道，在商场，胜负之间，正义和魔鬼还有多少区别。胜就是正确的方法，败了就是中了魔鬼的招数。午夜，许宗生在后花园里徘徊，满天的星星是他孤独的陪伴。无论谁看到散步的他，都会以为他在为公司的改革而殚精竭虑。其实，他在为自己，为那个女人，甚至在想怎么痛斥那个女人。有人说女人的贞操不在肉体，而在灵魂，他相信，无论肉体或灵魂，都让他嫉妒得发疯。

烟灰般的蝙蝠在窗口透射的光线里翩翩翻飞，向着微蓝的天空飘去。如果当年婚礼顺利进行，自己现在也成了父亲。父亲的神圣和庄严感，如同兰花的芳香，充溢着他的心怀。他来此散步是为了忘记内心的痛苦，却又给这痛苦涂抹上某种美丽的色彩。悲伤——只有悲伤，如同充满夜空的星光，依然孤寂而严酷地存在着。

永远不要猜测受到爱情之创的人的情怀，他也可能借工作发泄内心的不满，也可能转移愤怒的视线，掩盖起伤痛的嘴脸。许宗生逐渐认为，干坏事也许是人的本性。他很想暴揍她，当众扇她的耳光，他有理由这样报复。但是在扇她的时候，他明白就是在折磨自我、摧残自我。毕竟，自己二十八年的人生都深藏在她的那双眼睛里，深藏在痛苦的心音里。

他感觉自己从没长大，不明白人的弱点。就算平静下来，理由也不是希望，而是畏惧，畏惧与她的长久分离。仅仅是赵明露的存在，就使他的人生阴晴不定。他成了一个没有东西可输的赌徒，执迷地徘徊在过去，因为没有赵明露的未来不算未来。

正是情场失意的赌徒对输的预感，让赢成为可能。许宗生向叔叔建议制造中国的“特斯拉”。

许宗生耐心地向叔叔介绍美国特斯拉汽车特点，以及在中国制造这款汽车的可能性。

特斯拉致力于开发最具创新力的技术，一是用 IT 理念来造汽车；二是使用锂电池供能，减少全球交通对石油的依赖；三是通过开放专利，大力推动了纯电动汽车在全球的发展；四是为人们带来了最极致的驾乘体验。所以，特斯拉一经面市，极大冲击了全球汽车市场。

叔叔听完许宗生滔滔不绝的介绍，惊愕得半天没说话。他不是被特斯拉汽车震惊，而是被侄子震惊。他默默地上班，了解公司所有业务，倾听董事们的设想，最终的结果却是抛弃公司，别觅它途。

这明明是给岩石场集团釜底抽薪，而不是雪中送炭。他望着侄子，像望着一具雕像。说服侄子已很难了，年轻人的思想充满着斗志与豪气，即便不同意他生产中国牌的特斯拉，他也不会钟情于老朽的岩石场集团了。

叔叔从窗口望去，院子里红顶商人胡雪岩的雕塑上落满了鸟粪，独自在光天化日下守护着时光错落的寂寞。

“宗生，这是重大的变革，必须经董事会讨论决定。即便你感觉再好，那些老家伙们或许并不买账，投资，毕竟风险很大。”叔叔说得很慢，好像这些话违心地从他那儿硬挤出来似的。

董事们总想拥有某种经久不灭的东西，所以总把已贬值为垃圾的记忆塞满脑袋。这样，早晚会把公司弄成一个古玩店，里面全是怪物和尘土，价非所值，骗人骗己。

许宗生有些激动，他知道他并没有说服叔叔。从什么时候开始钟情于特斯拉的，应该从在华尔街上班的那时起。华尔街的同事们以拥有一辆特斯拉为傲。许宗生坚信，对环境要求越来越严格的中国，对保护环境起重要作用的锂电池汽车，将会有巨大的市场空间，前景绝不可小视。然而，许宗生的目标并非止于此，他的远期目标是太阳能汽车，杜绝能源的消耗和环境的污染。这当然是梦想，然而，哪项发明不是起始于梦想呢。

此后的一段时间，许宗生着手起草创建中国特斯拉的计划书，并积极说服叔叔。凡是能打动他老人家的，无不被许宗生拿来当传单，慢慢浸染叔叔的视野。

纸上谈兵无效，许宗生动员叔叔一起飞美国加州，考查特斯拉汽车公司，让他亲自体验这新兴科技的无穷魅力。

叔叔觉得自己还没准备好，他要好好沉淀，细细掂量这计划的风险。

年老就是这样，沉稳有余，创新不足。

但叔叔并不阻止许宗生实现自己的想法，这是年轻人的时代，不创新，机会不会自动找上门来。这个道理，叔叔懂得。

许宗生要寻找合作伙伴，不停拜访汽车设计人员、IT 专家，他要带队去美国，先期探索技术团队组建的可能或合作的可行性。一段时间以来，他又恢复了在华尔街的工作节奏，像停不下来的陀螺，拜访客人、分析资料、募集资金……创新就有风险，毕竟几十亿的资金都是血汗钱。许宗生虽然忐忑，但他无权迷失方向，坚持目标、拒绝退缩，失败比死亡更残酷！所罗门说，普天之下并无新事。但所罗门又说，一切新鲜事物只为忘却。许宗生只能继续前进，因为后退是莫大的耻辱、是投降、是屈服、是沉沦。

深夜，月亮的颜色和无边的沙漠一样黄，连胡雪岩的雕塑也涂上了一圈黄色的光晕。一只鸟在胡雪岩怀里筑了窝，深夜不时发出吱吱的梦呓声。许宗生独自查阅资料，突然感到排山倒海的疲惫。说服众人，争取他们的支持，维护股东们的利益，让大家财富翻番，这固然是不变的目标，可在只注重结果，不在意过程的庸俗者眼里，这创新未免也太任性、太游戏。董事们感觉自己完不成的事，许宗生这毛头小子也完不成，自己无力掌控的领域，许宗生也必定一事无成。他们坚定地认为岩石场集团是永恒的，至少会像岩石一样久远，它将持续到经济破灭之前的最后一个夜晚。还有一种同样恶劣的说法，认为商场无非是一场无限的赌博，他们赌的是未来的无限发展。董事们优越地意识到，他们才是上帝的亲生儿子。

许宗生感觉自己成了一匹孤独的狼，正积极说服狼群离开资源枯竭的沙漠化地区，迁徙到水草丰茂、动物肥美的绿洲。可懒怠的老家伙们习惯了安逸的生活，宁死也拒绝奔波。有些贫穷地区的人们对书籍顶礼膜拜，使劲吻着书页，纵然他们连一个字也不认识，他们对知识的虔诚，许宗生觉得，远远胜过了岩石场集团这些古董们。

正像有位董事说的：“为了满足那小子的冒险痞性，一定要我们垫付学费吗？”——这话蝎子般刺心，许宗生感到浑身战栗，疼痛入髓。老虎造成的伤害，也未必有老虎的花纹，许宗生用衬衣遮盖住了疼痛。

上海之夜沉重如墨，月亮还没有出来，楼群无声无息地沉睡在辉煌灿烂又冷酷无情的黑暗里，纵横的河面泛着五彩缤纷的光华，楼堂馆所、大街小巷，在这静谧夜空下，似睡非睡，无限缠绵又惆怅。

许宗生喜欢深夜，能听到夜鸟拍动翅膀的声息，也更能体会疼痛的深度。

许宗生把赵明露的画悬挂在书房里，每天都要在画幅前站一会，仿佛只有这样，才能平静那颗疼痛、躁动的心灵。南里贝，那是他的心灵之地，是妈妈指引他去的地方；赵明露，他的逃跑新娘，他珍贵的过去。尽管，他还没来得及质问她为何逃跑，为何远远地躲开他？

她在那里，她本身的存在，仿佛就是对他的安慰。许宗生不想吓着她，不想让她再次惊恐地消失。他只想远远地观看着她，慢慢地靠近她。终有一天，她会说出答案的。但是，那答案还重要吗？

现在许宗生才明白，爱她就是全心地呵护着她，不计得失地跟随着她。这爱，让他充实，却也让他痛苦，让他恼怒，却也让他身不由己。对她的爱像泥沼，他已深陷其中，越挣扎越沉沦，越挣扎也越无力。但有时，他又想重新开始新生活，开启自主的人生。他特意约会范思荣，陪她吃饭，听音乐会，看话剧表演。可每次约会归来，他反更想念赵明露。他无可辩驳地承认，赵明露根本无法被取代，无论是范思荣还是其他女人。

如此美好如此柔弱

做开创性工作的人们应当假想那件事情已经完成，应当把将来当成过去对待。许宗生把自己当成中国特斯拉的主人，享受着成功的辉煌，欣赏着满大街都是节能环保的轻型汽车的壮观场面。他做梦都渴望这一天的降临。夜晚回家，路缓缓下坡，是一条沥青路，两旁是高高的梧桐树，枝丫在上空相接，低而圆的月亮仿佛在陪伴他散步。谁都不知道他的无限创意和活力，时间的追踪没有间隙，痛苦的时候也没有梦。

有一次在酒店等客人，外面飘着细雨，行人匆匆，湿气朦胧，酒店大厅里飘荡着轻柔的音乐。昨天这个时间，他正在开会，范思荣打来电话，问他是否能把那幅《念心崖上的思考者》退还给画家。电话里许宗生冷静地回答："不行。"

赵明露从范思荣手里接过手机："请问，能不能把那幅画还给我，我给您双倍的赔偿！"

"我不缺钱，女士！"许宗生握着电话的手微微地哆嗦着，他做梦也不会想到，终有一天，会这样与赵明露通话。

"那幅画是非卖品，对我有特殊意义……那……那是我丈夫的。"

许宗生握着听筒，电流嗞嗞地从耳边流过，他真怕自己急切的呼吸声能被对方听到。

“丈夫？不是随时可以画吗？”

“不，他不在……求您还给我！”

“不行。”许宗生挂断了电话，哪怕再过一秒钟，他都可能会坦白自己是谁。

我是他的丈夫？她还记得我是她的丈夫！这个女人，这个该死的女人……既然知道我是丈夫，为何还要和别人结婚生子？一派胡言，假情假义！

不，绝不还给她，她说谎。可是，她真的怀念那段感情吗？不然她为何还索要那幅画？许宗生快被自己逼疯了。但一种神秘的喜悦，恰如从江面吹来的风，在脸上温柔地荡漾开来。透过迷离的阳光，在人眼无法到达的地方，他却发现了百花盛开的景象。

任何一个第一次爱上的人，那个夺走你心的人，也会是永远让你愤怒、永远让你无法保持理性的人。爱，使人成为奴隶，但我也知道如果没有爱，我将是瞎子，一生都在黑暗的隧道中摸索。他凝视着镜中的影像，试图洞见另一种人生。

这时，一女子牵着一个小男孩的手从窗外匆匆走了过去。撑开的雨伞挡住了女子的面庞。是赵明露？是她，一定是她！这形象、这步态……许宗生心头一激灵，拔腿追了出去。就在这时，他的朋友来了，许宗生像从古代切换到现代般的，错愕了很久。

他看客似的观察着自己的生活，记忆像电影般浮现在眼前，他试图抓住它，融入它，可做不到。生活是生活，他却是他。

今天，坐在酒店里谈事情，简直就像创造奇迹一般，而创造奇迹正是他的职业。窗外的女人应该是别人故事的主角，而“赵明露”——这个名字如同电光石火震撼着他。他看不到朋友，看不到雨幕，看到的只是无边无际的黑夜，还有黑夜般深深的疼痛。他默念着她的名字，心中翻江倒海的感情借此倾泻出来，熏染着周围的空气。

许宗生在公司的身份不再是秘密，他组建了澳创汽车团队，负责筹备汽车公司的所有事项。叔叔每天都要到许宗生的办公室转一趟，了解工作动态，帮助排解困难。叔叔的头发白了，背还像年轻人一样挺直。不知为什么，当叔叔吩咐完事情转身出去时，叔叔的身影却让许宗生感到异常孤独，瞬间，他竟然忘记了叔叔吩咐的事情，满心思都是难抑的心酸。

人们总试图收藏珍宝，却总是忽略心灵的滋养。有时候聪明人暴露的无知，比他们具备的丰富知识更加突出。在残酷的现实面前，固执的人免不了要精神崩溃。虽然世界上的一切都不是完美的，但那一瞬间，许宗生觉得叔叔是个近乎完美的人。刹那间，看得见的世界消失了，似乎只有回忆和亲情真正存在着。

新自然派绘画展上，赵明露又展出了一幅《南里贝的山谷》，在展出的第二天，便被人买走了。自上次五幅画同时被人买走之后，她就一直担心买画人的意图。一般喜欢某人的作品，买一幅或两幅是情理之中的，可一次就定购了全部作品，总给人收破烂的感觉。怜悯的意味，像吃了大蒜般难以掩盖。何况在此之前，赵明露从没卖出过一幅作品，做梦都奢望自己的作品能受人欢迎。他到底是喜欢我的画，还是可怜我的人呢？

这次许宗生安排司机去购买。司机付了款，等待着工作人员包装，放在后备厢里。司机根本没发现，画家赵明露坐在出租车里，一路跟踪而来。她记下了这家的地址。

第二天清晨，许宗生穿戴整齐准备去公司，听到门铃声，便去开门。门外站着的竟然是赵明露。两人都愣住了，都感到对方眼睛深处潜藏着某种惊慌。赵明露好久才反应过来，仿佛想起什么事，转身飞也似的跑开了。

许宗生目送着她离开，竟然一个字也没有说出口。

这一天，赵明露过得忐忑而酸楚。她曾经猜测过买主，竟然真的猜中了。六年之后，他又将以这种方式挤进她的生活。他哪里知道，一切物是人非，满目疮痍。

曾经，许多个夜晚，赵明露遥望星空，竭力使自己的爱升腾到许宗生的月辉里，给他带去安慰，带去爱和祝福。有时，她挥动着画笔，开始相信情人之间心灵感应的说法，相信有多少颗心就有多少爱情。要成为天下最幸福的人，或成为天下最不幸的人，全由当事人决定。六年之后，她看到他，心再次荡漾起来，充满了惭愧和喜悦。

而现在，她像一头被缚的羊，等待着他的利斧。

赵明露完成一天的家务，抽得片刻时间，为自己沉重的心事深深喘息。越是黄昏，她越是紧张，仿佛那是囚徒的行刑时刻。她借购物出了家门，呆呆坐在咖啡间里。她没有回家，她没有家。那座别墅她虽然生活了六年，可那不是她的家。她只是那家的佣人兼学生，这特殊的身份外人不会理解。

许宗生买走了所有的画。那位叫范思荣的美女替他接收了画，她对他讲话那么亲切，那天开法拉利跑车的也是她。他们的关系一定不一般，或许是恋人。想到这，赵明露不知为何，泪水竟悄悄流了下来。

从窗口可以望到那个门，乔汉回来了，他将车停在家门口，铁门缓缓关上。天空渐渐变成了淡紫色，最后变成了月白宝石的颜色，街道也变成了烟灰色，槐树的黑影更加清晰，不管是人，是树，还是楼房，都笼罩在一片黄昏的宁静中。

赵明露感觉非常疲累，仿佛刚刚跑了一万米。

今天，这个家门让她特别紧张，甚至有小小的恐惧。时针每跳动一下，她都会感觉那猝不及防的时刻的到来。六年前，她从一场婚礼上逃掉了，而今天，她还想再逃，逃得远远的，永远不让他找到。

可小威在上学，她已无处可逃。

手机响了，果然是乔汉的电话。赵明露起身往对面的大门走去。

十分钟后，赵明露忐忑地坐上了乔汉的车，乔汉兴奋得像喝了酒，浑身荡漾着消耗不尽的热情。

一年前，乔汉曾向赵明露求婚，心神不定的赵明露拒绝了。赵明露已在乔汉家生活了五年，作为单亲妈妈，大学教授求婚是何等的光荣和珍贵，可赵明露却以等她卖出五幅作品的目标为限，再回答这个问题。

艺术家就是怪人。婚姻大事和几幅作品又有什么关系？但一向对美女过于挑剔的乔教授，却偏偏衷情于这个女人。缘分是很怪的事情，在任何人看来，带着孩子的赵明露永远也配不上钻石王老五乔汉，可乔汉却始终把赵明露当成唯一的人选。见惯了太多化妆美女，当第一次看到赵明露素雅的脸庞，晶莹明净的眼神，娇嫩而鲜艳、仿佛专为接吻而生的嘴唇，苗条秀丽而又轻盈的身形——仿佛三月初露的新蓓。他觉得这个姑娘应该用春天来形容，可惜她抱着个婴儿。她怎么会有个婴儿？这困惑让他迟疑了六年，错过了六年，或许，他将错过一生一世。

终于卖出了五幅作品，赵明露的心里忐忑地埋伏着这个数字。她希望乔汉忘记五幅作品的事，希望乔汉能喜欢上其他女人。但乔汉早上出门时就对赵明露说："今晚，我带你去个地方！"

这一天，赵明露就像不会游泳、反被推进河水里般的挣扎。她当然能读懂他的表情，他的语气和眼神，她知道乔汉将对她说些什么。她窒息得要死，恨不得以头撞墙。她很想找个人倾诉，可上海这么大，人这么多，却没有一个人能听听她的委屈，没有一个人能给她出个主意。

乔汉一路说说笑笑，侃着学校师生的趣事，试图逗赵明露开心。他像中了巨额彩票似的喜气洋洋，刚刚汇集到心里的血液，沸腾着浪漫，瞬间涌遍了全身，热切和喜悦使他不像三十多岁的哲学教授，而是十七八岁的毛头小子。赵明露只是礼貌地笑笑，他能感受到赵明露的紧张。从这个女人抱着婴儿走入他家的那一刻，他就发现，她的存在，总能让他兴奋。她的勤奋、沉静、善良，她的好学和隐忍，她的艺术才华……她身上集所有女人的美好于一身……六年来，这个家，正因为有这个身影，才会如此丰富、甜蜜、圆满和温馨。

有很多次，大学同事到家里做客，进进出出倒茶的赵明露总像一道靓丽的风景，成为宴会上的珍贵装饰。同事们终于明白乔汉不娶的原因了，谁都预料，赵明露将成为乔汉不二的选择。

乔妈妈是国内著名的画家，赵明露在完成家务后，就跟随乔妈妈学画，乔妈妈也很欣赏赵明露的天分，当然赵明露的勤奋和善良，更让乔妈妈以未来儿媳妇的身份对待这位徒弟。老画家从不强求，缘分是上天的造化，一切顺其自然。

赵明露像坐在炭火上般的不安，恨不得建议乔汉调头回家。可她知道，她躲得过今天，躲不过明天。乔汉那殷切的眼神告诉她，她是逃不掉的。

可逃是她的强项。她曾逃过，制造过震惊上海的逃跑新娘事件。但今天，她却像困在网中的鱼，一旦从水中提出来，只能窒息和挣扎。

生平第一次，赵明露希望路上的红灯再多些，路堵得再久些。那忐忑的目的地，让她有中弹身亡的感觉。她似乎能预感到从那里返回时，彼此会是什么心情。有人说，追求别人是甜蜜的，被人追求更甜蜜。其实，别人的理论并不适合她。六年来，赵明露谨慎恪守着佣人的职责，履行着弟子的义务，差不多每天都远远地躲着乔汉，甚至不怕戴上薄情寡义的帽子。

水晶杯酒店到了，乔汉带赵明露走进预订的隔间，点了菜，还订制了赵明露爱吃的蛋糕。

服务员端来了蛋糕，漂亮的蛋糕上喷涂着“我爱你”三个字，三支粉红的蜡烛悠悠地跳着蛋黄般的火苗，另一个服务员端来了一盘火红的玫瑰花瓣，花朵中间，静静地放着一只打开的首饰盒，紫红的首饰盒里钻戒星星般闪耀。

服务员退出去时，赵明露感觉自己快晕倒了，心里隐含着恐惧、不安和对即将发生事情的担忧。

“亲爱的赵明露，我会好好照顾你和小威。不管未来多么幸福或不幸，有我乔汉一口饭，就绝不会让你们母子有饥饿感，有我乔汉一件衣衫，就不会让你活得不体面。亲爱的，你是我的心脏，快嫁给我吧！”

赵明露控制不住酸涩的泪水：“对不起，我不配你这样对我，是我不好……”她的心惊恐地收缩着，话语也被什么扰乱了。爱别人是一回事，被不爱的人求婚是另一回事，她觉得自己在亵渎神明，做尽了坏事，心中充满了绝望，真想大哭一场。

恰在这时，许宗生突然出现在门口，惊讶地瞪着赵明露和乔汉，赵明露也像遇到魔鬼般吓得面色苍白、呼吸困难。

许宗生约好和一位汽车设计专家在隔壁见面，在等客人的当儿，突然听到“赵明露”三个字，又随后听到了让他魂牵梦绕的声音，便理所当然地冲撞了乔汉的求婚场景。

乔汉看着这位闯入者，非常恼火。这位陌生的帅哥生气地盯着赵明露，既惊讶又愤怒，似乎还满含着怨气。乔教授突然感觉很委屈，很气恼，质问许宗生："你是谁?"

许宗生根本不理睬乔汉，聋子似的不回答他的问题。

"他是谁？你们什么关系?"

赵明露眼含泪光，嘴唇哆嗦，神情紧张，惊恐得像枪口下的兔子。

被愤怒冲晕头脑的乔汉转身走了。赵明露刚要追出去，许宗生却一把抓住她的胳膊，目光紧紧地盯着她。她怕这目光，此时，她想逃，想追着乔汉而去，向他坦白这一切秘密，求得他的谅解。

许宗生的视线从她的脸上移到裸露的双肩上，除了爱的冲动之外，他还感到痛苦、尴尬和无限的陶醉。他再次明白宁愿变成瞎子也不愿意失去她，明白了六年来，为何尽心地寻找，孜孜地企盼。

她甩开了许宗生的胳膊，跑了出去，全然不在意许宗生的疼痛和愤怒。许宗生的心仿佛被深深地刺了一刀，疼痛的他几乎难以自持。

赵明露想摆脱周围的一切，摆脱周围的人事所喷发的有气无力的状态，她终于懂得，自己也是非常无力的。烛光把夜晚分成了两段，灼热空气隐含着刺目的霓虹，诗意的玫瑰花瓣灼疼了眼睛……所有这一切，仿佛都委身于一个个暗示和一个个先兆中。

可乔汉早已开车跑掉了，黄色的尾灯把赵明露的呼叫声远远地甩开了。灯火辉煌的城市，根本不在意一场失败的求婚，城市里不缺悲喜剧，城市不缺伤心人。

赵明露把脸埋在手里，哭得排山倒海。虽然她哭的意图那么含糊，但委屈是真的、痛苦是真的。她忽然感到虚汗淋漓，想起了小时候也有过这样的感觉，那是她被邻街坏孩子欺负，抢了她的冰糖葫芦，踢烂了她的蓝色气球，她忍气吞声回到家里，身上虚汗淋漓，像生了一场大病。

许宗生让技术专家早早回家，今天什么事情也谈不了了。他一杯杯狂灌着酒，他要把自己灌醉，生平第一次，想醉得死去活来，他要狂放地喝，大声地吼，痛快地骂。

这注定是狂乱的夜，许宗生竟然歪歪扭扭地将车停在了赵明露家的门前，至少，他以为这是赵明露的家。他像守株待兔一样静静守候在树下，希望传说中的那只兔子，再次盲目地跑出来，一头撞在树干上。他依在树干上，醉意十足地等着。等着深夜，等着天亮，等着赵明露出来……

哭够了的赵明露慢慢往回走，路是她的长征。六年前，她孤身踏上了逃亡的路线，而今依然在逃亡的路上。似乎只有深夜，只有漫长的步行，才能给她足够的思考空间。她的心路很长，不知还要走多久，才能遇到休息的驿站，不知还要坚持多久，才能阳光地活着，快乐地呼吸。

爱神的地图上，有无穷无尽的宝藏，却没有绘出她前进的路标。虽然纵横交错着许多线路，每条道路都通向一个目的地。爱神在召唤、魔鬼也在召唤。赵明露不知道将发生什么，不知道该怎么挣扎。她从来没做好过准备，突发事故却总是考验着她的神经。她想起了凶杀案那天，她把刀子直直地刺进了对方的胸膛，眼看着那男子倒地身亡……她窒息过，但还是勇敢地活了过来。别问我是谁？为什么这样存在？

蓝海别墅区就在眼前，孤寂中透着说不出的荒凉。灰暗的楼房像一张饥饿的大嘴，等待把人吞没，回家之途似乎演变成了一场冒险之旅。她必须再次回到这栋别墅里，再次承担起佣人职责。但她明确地意识到，她与这房子的缘分尽了，与主人的缘分也必须告一段落。许久之前，从乔汉第一次求婚时，她就有了离开的想法，可许多事情留住了她。她一直坚信，乔汉会爱上其他女人——追求他的老师和学生们。赵明露希望自己有解脱的那一刻。可现在，她用一条看不见的绳索，几乎把自己勒死了。这注定是最后一晚，明天就寻找出租屋。

赵明露不认为自己有玩游戏的能力，只能顺其自然。许宗生还爱我吗？还是被我画的南里贝迷住了？他到底是表里不一的探险者，还是那个单纯的准“丈夫”？

赵明露刚刚走到门口，从包里摸着钥匙。许宗生突然从暗处冲出来，一下子把她逼到墙上，热烈的嘴就紧紧地吻在了赵明露的嘴上。赵明露挣扎着，可挣扎无用。许宗生双手捧着她的头，低声愤怒地在她耳边说道："你知道惹我生气的后果，你一直都知道！"

他吻着她。当赵明露知道是心爱的许宗生时，搂着他的脖子，泪水涌了出来。她不是第一次从许宗生的口里听到这样的话，当再次听到这些话时，觉得全身被幸福包围着，这种幸福既给她带来无限的欢悦，又滋生了无穷的烦恼和痛苦。她面颊发烧，心在狂跳，嘴唇颤抖地微张着。她害怕听到这样的话，却又不忍放过每一个字。瞬时，她觉得自己是那样美好和柔弱，那样沉醉和恍惚，仿佛置身于他们的婚礼上。

"即便你再结婚，至少应该考虑我吧，我应该是最有资格的吧……我恨你……我败了，败在一幅画里……你为什么哭，你有求婚的男人，有儿子，还有一个为你心碎的前夫，你为什么哭，哭的应该是我！"许宗生觉得血管里好像有一股野火在燃烧，他想用理智浇灭这股火，但是枉然。使他神魂颠倒的不是酒，而是她那绝妙的脸蛋，那光滑的胳膊，那衬衣下不停起伏的胸脯，还有那窈窕的身材。都是又都不是，只因为她是赵明露。

一道雪亮的灯光投射到拥吻的两人身上。奔驰车迅速开过来，大有冲撞碾压的预感。在接触两人的瞬间，车子戛然而止。

乔汉下了车，一步窜到许宗生跟前，挥拳就捣向他的脸，赵明露却抢先挡在了两个男人中间。乔汉的拳头宣誓似的停在了空中。

乔汉一直坐在车里，目睹了拥吻的一幕。他喝的并不比别人少，在他的内心里，除了情欲之外，还想和别人争吵。此时，他望着赵明露，露出一种奇怪的神气，吓得她血液都凝结在血管里。

"滚……别脏了我家的地盘……"乔汉冲着许宗生愤怒地吼道。

爱情的红灯

许宗生痛苦地往公路上踉跄奔去。他坐进了车里，醉醺醺地开走了。在他那宏大的爱情锦缎上，这激烈的一吻只能算是小小的针脚，痴情的王子与灰姑娘之间仍然有着玻璃鞋和魔法师之类不可逾越的鸿沟。

爱情这类东西在持续接吻中，就会显示痴狂的特性。人人有自己的真理，许宗生确信——情人之间唯一的惩罚就是吻到心碎。时间在那个被施了魔法的地方流逝，爱情之殇，逆流成河。显然，赵明露的头脑是一颗未切割的头等钻石，而许宗生为热爱的东西努力，像朝拜者匍匐着爬山。

“真够激情的！至少应该给我个解释！”乔汉打开铁门，冷冷地甩了这么一句。赵明露感觉自己再也无力迈进这个大门，依在墙上泪水涟涟。泪水浸湿了她的青春，模糊了她的生活。她从没跟暴躁的公山羊打过交道，也不知道某些男人跟某些动物一样，有着粗野的性情。

乔汉发现赵明露并没有跟进来，便又退回到门口，静静看着低泣的赵明露，突然想起刚才陌生男人的暴行，愤怒、嫉妒、心酸折磨着他，他突然捧起她的脸，嘴就压在了她的嘴上。赵明露躲闪着，推搡着。乔汉非常愤怒。她刚才明明接受了那个男人的亲吻，却拒绝着我的嘴唇！难道追求了这么久，连个吻也得不到吗？

肉欲是果核，爱情才是甜美的果肉，今晚，乔汉决心统统吃掉。他生气地一把扯动着她的头发，强吻着她，她躲闪的嘴唇那么柔软，她的气息那么香甜——乔汉的欲望被点燃，恨不得瞬间把这女人扔到床上，痛痛快快地强暴，才能解心头之恨。她拒绝我就像拒绝收废品的。

乔汉连拉带扯地把赵明露拖进院子里，强行撕扯着她的衣服，把她按压在院子的大理石桌面上。就在他撕扯赵明露的裙子时，突然，院里的灯亮了，乔汉妈妈睡意蒙眬地站在台阶上，梦游似的瞪着丑陋的一幕，良久，什么也没说，转身进屋了。

乔汉松开赵明露，呆呆愣愣地站在院子里，一时间似乎忘记了自己是谁，在干什么。片刻之后，追随妈妈进屋了。这屋子静得像什么也没发生过。

赵明露呆呆地坐在大理石桌上，披头散发，衣衫褴褛，静静的什么也没想，大脑空空的，不会哭也不会笑，木然得像大理石桌、像无语的树和冰冷的铁门。

夜色的风可以吹掉任何禁忌，沉寂中，赵明露嗅到了玫瑰花凋零的味道，这让她很疑惑，忍不住开始琢磨这香味到底有什么意义。虽然只是一缕风动，却把她的感觉完全打乱了。

这注定是难以入眠又疲惫不堪的长夜，黎明时赵明露才迷迷糊糊地睡着了。雾霾深重的傍晚，她匆匆忙忙地赶路，一手提着行李，一只手牵着小威。小威哭哭啼啼走得很慢，可距港口还有很远的路程。熙熙攘攘，车来车往，就在她和小威验票登船时，轮船却擅自抛弃舷梯，独自驶向雾瘴弥漫的大海。舷梯上拥挤的人，像下水饺般掉进了污秽的海水里。在掉落的瞬间，赵明露紧紧地拉着小威的手。

赵明露被这短梦吓出了一身虚汗，躺在床上，望着月白色的天花板，心跳得像奔马，庆幸仅仅是梦。或许真有那么一艘船抛弃了我。算了，我根本就没搭乘任何客船的资格。

她静静躺着，倾听家具木纹的抽动声，心想，把生活比作海洋一点不假。过去、现在都储存在永恒的时间记忆里，那么用梦预见将来，又有什么奇怪的呢。她突然觉得这样的梦以前也做过，每次苏醒后，都愈加疲惫、无奈。对未来的恐惧虽然是所有人的通病，但赵明露明白，在那些幸福的情人眼里，她活得简直与乞丐相差无几。

得去准备早餐了，她拉开卧室的门就往外走。

乔汉绅士般端坐在客厅里，正对着赵明露的房间。整洁的衬衣，亚麻的裤子，洁净清爽的面庞，油光放亮的乌发，帅气十足，全然像一个即将举行仪式的新郎。他已等了五十分钟，目光一直盯着赵明露卧室的门。他很想知道门里面的人是怎么想的，很想和她促膝解剖灵魂，可他再也没有敲门的勇气。昨晚那荒唐一幕，简直让他无地自容。

现在比昨晚还痛彻，昨晚因为没得到婚姻的许诺而痛苦。可是现在除了没有婚姻的许诺之外，还有了一位使他紧张的强劲竞争者。

赵明露刚打开门，乔汉就提着棕色手提包站起来，仿佛身体哪个地方疼痛似的，一副隐忍的表情："昨晚真对不起，喝醉了，非常抱歉。我保证今后不会再发生那种事情了……今天下班回来，希望你能告诉我那个陌生人的故事，还有……这枚戒指，我会一直等着你戴上它。"

赵明露看着乔汉，那酸涩的表情透着一种近乎狡猾的坏劲儿，这让赵明露感到不可思议，不知为什么已没了和他谈任何事的心情。

乔汉说完，将紫红色的首饰盒放在茶几上，急匆匆走了，仿佛走得慢了就会被疯狗咬住脚后跟。

赵明露感觉自己既是主角又是观众，还没参与任何表演，闹剧却草草收场了。

赵明露轻轻叹了口气，看了看墙上的表，根本不到他上班时间。

一天的工作总是从看表开始的，剩下的只有无力的、使人冒汗的繁重家务。她对着镜子，注视着自己的脸。每次觉得失去平常心的时候，无论多么不愿意，都会照一照镜子，这多年的习惯似乎提醒她，她呼吸着、疼痛着、生活着。

赵明露走进厨房，惯常地准备早餐，仿佛什么事也没发生似的。

但锅在火上，煮沸了水却不知道要做什么，切了细葱，散在菜板上，也不知道将做何用。

她站在厨房里，一手叉腰，通过窗口望着院子，时而露出宽慰的微笑，仿佛衣食无忧、家庭富裕的幸福女人。她想起那些画，把自己的作品卖给许宗生，就像把自己的孩子卖给亲生父亲一样。她突然觉得好笑，仿佛小丑，虽被愚弄，却娱乐了大众的心情。

乔妈妈正在健身房锻炼，她说画家必须有一个好的身材，当然，也永远要有一颗随时准备陷入爱情的敏感的心。她喜欢米开朗基罗的雕塑和绘画，更喜欢米开朗基罗晚年和女诗人维多利亚·柯隆娜的爱情，正是这心灵相通的淡然情愫，给艺术家终身的孤独画上了句号，塑造了艺术史上最辽远清浅又感人至深的一段爱情。其实，爱情如果像绘画可以描绘的话，那每个人都在描画着属于自己的爱情面相。

赵明露对这个家感恩至深，正是在她最艰难的时候，乔妈妈收留了她。当然，她也尽心地侍候瘫痪在床的病人。乔汉的爸爸脑溢血，当时医生就曾预料，积极抢救的结果是要么死，要么瘫，而中止治疗的结果就是死。赵明露抱着三个月的婴儿出现在门口，乔妈妈断然拒绝了她。她招聘的是保姆，可不是带着孩子的保姆。

赵明露跪得从容，膝盖着地的瞬间，她就没打算再到其他地方求职。不要说照顾一个瘫痪病人，为了生存，就是再苦再累，她也心甘情愿。佛法不分贵贱，犹如野火会烧掉大小森林，家务也一样不分良善。

只有完成承诺的家务，才会领到工钱，否则，决不会对佣人有怜悯之心。赵明露对佣主早生了破灭之感，她深知，所谓佣人，无权索求主人的道德和良知。几天来的奔波求职让她明白，在城市，这里和别处一样，想看良知的表演，除了动物园，其他地方就没什么看头了。

赵明露摇身一变，从一位美新娘变成了一位擦屎端尿的佣人。这种落差，没有第二者知晓。她对病人非常尽心，像多年伺候在病床前的护工，屎尿从不嫌弃。他们不知道，这个在逃的杀人犯，是没有挑剔的理由的。

四年后，乔汉的爸爸突发心梗去世了。赵明露注视着带着黑框的照片，与其说感到悲伤，不如说体会到人生无常。他的去世是乔汉母子的解脱，却是赵明露的忐忑。她害怕失去待在这个家的借口。她多虑了，偌大的别墅，总需要人打扫，一日三餐和换洗衣物，总需要人操持，特别是画家的日程安排，也需要秘书打理。老画家明白，即便打着灯笼，也难找到这么优秀而廉价的佣人了。

赵明露撕了一块面包，放在嘴里，面包很香，没错，是这样的。她可不能就这样度过一整天。

一阵风从院子吹进来，墙上的挂历发出翻卷的沙沙声。很奇怪，赵明露突然感到兴奋，就像和对手较量且获胜了一样，一心一意做起早餐来。

早餐准备好了，刚冲了淋浴的乔妈妈穿着睡衣坐在桌前，拿起筷子，虔诚地对待自己的胃口。她没问昨晚的事，从不细究儿子和赵明露的情感图谱，像乔汉无数次把女人领回家，只要不到办证阶段，老太太永远不会有当婆婆的心态。她信命，谁和谁牵手，由上天注定。她惊异于生活过于简单。为了安慰自己的一生，她很想找个人诉说生活的孤寂，但因为男人太没有耐心了，会听的男人始终没能出现。

昨天夜里撞见的一幕，让乔妈妈感觉空气怪怪的，似乎连餐桌的台布，都透着松香的味道。她曾盼着某个男人那样对待自己，可最终，那男人仅仅用手摸了摸她的屁股，就结束了对她的全部期待。昨晚幸亏黑暗的掩饰，不然，走入客厅时，酸楚嫉妒的表情，一定逃不过儿子的眼睛。

可口的早餐让老太太滋生出一种富贵感，这感觉是逐渐导入的，令她幻想着激动人心的婚礼，美术界的大人物都到了，她可是耀眼的明星——漂亮、有才华。结婚是伦理学的艺术基础——老太太明白这个道理时，已是半老徐娘了。她用画笔把自己的生活涂成了印象，可这分明是谋杀，是精神对肉体的谋杀。

老太太看着忐忑的赵明露，心底醋河涌动，若有所思地说道："我不知道你们之间发生了什么，我不会参与你们之间的情感纠结。我本想和乔汉谈谈，可乔汉明显喝醉了。我希望你们幸福，但我不会强求，如果他做了对不起你的事，道不道歉与我无关。”

赵明露突然想起了六年前跪求在老太太面前的那一幕。六年前，她心怀感激，而今，她依然心怀感激，但她不得不说出自己的想法：“待会我出去找房子，争取今天搬出去。感谢对我们母子的照顾，我配不上乔汉。”

“赵明露，你知道这话有多假。我了解乔汉，他喜欢你应该不是开玩笑。你完全可以干脆拒绝他，也不至于让他心有千千结。我也年轻过，知道眉来眼去的意思。如果你真是一座冰山，再多情的雄鹰也不会落脚。”老太太停了停，看着沉默的赵明露，她甚至怀疑赵明露是否认真听了，清了清嗓子，提高了声音，“一个人要做愚蠢透顶的事，往往也会出于崇高的动机。就画家来说，以是或非的态度评判生活，都是荒谬的，因为我们被送到世上是为了描绘生活的，而不是来发表道德偏见的，所以，别指望我对乔汉的道德说三道四。”

老太太说完起身往外走，又想起了什么，转身对着赵明露：“你曾经问我：画家怎么才知道该不该画，怎么画，画什么？这就像狗靠嗅觉、蝙蝠靠声波，画家靠直觉——灵感。激情创作的时候，人人都是自大狂，恨不得希望我们的画遍布全球，甚至连月球上都有……对男人，赵明露，不也是这样吗？当有了更好的，之前的精品都会成为落满尘土的旧玩具——这才是你让他痛苦的借口，对吧？这也是你离开这里的借口，对吧？”

赵明露尴尬地站在餐桌边，只能领受，无从抗辩。六年来，这种主仆和亲朋的感觉交替出现，举手投足提醒赵明露要铭记一个身份就是佣人，时刻不能忘的职责就是服务。至于对赵明露母子的微笑和善意，完全是一种洪恩浩荡的福利，当然，这也是避免赵明露跳槽的情感投资。而今赵明露果然要离开了，这让老太太很气恼。当初她为儿子对赵明露倾心而气恼了很久，恨不得扇儿子几巴掌。可现如今，这仆人却抛弃了他们。

在老太太看来，赵明露在这个家里上演了最出色的喜剧，她是这出喜剧的女主角。过去的六年里，她将仆人角色化入艺术之境，谁都以为，她对这个家因感恩而滋生了殉道者的精神，她的付出具有殉道悲哀的美。现在看来，这不过是她导演的一出讽刺喜剧。

赵明露佩服老太太的绘画技艺，更佩服她玩弄人心的技术。老太太也不过假装做自己生活的旁观者，借此逃避自身生活的痛苦。在赵明露走进这个家不到一个月的时间，乔汉母子就倍感挖到了珍宝般，挖到了一个好佣人。赵明露一人当三人用，既把瘫痪病人照顾得干净舒服：四年里没睡过一次屎尿，没发生过一起褥疮，又能把家收拾得干干净净，厨房的事务又做得非常有质量。老太太也是在发现儿子总用疼爱的眼睛观察这女子时，才指导赵明露绘画的。而今，却大有决裂前的躁动感。

乔汉的爸爸曾是一位参加过解放战争的老兵，退休时是政府高官，五十岁时才和二十三岁的乔汉妈妈结婚。“文革”后归还了乔家祖上的老宅，因城市规划，用老宅换得了现在的别墅，并增加了银行卡上的惊人数字。瘫痪在床的老人，每月的工资足够聘十二个赵明露了。

植物人似的老人无疑成了摇钱树，家人对病人的关心，总透着对金钱关心的感觉。赵明露原以为是乔汉妈妈卖画购买了别墅，后来才知道，绘画这行当，一万个饥饿的画家中，才会有一两个走向康庄大道。

生活无所谓毁与不毁，只是前进受到阻力。主仆关系难以为继，赵明露不想连同六年美好的回忆，都葬送在自己不辨时势的现实中。当然男女之间还有其他更重要的关系，但赵明露显然已没有了信心。毕竟衣服的撕裂声，对哪个女孩都算不上好听的音乐。

老太太今天要参加一个研讨会，她将在楼上进行无休无止的化妆，像涂抹彩蛋似的精致地描画自己的脸。听说当初她在京戏班里呆过，对往脸上涂油彩有着特殊的情结。正是在一场文艺联欢中，乔汉妈妈唱了段京剧，才让坐在前排中间的领导看上的。此后的一生，她都想再次重复那样的艳遇，但艳遇再也没发生过。虽然在丈夫渐渐老去的大段时间里，她依然年轻漂亮，虽然有人向她示好，约她喝咖啡或看电影，但基于这样那样的爱好或品性，终没发展成感人至深的记忆。

小威背着书包进了厨房，问正在洗碗的赵明露：“妈妈，你怎么知道我看到的颜色和你看到的是一样的呢?”

“为什么这么问?”

“我说是红灯，我同学非说是绿灯，他走过去了，我就得等着。”

“你是对的，因为你没有色盲。”

小威满意地走了，估计他会把妈妈的话学给同学听的。

但闯红灯又给人生带来多少奇特的兴奋和刺激啊！赵明露想起在南里贝秦小社求婚时，就在那一瞬间，她看到了窗外的许宗生，霎时改变了决策，拒绝了求婚，态度是那么明确，语气是那么坚定。昨晚，当乔汉向她求婚时，她又想起了从南里贝窗口一闪而过的许宗生。灵感果然没错，许宗生竟然就在隔壁，这奇特的机遇比行星相撞都稀罕，但确实发生了。

赵明露不为拒绝后悔，因为她知道想要什么，虽然命运总是将坎坷恩赐给她。乔汉根本不知道我经历过什么，根本不知道爱是什么。偶尔一两次，她朦胧觉得自己曾卷入一场暧昧的游戏，不过这游戏虚无飘渺，似梦似幻。她知道乔汉的女人缘很好，追求她和被他带回家的女人，都有着不错的姿色和品位。作为佣人，赵明露从没吃醋过，从没因他挽着别人的胳膊而伤感。但有那么一两年的情人节，乔汉给她带来了玫瑰花，这花语的背后，就是心音的微微颤抖。

毕竟和乔汉在同一屋檐下生活了六年，为他洗衣、做饭、整理床铺，当然也打理他的皮鞋。如果说没有感情，那也纯是胡扯。赵明露如果在大街上被人欺负，乔汉肯定会怒发冲冠、奋力保护。但那又是什么感情呢?细分起来有主仆关系、朋友情分，还有相熟的邻里和兄妹的感觉……或许还要复杂些，简直是一锅乱炖的大杂烩。但如果把这种感情等同于爱情，在赵明露方面，显然味道还不够。富人从不因为享乐而悔恨，仆人从不知道什么是享乐。六年来，赵明露唯一的享乐就是听小威叫妈妈，内心的那股甜蜜，辛苦一千倍都值得。

赵明露换上衣服，出门寻找出租屋了。今天必须搬出这个家，再多待一天，都是对自己的不敬。她虽然习惯了这里的生活，也欣赏这里的艺术感觉，甚至习惯了藏到自己小小的房间里，没有朋友、没有交往、没有聚会和娱乐，但是她发觉，不知何时，她也失去了自我，失去了内心的那份激情和浪漫。仆人的真正悲剧在于，除了自我克制，什么都不敢涉足，一切只能是附属。

赵明露回忆起南里贝的雨，回忆起三月桃花和念心崖上的狂风，回忆伸手不见五指的山谷。绘画，并不能完全宣泄对山谷的怀念。有一次，她画了一枝病梅，被风雪折磨得残落的梅枝……她写下了激动人心的一个题目：《我病了》。乔妈妈非常赞赏那幅作品，夸赞她的技法有了很大进步，并坚持说没有痛苦的经历，也画不出梅的痛感。乔妈妈说得很对，每每看到那枝残败的梅花，她总不由自主地想起许宗生。

其实，她画什么又能逃过许宗生的参与呢？这内心的机密，天知道。

梦想的山间

许宗生带着一支技术团队坐上了去美国的飞机，一是全面考察特斯拉汽车，二是探寻合作的可能性，争取资金和技术的有力支持。叔叔告诉他，岩石场集团最多出资十个亿，但这远远不够。范思荣倾情支持许宗生，许诺将投资四个亿，但正像她爸爸说的："范思荣的四亿，那可是给范思荣陪嫁的未来。"

言外之意就是许宗生必将和范思荣结婚，否则如果没有范思荣的未来，也根本不会有四个亿的未来。

不，不可能。

澳创汽车公司缺钱，但许宗生不能搭进自己的人生。对未来的任何捆绑，都是对生命的极不尊重。

许宗生回忆着昨晚撞见乔汉求婚的场景，赵明露拒绝得那么坚决。过去那漫长的六年里，每天醒来都成为一种痛，残酷地意识到自己的缺失。每天早晨都得花时间，找回往日的自己。现在，终于找到她了。许宗生突然笑了，想到自己吻过赵明露，不由得用右手食指轻轻地抚摸着嘴唇，仿佛那里依然还留着赵明露的气味。

虽然如此，澳创汽车的融资依然是重中之重，没有足够的启动资金，什么计划也实现不了。如果世上没有赵明露，许宗生也许会和范思荣培养出爱情，毕竟谁也不会和钱结仇，毕竟范思荣受过高等教育，有着漂亮的脸蛋和苗条的身材。任谁都觉得范思荣是他的第一人选。世间总有无数条路可走，但必须走的那条路上，总是荆棘重重、险象环生。

飞机上，空姐来来往往地忙碌着分发餐饮，帅气的机长走到许宗生跟前，将一个保温杯递给许宗生："这是一位美女带给您的，她说您会猜得到。"

许宗生迟疑地接过了保温杯，杯体上贴着黄色的标签纸，标签上用钢笔写着四行字：

床前明月光，
用来煮参汤。
营养穿肠过，
"吾生"思故乡。

任何一对相恋的情侣，如果男方能在飞机上收到这样一份精心准备的厚礼，一定会感动肺腑、灵魂出窍。可许宗生却觉得如此多余、如此不知好歹。特别是"吾生"——"我的许宗生"，突然让他心生烦躁，似乎有被强奸的感觉，厌恶感像飞机外的云朵慢慢浮游着。华尔街的世界早已夺走他的柔情，有那么一段时间，他只活在数字里，每天都像在险象环生的断崖下走着。

许宗生反复把玩着保温杯，这让他想起了儿时的玩具，一套黄色卡通的厨房用具：杯子、碗筷和刀铲等。可后来，丢了一只黄碗，妈妈和婶婶帮着寻找，最终一无所获。任谁都以为是佣人的小儿子偷走了，佣人气得对六岁的孩子"刑讯逼供"，揍得他像杀猪般的嚎叫，砭人肌骨。许多年后，突然从旧物箱里翻到了那只黄碗，而佣人和他的儿子早已不知去向。

这片刻的回忆，让许宗生很疼痛，就像汽车掉了一个轮子，无法行驶。不知那男孩现在成了什么模样，是否读过大学。许宗生陷在回忆的黑洞里，被黑暗和疼痛折磨着。

空姐收集垃圾时，许宗生把没有打开过的保温杯扔进了垃圾桶，扔掉的还有那首关于月光煮参汤的小诗。

空姐的表情就像玻璃杯一样脆弱，仿佛许宗生扔掉的不是保温杯，而是他的一生。

还没结婚，资金融合的蜜月期就结束了。诗人范思荣犯了个错误，她的温情之举反把许宗生推进了别人的怀抱。男人不希望被女人掌控。在飞往美国的飞机上，范思荣都能延伸她的手段关照着他，同时也监督着他，她的爱便像章鱼带有许多吸盘的腕足，足以让他窒息。女诗人的浪漫让男人没有呼吸的自由，堵塞了想象的空间。毕竟没有几个男人愿意当女王的丈夫。女王的丈夫，也不过是女王的奴隶罢了。

酒很香，但也能把人搞臭。许宗生突然觉得，即便范思荣有一百个亿，也不会选择范思荣。好似到口的美酒着了魔法似的突然失去醇和，变得又酸又涩。

范思荣永远不会知道，她败在一杯参汤上。当许宗生七十岁时，或许会给儿孙讲一讲参汤和《静夜思》的故事，但现在，他却在想另一个女人——赵明露，她美丽得像精神的影子，在碧蓝的天空，她是唯一的陆地。

飞机在万米之上的天空飞行，许宗生闭目冥想，在南里贝，风拂动花枝，阳光从悬垂的枝条上陡然消失，鸟啼从山林深处传来，像整个山林在歌唱，远远胜过所有语言的力量。这销魂的感受，清纯如冰雪，而赵明露就是那美丽的冰雪公主。

当乔汉的妈妈回到家时，赵明露已整理了行李，一副随时告别的架势。老画家的生活已过于依赖赵明露，根本没有辞退她的想法。她却要辞退主人兼老师了。

“我找好了房子，这就要搬出去了。”

老画家惊讶而生气地瞪着赵明露，仿佛在思索什么话能让她放弃这不道德的想法。

“我不同意呢？”

“请别让我为难！”

老画家转身踏上了楼梯，她知道任何言语都无法留住赵明露。

“我会永远感激您的。”

“感激是什么颜料，怎么在画布上涂抹？顺便告诉你，你的画是垃圾，新自然派的都是垃圾！你们乞丐不如！我保证，你们会像流浪狗似的在街上游荡。”

“您可以讽刺我，但请别讽刺其他画家！”

“滚吧，门在那里！把画具留下。”

“这是您送给我的。”

“我要收回了。”

赵明露将一套盒装的画具放在茶几上。她并不相信这是老画家的真心话。但话还是那么刺耳，转身出来的瞬间，泪水喷涌而出，本来可以感恩而礼貌地告别，温馨而情意绵绵，现在却像一条流浪狗，拖着行李，穿行在大街小巷。

过往的无数日夜，赵明露像仆人又像大饭店的主厨，为客人摆上餐具，端上香气四溢的美味佳肴。夕阳的余晖刺得客人眼花缭乱，别墅的门窗敞着，黄昏清凉的气息伴着玫瑰花香自由自在地进入宽敞的大厅。生活温馨而浪漫，亲情友情温暖而美好。而今，这个不知天高地厚的女人，却要抛弃这一切，简直不可理喻！

许多天后，老画家钦佩而又愤懑地发现，赵明露艺术高超，可以让毫无生命的家居环境变得生机盎然，可以让凡常的蔬菜飘出宫廷大餐的美味，其技艺之高超可以和五星级酒店相媲美。家里有这么一个女人也是不错的选择，失去了这个女人，也并不像赶走了餐厅里的一只苍蝇那般轻松。

赵明露找到了一室一厅的住处，还在酒店找了份当服务生的工作。这是近七年来，她第一次参与到群体中，竟然有莫名的兴奋和紧张。经过短期培训，很快成了一名熟练的服务生：亲切自然面带微笑，目光友善接触客人，声音清晰，表情阳光而真诚。不但把菜品特色倒背如流，而且对顾客介绍得详尽明了、重点突出，恰当应对，有问必答，仿佛酒店是她的家似的。

赵明露就这么搬走了，乔汉非常气愤和焦急，这不是他想要的结果，也不是他能理解的节奏。在他眼里，赵明露本来就属于这个家庭，甚至离开这个门，她根本就不适应别处的生活，也根本不该在别处工作。更何况，他已向她求婚，有那么一枚戒指的期许。

晚餐乔汉吃了面条，早餐妈妈又准备煮面条。换洗的衣服堆成了小山，皮鞋依然粘着昨天的尘土。家里静得像午夜，楼梯上落满了尘土，蝴蝶兰、幸福树、金钱草因缺水枯萎了。家里的生活毫无激情，深居其中，仿佛儿时抄写黑板上的最后一行字，那么烦人。家里缺少了那对母子，乔汉和妈妈都觉得少了半壁江山。

她的背叛让乔汉一度恼羞成怒，但几天过后，他又非常想念她，随时想把她抓回来，求她原谅他的冷漠和迟钝。美女与别墅密不可分，犹如软体动物长出了珠贝或珐琅壳，却可以躲在里面，深居简出，享受生活。

找到赵明露并不难，放学时一路跟踪着小威，就知道了赵明露的住处或工作的饭店。

2015 年元旦刚过的一个周末下午，细雪纷飞，诗意蒙蒙。哲学教授讲完黑格尔的辩证法，合上讲义，信心十足地踏出校园，驱车赶到酒店，远远站在玻璃窗外。他觉得载赵明露回家，像载着哲学概念旅行般容易。

飞雪暗淡着街景，空气里飘荡白白的湿气，令街景更加炫目。这是抒情的风景，平添了浪漫的氛围。乔汉雕塑般站在窗外，看着赵明露优雅而健美地穿行在桌椅间，点菜、起啤酒、上菜……动作熟练、表情自然，仿佛她已在这饭店工作了好多年。

乔汉的心隐隐作痛——他的女人应该生活在家里，而不是展览在别人的目光中，更不能戏子似的被调侃在餐桌上。他莫名其妙地感觉到，自己这种优越感带来了对贫穷人士的同情，这种同情，令他有英雄救美的快意。

他像一位普通的食客走进了饭店，在看到赵明露的瞬间，表情像牙痛似的酸楚起来。

赵明露愣住了，随后微笑着迎上去：

“请在靠窗的 8 号桌就餐好吗？”

乔汉直直地盯着赵明露，似乎想把赵明露逼疯，但现在的赵明露是位心理素质超高的服务生，再难纠缠的顾客，她都能从容应付。

甚至对乔汉的贸然出现，她已在内心里演练过许多次了。

赵明露淡米色工作服上印着一丛水仙，青翠的嫩芽给人以俭朴之感。然而这清雅的俭朴却刺痛了乔汉的神经，他突然抓住赵明露的胳膊："跟我回家，你不能端盘子，我不能容忍你对陌生人卖笑哈腰！你就没有一点自尊，没有一点点追求高品质生活的欲望吗？你就宁愿这样展览肉感、低贱地出售灵魂吗？嫁给我，不是让你远离这种卑微生活的最好选择？难道你就这么是非不分、好坏不辨？"大学讲台锻炼了他的口才，哲学知识又强化了他的推理。他口气强硬无可辩驳，道理充分不容质疑。那霸气外露的气势，简直能摧枯拉朽。

一时间，服务员和顾客们被他们吸引，这奇特的一幕像餐间的短剧，足能调动食客的胃口。

赵明露想甩开乔汉的胳膊，可乔汉却拉着她就往外走。

"等等，拉我去哪？去你家吗？在这里端盘子和在你家端盘子有什么区别。在这里对众人卖笑，和对你们母子卖笑，也不过是数字不同而已。我做了近七年的仆人，难道比在这里更有尊严、更高尚，还是更光荣？嫁给你，不过是仆人又多了份陪睡的职责而已！既然你根本就瞧不起我的身份，无论在你的厨房，还是卧室，你只是怜悯地对我。你根本不知道什么是爱，什么是尊重。你傲慢地责备我，这像求婚吗？不过是要我对你的施舍感恩戴德罢了。放开我，你的哲学是自私的哲学，我无论多穷、多苦，甚至多渺小，都不会嫁给你！"

乔汉轰然坠入了深不可测的陷阱，木然惊呆了。他从没想到赵明露会这样评价他，冷酷地对待他的热情。他可是堂堂的大学教授，而她不过是一无所有的单亲女人！服务员们拉走了赵明露，似乎有位餐厅经理劝慰过乔汉，但他说过什么，乔汉一点也不记得了。

怎么离开饭店的，他已茫然无知，只记得在此后的很长时间，他都沦陷在她那滔滔的话语里，挣扎在她痛恨的斥责里。细雪蒙住了车玻璃，化成了冰冷的泪雨，却比不上教授心底的泪雨疼痛。

关于赵明露，乔汉似乎永远一团模糊，过往密密实实的细节和记忆交织在一起，真真假假，如同一堆乱麻，很难理清头绪。而酒店的一幕，被痛斥引起的忧虑、疼痛和尴尬，却越思越痛，越品越苦。他强烈地意识到对那些服务员来说，骄傲而跋扈的大学教授，就好比空气无形无踪，或许还会拿他丑陋的理论当笑料，学着他愤怒的样子，说些老掉牙的笑话。

他的初衷原本是要拆除所有的虚饰，获得爱情本真的快乐，然而连同他的拆除，在赵明露看来，也不过成了另一种形式的欺蒙。难道她单单是家里的仆人吗？她就真的没感觉到我对她的爱？难道我只是怜悯她？不，不，臭女人，你错了！

在赵明露离开的日子里，他的灵魂处于饥饿状态，饥饿的灵魂总在寻找。显然赵明露是唯一的目标，也是唯一的结果。

人总是存在两种矛盾的感情，甚至有着高贵和低贱截然相反的纠缠。被赵明露无情地痛斥后，乔汉却更加爱恋赵明露，仿佛第一次发现了她光彩照人的另一面——有着成蛹蝶化的美丽。每天，他睁开眼睛只想着一件事：怎么证明给她看，让她意识到她错了。他不断地审视自己的行为，在课堂和同学们交流“自私”的哲学，甚至一度曾讨论起了简·奥斯丁的小说《傲慢与偏见》里的哲学伦理，分析达西不可理喻的傲慢性格和前后巨大的变化，从中体悟自己的明显不足和处世的巨大缺陷。他盼望着能像达西和伊丽莎白一样，得到圆满的爱情。

然而，故事是故事，人生是人生。写出不朽爱情小说的简·奥斯丁，不也一生未婚吗？但乔汉却坚信自己能赢得赵明露的爱情，坚信赵明露会爱上逐渐改变的、变成暖男的自己。

从办公室望向校园，是一幅由几条交叉的校内道路组成的画面，可以在前景、中景、深景的某个层次，看到一座座楼房的平顶或圆顶，有时从茫茫雾霭中离析出楼房的灰影，海市蜃楼般的清晰又魔幻。许宗生审视事物不仅把它当作观赏的对象，而且相信它是独一无二的。所以没有一幅记忆的画面，能永久保全在心底。就像女人，像无数喜欢他或他喜欢的女人，烟雨般成了过往。无论中外，人就是这样，得不到的，总有着奇特的美，闪烁着永恒的光辉。但是赵明露却让他把所有的尊严置之脑后，一连几个钟头呆立在窗前苦思冥想，而且在内心深处感到坍塌的地盘逐渐变得结实，爱情的大厦将得到重建。

寒冷的傍晚，乔汉时常带朋友或同事到饭店就餐。从寒霜凝露的室外走入餐厅，周身的冷气比玻璃窗的水雾还鲜明。玻璃窗水雾蒙蒙，像磨砂玻璃。每次看到赵明露，他内心七上八下，总有那么一抹不安，但他还是亲切地要赵明露帮助点菜，礼貌地交流，幽默地和其他服务员逗着乐子，仿佛变了个人似的谦虚而热情地和酒店的搬运工开着玩笑。

虽然有了四亿元的加盟，范思荣似乎也没得到多少爱情的光热。许宗生在美国，如果范思荣不主动给许宗生打电话，他从没有主动和范思荣联系过。有时在美体室，听着舒缓的音乐，沐浴着温煦的玫瑰汤，心灵就不知不觉地柔软起来，虽不是哭，却也笑不起来。敏感的范思荣明白，忙不过是借口，即便在战场上，相爱的人也依然能找到写情书的机会。

许宗生的心里依然有他的逃跑新娘，而逃跑新娘，恰恰出现了，就是那位到范思荣家索要《念心崖上的思考者》的赵明露。

难道我和我的四亿还败在赵明露手下？我可是……

范思荣越想越气恼，越气恼又越想。纵观天下爱情，无不有情的痛苦，无情的洒脱。难道真的不能征服许宗生？范思荣也想扩大筛选未婚夫的范围，但围绕在她身边的不是跋扈的官二代就是狂妄的富二代，仿佛人人都是救世主。至于那些高学历的书呆子，她连看也不看。

按说官二代和富二代也没什么不好。可好的只有钱，有了钱的轻狂之徒，生活就成了极尽丰富的黄赌毒，有几位立志于干一番事业的帅哥，也不过拿着父辈的钱财购买梦想的辉煌。

在爸爸的公司里，范思荣经常能遇到一些自以为是的精英们，他们除了烟酒、女人和有点小钱的骄傲之外，不懂得人还可以具有其他修养，如文学、艺术、哲学、音乐等，这些对他们所从事的工作看似无用，却大有助益。做丈夫的人应该风度潇洒，博学智慧，既有思想，又有深度；既彬彬有礼，又情感专一。而这一切的指向，只有一个目标——那个让她疼痛的人。

当人们盛赞范思荣天生丽质时，她更想让人欣赏她的诗作，如果看到有谁拿着她的诗集在读，她便觉得空气都如创世纪时的清新。

范思荣决定会会赵明露，以灭掉赵明露对许宗生的任何念想。

她来到了赵明露工作的饭店，漂亮的服务员把她引导到空闲的桌边，当服务员问她想吃点什么时。她说："赵明露，请让她过来。"

正忙着的赵明露听从了同伴的吩咐，来到了范思荣桌前。她当然记得范思荣——开法拉利，许宗生的女朋友。

"请问，您想吃点什么？"

我才不在这种饭店就餐呢。范思荣根本不理睬赵明露的问话，目光在赵明露脸上扫来扫去，仿佛想看到许宗生迷恋的证据。可除了一丝丝酸楚外，再没其他风景了。

"宗生退还那幅画了吗？"

"没有。"

"我再劝劝他，"范思荣将手搭在赵明露的胳膊上，亲密得像姐妹，"他出国了，为了汽车公司的事，要在美国待一段时间。"

赵明露不知这女子为何突然来找她，紧张得像狂风暴雨中的小鸟，突然感觉末日到了似的悲催。范思荣甜甜地微笑着，用慢条斯理的调子娓娓道来，以增强她语言的攻击性："他很难，到处筹款，我给他注资了四个亿，等我们公司开业的时候，一定请你来。"

赵明露突然明白了范思荣此行的意图："好，我去端盘子，送饮料或上甜点之类的。"

两位漂亮的女子突然温和地笑了起来，看似亲切甜蜜，实则各有辛酸。

怪不得没有许宗生的消息，原来出国了。

赵明露惊喜的表情虽快如闪电，却坚实地重创了范思荣的神经。

范思荣哪里知道，此次拜访，不但没能灭掉赵明露的欲望，反倒让赵明露吃了定心丸。许久以来，她总盼着许宗生出现，可他像消失了一样，没有一点音讯。

“我和宗生有信心把新型环保汽车做大做强。”

赵明露微笑着，算是应答。

“你有什么困难就说，我会帮你的。”

“我的困难是怎么才能像你一样漂亮！”

赵明露想说“像你一样有钱”，话到嘴边又改了。生活的磨难改变着赵明露，在变成服务员的同时，也变得自信了。

两个美女都想从对方眼里看到更多的东西，然而她们透过虚假的微笑，读到的都是眼底难以磨灭的愤怒。

范思荣注资四个亿，她和许宗生因此就会结婚。不管怎么说，这女人有钱、漂亮，还有留学的经历。嫉妒之火，迅速点燃。

无论赵明露现在是什么身份，但内心里，她只有一个角色——许宗生的妻子。这一步之遥的距离，她竟然等了七年。虽然逃跑的是她、躲闪的是她、折磨许宗生的是她，可她依然坚信，许宗生就是自己的丈夫，不会有其他的结局。

上海说大也大，说小也小。范思荣从爸爸的友人那里得知，许宗生依然在积极筹资，甚至根本没把范思荣的四个亿列入计划之内，好像已有几家风险投资公司加入了澳创汽车。男人在女人的微笑里悄悄成长，成熟到让女人诧异。在范思荣的心目中，许宗生似乎在天天变化，越变越成熟，也越来越陌生。每次她试图像翻书一样，翻阅这个男人，却再次发现，他这本书又厚重了不少。

虽然是谣传，却无异晴天霹雳。极度缺钱的许宗生宁可借风险投资的款，也不要她的钱。她还听说，为了筹到款，他甚至翻遍了叔叔电话本上的人。一些口碑极差的流氓类富翁，他也积极登门拜访。

范思荣有些心疼，也有些气恼。让人理解自己，确实是一道很难的命题。许宗生还不知道，我的一个秋波，为之粉身碎骨的男人，比夏天的蚊子还多。今年生日 party，就收到了百达翡丽和朗格名表五块，十万元以上的名包六个。这些在范思荣眼里，只不过是不入眼的日常消耗品，而许宗生的一枝百合花，让她醉得写了好几首情诗。午夜，站在阳台上，城市灯火闪烁，像一堆五颜六色的宝石。范思荣嗅着百合花，一只手端着红酒，寒冷的风成了她唯一的陪伴。

范思荣总是幻想着她和许宗生的未来，他们不但和美幸福，有庞大的家产、儿女成群。关键的是，她还将是中国著名的诗人，她的诗成了缓解一代人精神饥渴的良药，她也成为二十一世纪文化的代表人物。这辉煌的成绩，似乎也只有许宗生能帮其实现，因为，她的爱情里，已不想有第二个人选。

范思荣心里空落落的，她感觉自己并没有说服赵明露，赵明露根本不在乎她的四个亿，甚至像许宗生一样漠视她的四个亿。这糟糕的状况让她有了乞丐的感觉，仿佛在乞求赵明露的同情。她渐渐体会到，干坏事也是诗人的本性。我很想暴打她，踢断她的肋骨，毁掉她的面容。这样想的时候，她心里也在折磨自己。她骄傲的公主般的人生都深藏在许宗生的许诺里，所以，失去许宗生，无疑也会让范思荣失去自我。

乔汉走进了饭店，两位女服务生议论，被范思荣听到了："他又来了，我敢断定，赵明露早晚得嫁给他！"

这话无疑给了范思荣一支强心剂。那男子热情地和赵明露打招呼，借点餐的机会亲切地和赵明露聊天，目光里涌动着喜悦和疼爱。范思荣突然顿悟，这目光是多么奢侈，如果许宗生能以这样的目光看自己，为他粉身碎骨都值得。

范思荣在停车场等着，看上去像刚刚被辞退的白领……有气无力、默默发呆。车里的后视镜里映着她的脸，每次失意的时候，她总是呆呆地瞪着另一个自己，检视自己美的那部分是否安在。现在比任何时候都痛彻，甚至比见到赵明露之前更忧郁。如果说之前还有点骄傲的话，此刻，似乎连骄傲都被那个服务员夺走了。

一只彩虹般漂亮的鸟落在车前盖上，两只灰色的细脚，单薄地踩在冰冷的车体上，脖子高高扬着，侧着头瞪着怪异的范思荣，发出轻细的唧唧声。范思荣并不觉得这鸟有多珍奇，但翅膀那么鲜艳，使她莫名地感到恐惧。

暮色四起的时候，乔汉健步向自己的车子走去。范思荣叫住了他：

“你好，帅哥。”

乔汉瞪着她，思索着在哪里见过，终是一无所获。但有开法拉利的美女对自己示好，并不是坏事。

“可以认识一下吗？我叫范思荣。”范思荣一脸沉重，根本没有认识帅哥的兴奋。

“我能为你效劳吗？”

“当然，做好你分内的事，就足够了。”

“我分内的事与你有什么关系？”

“当然有关系，赵明露有什么好的，惹得我的男朋友……”

乔汉的脸瞬间拉长了，范思荣的话刺中了他的穴位。

“我不漂亮吗？难道我还比不上一个带孩子的母亲？他为什么为了这么个女人，什么都不顾，什么都放弃？”

女诗人终是情绪动物。范思荣的泪水簌簌地流了下来，没有尊严地抽泣起来。乔汉急忙掏出餐巾纸，替她擦掉泪水。范思荣突然抓住他的胳膊，央求地说道：“求你了，你们快结婚吧！”

乔汉没敢狂妄地应答这个问题，他知道，距结婚，还有很长的路要走。他不由同情这女子，像同情自己的膝盖，内心泛着酸楚，眼睛发热，及时控制了情绪。

赵明露从窗口望到停车场，发现乔汉和范思荣站着聊了很久，不知他们在聊什么，无论聊什么，肯定与她有关。

范思荣钻进法拉利，红色的法拉利像血红的忧伤，开走了。把自己的身份等同于赵明露，就像等同于妓女没什么分别。想到这，骄傲再次回到身上，一踩油门，法拉利像红色的光，闪成了一条线。

乔汉久久站着，甚至不知道自己为何站在这里，为何望着车流。生活就是这样，别人的故事总是夹杂着自己的忧伤。车流如水，流走的都是别人的幸福，沉淀的却是自己的心酸。他再次目不转睛地盯着酒店，那样子就像回望滑铁卢的拿破仑。

范思荣打听着许宗生的归期，可还是错过了接站时间。原来，许宗生先期回国了，而他的团队依然留在美国考察。谁也不知道许宗生的想法，就像谁也不知道上帝的想法，事先没有一点预告，就坐上了回国的飞机。

白云滔滔，无边无际，飞机像静止悬空的模型，穿行得不着痕迹。望着机翼下的白云之海，一股莫可名状的神韵，直逼许宗生的心头……如同神龙腾云，驾雾盘绕，自然而然，横空出世。这肆意狂妄的写意，除却痴汉，简直无人能及。

周一下午的第三节课，乔汉正在讲存在主义哲学。偌大的阶梯教室，坐满了好奇的学生。今天来的不止是哲学系的同学们，还有汉语言、历史等其他专业的同学们。他们喜欢乔汉的哲学课，他不但把深奥的哲理讲得平实自然，而且还能穿插着历史事件、人物传奇，把课堂变成内容丰富的美国大片。正因为如此，有些电视台想挖走乔汉，做节目主持人。

乔汉站在讲台上，望着层层升起的阶梯教室。他如何也不会想到，这中间埋伏着一位特殊学生——许宗生。

许宗生在美国的考察才进行一半，许多事情需要进一步磋商，他却像鲇鱼溜掉了。

仿佛就是为了配合他那高温煅压的爱情，睡梦里突然陷入了绝望的深渊，赵明露正被别人牵手……他从梦中惊醒，被可怕的梦折磨，分辨不清时空，索性在午夜的大街上狂奔。他给她打电话，可电话关机。他想电话里求婚，看看她愿不愿意嫁给他——他也许想看看自己是不是疯了，他觉得自己成了疯疯癫癫的流浪汉……无论在中国或美国，都不可能逃出爱情的悲伤。

周一便坐进了乔汉的课堂。

乔汉侃侃而谈，从萨特和波伏娃的爱情讲起，阐述了他们奇特的爱情观，萨特的那些女人们和波伏娃的男人们，讲到了萨特和波伏娃的中国之行，甚至讲到了萨特在波伏娃怀里的去世以及法国万人葬礼。

存在主义注重存在，注重人生，不是指人的现实存在，而是指精神的存在，把人的心理意识如焦虑、绝望、恐惧，同社会存在与个人的现实存在对立起来，把它当作唯一的真实的存在。

当代社会，人们愈发没有安全感，竞争日益激烈，欲望无限延伸。“他人即地狱”概括了这种存在的惊险和忐忑。

许宗生曾不止一次幻想向马云借钱，可从来没做过借钱的梦。如果筹不到足够的资金，澳创汽车也只剩下“存在主义”了。许宗生感觉自己不懂哲学就像狗没有草一样，但乔汉要是没了哲学，那简直就是羊没了草。“他人即地狱”却很真实地提示许宗生，讲台上的教授，正是他的“地狱”。

下课的铃声响过，乔汉收束了自己洋洋洒洒的讲解。学生们像圈养在栅栏里的羊群，打开栅栏门，懒懒散散地往外涌着。

许宗生在校园里等着乔汉，远远地看到他被男女同学围在教室门口。在美女占尽的大学里，他为何独独来抢赵明露呢？

人心就是如此，管他萨特还是波伏娃，不都是占尽了人间的美吗？无论什么样的爱情，最终是情感和肉体的双重占有，否则，根本就算不上爱情，仅仅是一次简短的情感游戏。我已被赵明露游戏过一次了。昨晚，许宗生梦回童年，病羁异乡独宿在陌生的旅店，被一阵尖叫声惊醒。门下透进一束光芒，走廊里有匆匆的脚步声，木器家具的纤维咯咯地开裂。他凝望黑暗中光影的变幻，突然听到赵明露的呼喊，他急忙跑出来，午夜的走廊空空如也。

乔汉走了过来，手里拿着一本书，是萨特的《存在与虚无》。许宗生研究着这个人，寻找着他和赵明露的可能性。这个男人肯定意淫过赵明露，想到这，他很想像拍灭一只蚊子似的把他弄成标本。

有几次，就像从亚当的肋骨里生出夏娃，有一个美女钻进了许宗生的被窝里，她温柔缠绵、芳香扑鼻，他正打算同她进一步肌肤相亲，偏偏醒了。脸上还感到她热吻的余温，身体还感受着她肢体的重量。而这位美女却恰恰是他认识的某位熟人。这简直不可思议，因为他不但看不上那美女，甚至反感那美女。他一度以为这是对赵明露的背叛。而此时，看到年轻帅气的教授如此得众学生的喜欢，不由嫉妒起来，至少七年的时间，他都能近距离接触赵明露。

许宗生老朋友似的迎面劈手夺过了乔汉的书，像检视书页里是否夹着短信，把书翻得哗哗响。乔汉瞪了一眼这位同学，显然，怎么看，也不应该是大学生，老成而犀利的眼神，却又那么陌生。

乔汉伸出手，等待着对方哲学地把书放回来。

许宗生却翻动着，根本不理会伸过来的手。

“把书翻得再响，‘存在主义’也不会存入你的脑子里。”

“也对啊，你雇用了赵明露，也并不等于她就是你的家人。”

乔汉终于知道站在面前的就是那晚亲吻了赵明露的人。一段时间以来，他一直寻找着这个人的踪迹，等待着这个人的出现。

“你不配提赵明露，更不配做小威的爸爸。你根本就是个无道德无良知的混蛋。你不过是让她怀孕的人而已。滚开！”这人竟敢到大学来，简直是挑战他的尊严。

许宗生呆住了，所有的自信突然蒸汽般消失了。难道小威不是他的孩子？那又是谁的孩子？

“你既然有了未婚妻，就不要再招惹赵明露。如果你觉得让女人流泪是你的专职，我可警告你，我会把你的那家伙切下来喂狗。”

“用什么？用你的存在主义？”

乔汉一把提起许宗生的衣服，挥手就要打。许宗生笑着，讥讽地看着乔汉：“谦谦君子，这是什么哲学？”

“揍人哲学！”乔汉给了许宗生一拳，许宗生捂着肚子蹲了下去。乔汉夺过书，甩了甩手腕，走了。

小威到底是谁的孩子呢？许宗生在弯腰的瞬间，诧异地自问。他觉得好像有一只看不见的大手揉抓着肠胃，肚子里有一种东西要呕出来，血涌大脑，痛楚难忍，仿佛末日来临……

许宗生咬紧牙关，踉跄着追上乔汉：“既然知道小威是我的孩子，你就不要再添乱了。拆散别人的家庭，难道是哲学教授的天职？”

“他现在是我的孩子！”乔汉恶狠狠地瞪了许宗生一眼，转身离开了。仿佛他们仨的幸福像无边无际的大海，永远消受不尽。

许宗生非常气愤，他不知道乔汉把赵明露藏在了什么地方。他已在乔汉家门口守护了五天了，根本不见赵明露的身影，当然也没见小威的影子。玫瑰色的暮霭笼罩了城市，许宗生幻想着在这片宁静中，能和赵明露手挽着手散步、交谈。空空守护之后才明白，人的每一条神经，每一口气都是用来相爱的。

爱情之殇把他逼成了神经过敏的人，越是“敏感”，就越自私。他只许自己痛苦，却不让别人在他面前流露半点不快。朋友若向他吐露生活的不如意，许宗生都会不屑地扭过头去。这种冷漠，充分显示了男人变化莫测的另一面——也女人似的伤不起。酒后的许宗生更像吞下一头猪的蟒蛇，被自己的痛苦撑得变了形，除非来一场流血的暴力，方能消解。

梦里的飓风

许宗生和一位姓牛的投资商约好在酒店见面，牛总早年是水手，后来靠开赌场起家，现在又对建造中国特斯拉汽车非常感兴趣。但当发现操作这项工程的是位年轻人，便心生忐忑，感觉不靠谱。许宗生当然把建造汽车的计划和盘托出，甚至把制造澳创汽车的细节都毫无保留地公布出来。投资商依然像多疑的猫，根本不相信许宗生的包里有鱼。

这时，小威突然背着书包从窗前经过，许宗生立刻追了出去。从那天在十字路口看到赵明露和小威，许宗生就永远不会忘记小威的样子了。

许宗生喊住了小威，小威惊奇地看着这位叔叔，清纯的目光盯着许宗生的脸庞："叔叔，你和我爸爸很像！"

"你爸爸在哪？"

"天堂。"

许宗生被他的话搞得哭笑不得，一时不知道说什么好。"你和结婚照上的爸爸一模一样。"

太无厘头了。小威一双清纯的眼睛痴痴地望着他，像月光照耀下的两颗神秘宝石。

许宗生轻松地从小威嘴里得到了地址，像中了彩票般坐回到椅子上。

在牛总眼里，易激动的许宗生有两种可能，一是根本就不具备任何创业的魅力，把钱给他，就等于让他吃喝玩乐；二是他有能力操纵投资商的资产，凭着年轻的冲动和蛮劲，成就不凡的事业。而此时，在许宗生眼里，任何投资都不如小威的信息重要。

“你儿子？”

“牛总这么说我很高兴。他目前是别人的儿子，我会让他成为我儿子。”

牛总促狭地笑着，对这种鸠占鹊巢的游戏很感兴趣。年轻时，哪个男人又没点风流账呢。

“打个赌好不好，这男孩肯定有你的血统，如果我没猜中，就投资澳创汽车四个亿，如果猜中了，我不但不投资，你还要白白送我5%的澳创股份。”

“那你可输定了！”

牛总端起酒杯，轻轻地碰了碰许宗生的酒杯，清脆的声音异常悦耳：“小伙子，关于身世的打赌，我从没输过，除非你的小蝌蚪有问题。”

牛总富态而敦实地陷在沙发椅里，一副功成名就的骄傲和老成持重的冷漠表情，仿佛寺庙温和而阴险的神像。许宗生笑了笑，任何话没说，起身握手言别。

当然，一年以后，牛总因打赌失败要注资四个亿，可他连一毛钱也拿不出了，他的钱全套在不断下挫的股票和失败的基金里。许宗生收获了一串无奈而尴尬的微笑。谁若不懂得这微笑，就不懂人生。

许宗生带着一套变形金刚玩具敲开了小威的门，小威惊喜地抱着玩具，拉着许宗生进了房间。茶几上、窗台上摆放着他和赵明露的婚纱照。小威拿起茶几上的小相框，递给许宗生，“你和我爸爸很像吧。”

许宗生眼睛发热，内心潮湿起来。失败的婚礼之后，许宗生跑遍了赵明露可能藏身的地方，可一点线索都没有，绝望的他烧掉了所有的婚纱照。此后漫长而痛苦的日子里，大脑总是回忆婚纱照上她微笑、轻浅从容的神态以及安详和美的幸福。

谁会关心一场没有新娘的婚礼？持久的爱能胜过痛恨，但爱情却很难持久。奇怪的是，这间小屋像世外桃源，将那场未尽的婚礼无主地继续着。

许宗生观察着这狭小的房间，甚至不如他家的洗手间大。家具简单，物品不多，几件衣物垂在门后的挂钩上，一个未完成的画架竖在角落里，画面上，仿佛是南里贝的那座小桥。许宗生从女人的衣物、画架、照片中，感受到一种迷人的魅力，它们像是从遥远的南里贝反射过来的景象——一幕幕生活场景在他的周围重现。但这种神秘、这种美，搅乱了他的感觉。几年过去了，赵明露一定变了很多。

“小威，你爸爸怎么去世的？”

“生病。”

“你妈妈经常说起他吧？”

“她说乔叔叔，乔叔叔天天到妈妈工作的饭店，都说他们能结婚。”小威摆弄着变形金刚，努力把它变成电影里的大黄蜂汽车。

小威的话传递着一个危险的信号，许宗生忐忑地在屋里走着，想着些不愉快的事情，越想越紧张，也越不安。传来钥匙哗啦的转动声，许宗生只感到阵阵奇特的痛苦。这一时刻预告着下一个时刻的尴尬……他竟然盼望心爱的女人来得越晚越好，钥匙转动得越慢越好。

门开了，赵明露推门进来了。许宗生高高地站在客厅里，彼此惊讶而又紧张地对望着。

许宗生动用了全部智慧，试图发挥他引经据典的嗜好，或重现在朋友圈里达观而幽默的表现。然而，最终他也只能牙疼似的笑了笑，尴尬地站着。因为任何语种也解释不清出现在她家里的原由。

小威怕因收取陌生人的礼物而被训斥，慌忙拿着照片，指着照片上的新郎官说：“这位叔叔多像爸爸啊！”

赵明露脸突地红了，接过照片，扣在了茶几上。

“自从得知死在这张照片上，感觉越来越酷了。如果死去的新郎知道有了这么大的儿子，该多惊奇啊？”

“别在孩子面前讨论生死。”

“小威，来，和你说件事，”许宗生拿起照片，指着照片上的新郎，“这上面的爸爸根本没死，这就是我。”

小威像被从梦里叫醒了似的，忽而看看妈妈，忽而看看这位送礼物的“新郎”，仿佛对大人的问题不感兴趣，继续摆弄着玩具。以孩子的心智，他能提供的就是微笑和顽皮。

赵明露不想让小威参与到这场无厘头的争执中，便和许宗生来到楼下凉亭里。寂静的花园，幽暗的树影，偶尔鸣啼的鸟声……这分明是谈情说爱的节奏。从美国赶来的许宗生，如此近距离地靠近赵明露，瞬间又切回到七年前在南里贝的感觉——热烈而激情地爱着赵明露，恨不得立刻和她在一起，永不分离。

虽然相隔七年，而眼前的赵明露没有半点陌生的感觉。许宗生走过去，张开双臂拥抱赵明露，赵明露却坚决而冰冷地推开了他，这让许宗生又切回到了当下的频道——陌生、尴尬、遥远。她是小威的妈妈，她正被乔汉求婚！

许宗生被赵明露排斥着，成了她的陌生人，成了路人甲，这悲催的感觉很糟糕、很失败。她的气息像五月黄昏花园腾起的水雾，有着挑逗情欲的、散发着醉美的刺激，弄得许宗生莫名其妙地呆站着。他不由审视自己的精神，是不是有些不太靠谱，但一想到这就是赵明露，他的新娘赵明露，情绪就立刻走了极端。许宗生恼怒地把赵明露逼到凉亭立柱上，身体挤住了她。

“亲吻就会怀孕吗？我有这特异功能吗？告诉我，为什么从婚礼上逃跑？为什么？”

赵明露像哑巴似的低头不语，承受着许宗生法官似的质问。许宗生越问越生气，想到乔汉的求婚，他更火冒三丈。

“你肯定勾引了乔汉，不然那个书呆子怎么会向你求婚？”

赵明露抬起头，静静地，甚至有那么点理直气壮地看着他：“我要嫁给他，至少，他不会追问我的从前，不会在乎我有一个儿子！”

“赵明露，就为他不追问你从前，不在乎你有个儿子，你就要嫁给他吗？可我就是你的从前啊，我们筹备了一场盛大的婚礼啊，你怎能让我忘记这一切？”那场梦里的飓风，早已把他逼成难民，因痛苦而引发了灾难般的妄想，和无数场夜不能寐的痛苦。

赵明露生气地推开他，一副冷酷而伤感的表情：“我没有从前，我不记得你是谁，不记得有婚礼，永远不希望有人问我从前的事。我讨厌你，请你永远不要让我再看到你！”

赵明露说完就往外走，许宗生一把拉住她，被她莫名其妙的愤怒弄蒙了。在把赵明露拉进怀里的瞬间，他顿时满怀怜惜，感觉一场和解近在咫尺，她需要一次轻柔的碰触，几句善意的话语，就会涌起阵阵暖流，娇柔在他怀里。

“你这个女人怎么回事，我是许宗生啊，是你的爱人，是你最喜欢的人，难道你都忘记了吗？难道那个新娘是假的？”

“是假的，都是假的！请你放开我！”

“你这个骗子。既然这样你为什么还要画我，为什么告诉小威我是爸爸，为什么把婚纱照摆在家里？难道接吻也会怀孕吗？好，那就再怀孕一次。”许宗生强吻着赵明露，赵明露躲闪着，推开了他的脸。

“小威的爸爸是谁？到底是谁？”

“婚纱照摆在家里，是不想让小威的同学们嘲笑他没爸爸。我讨厌你问，讨厌任何人问。乔汉就不会问，他根本不在乎这事！”赵明露被惹怒了，像一只愤怒的母豹，挣脱出来，迅速逃掉了。许宗生追出了凉亭，却又停住了，眼睁睁看着赵明露消失在大楼里。

许宗生不明白赵明露到底发生了什么，为什么对过去如此讳莫如深。她竟然要嫁给乔汉，这狠心的女人！女人一辈子要走多少路不知道，一辈子办过几次婚礼，总该记得吧。

许宗生前前后后想了一通，在细节上把玩不已。有一点确凿的是，上一回惹赵明露生气，已是六年前的事情了。

许宗生毫无顾忌地陷入了情感旋涡，甚至比之前更深的旋涡。她怎么了？那么单纯的姑娘，怎么会变得如此尖锐，如此敏感，如此隐秘？

许宗生习惯于把她放到心间，和她交谈、向她倾诉。可现在她要退出他的心扉，成为乔汉世界的一部分。许宗生对他们未来的美好设想、对她的担忧，或许可以向哪个行人倾诉，而对她却只能缄口不提。刚才，她把七年的思念和恩怨，统统还给他了。她还没有离开，许宗生就已感觉形单影只，茕茕孑立。就连婚礼那点点温情的记忆，如今也变得无依无据，无原无因，荒诞不经了。

对于电影里的角色，大家总是仁者见仁，智者见智。七年的时间，足以让一个单纯的女人变得更好、更坏或更复杂。今天，许宗生吻了赵明露，进而联想到南里贝的赵明露，这简直像离开了清纯如水的赵明露，去接近另一个完全不同的赵明露。在早年赵明露的身上，至少有恋爱的美妙，散发出青春的气息和无敌的生活芳香。而今，他吻到了一嘴的荆棘和疼痛。

这种刺痛让许宗生有踏错星球、身体失重的感觉。他独自在酒吧里喝酒，反思着一些问题，排解心中的烦闷。烦闷像空气，无时不浸洇着他的神经。烈士渴求壮烈牺牲，妓女渴求嫖客的“爱情”，一位逃跑的新娘渴求什么呢？

一位双目流波的美女坐在他旁边，向他讪讪地笑着，大有潘金莲勾引西门庆形神皆备的艳美。许宗生看了她一眼，目光冷得像冰山。衣衫单薄的美女感觉无趣，继续寻找其他的“西门庆”了。一位伟人说过，生活的一切都和性有关，除了性本身。但许宗生有精神洁癖，除非爱上某个女人，他是不会随便亮出自己的宝剑的。

一位男子远远地看着许宗生，像画家观赏一幅名画。最后，那男子坐在了许宗生的旁边，不时盯着他。许宗生像对待一只落在餐桌角上的苍蝇，即便不去理睬，那苍蝇也有独自离开的可能。

“许宗生吧？”

许宗生刚想喝酒，顿住了，瞪着这位不受欢迎的入侵者。

“果然是啊，我盯着你看了很久了。我是秦小社，当年我们在南里贝一起斗人贩子……”

赵明露不让许宗生回忆从前，而这位却又把他拉回到南里贝。秦小社惊异地看着许宗生，兴奋得像看天外来客：“这么多年都没有你的消息，可好？”

许宗生可不是来向秦小社汇报好或不好的，喝完杯中酒，咽下满口的苦涩：“你看我好不好呢？”

“你富如泰山，哪有不好的道理。不过赵明露的父母可惨了，到现在也没有女儿的消息。”

本想离开的许宗生，突然站住了，盯着秦小社，生活似乎出现了很大的空白。他又坐了下来，服务生给他和秦小社斟满了酒。

“他们一直都没有赵明露的消息吗？”

“当然，赵明露的爸爸妈妈都快绝望了，女儿就这么没了，多焦心啊？”

“他们还在济南？”

“对败将而言不存在圣土，他们不会离开济南，天天盼着女儿推门进来。她的奶奶也不离开南里贝。这家真是怪人一箩筐。”

许宗生大脑风起云涌，总想归纳出结论，却什么也总结不了。总想弄明白其中的奥妙，最终一无所获。

“请问，你结婚了吗？”秦小社好奇地瞥着他空空的手指。

许宗生微笑着，向他举了举酒杯。

“还没结婚啊！不结婚也好，更自由。我离了，感觉也很好。女人就是麻烦，没完没了的麻烦。”他抑扬顿挫、踌躇满志，像一个优等生，正在接受班主任奖励的一朵小红花。

许宗生讨厌那些被过分炒作、毫无价值的婚姻纠纷，讨厌讲述者歪曲恋人的口气。许宗生的手机响了，是范思荣的电话，许宗生借听电话的机会，起身告辞了。

秦小社遗憾地看着他，关于女人的高见，他还没说完呢。他不由伤感地意识到，离婚男人的嚎叫没人听得见，没人在乎，没人心疼，也没家可回，只能像个吉祥物似的到处晃悠。

女诗人的冷笑话

范思荣已得知许宗生回国了，相当生气，质问他回国为何不通知她。当然许宗生有要事忙，似乎事业重于生命，更重于与范思荣虚拟的爱情。所以范思荣的气愤，约等于自娱自乐，也约等于自作多情。雌激素泛滥的女诗人总幻想着在机场得到许宗生可贵又浪漫的一吻……从机场大厅拉着她跑到车里，小心翼翼地接吻，免得破坏甜美的柔情，免得久旱逢甘雨的感觉轻易化为乌有……诗人浪漫的幻想最终成了一个冷笑话。

四个亿的投资，竟然也换不来他的爱慕，没得到一次嘴唇的碰触，这让她很失落。范思荣不停地跟自己的阴暗面斗嘴，一方面想要抬高自己的身价，寻找自信自恋自尊的感觉，一方面又愤怒地唏嘘那个端盘子的女人算什么！

她开车赶到了许宗生入住的酒店。本以为许宗生会在房间里等她，可她没享受到那种奢侈，而是在停车场，许宗生像保安似的站在那里。

停好了车，范思荣不知该是以诗人的形象，还是以情人的身份和许宗生打招呼，这瞬间的忐忑，彻底败掉了来时积蓄的所有愤怒，甚至已不知道自己还有没有愤怒的资格。一定意义上，她也确实没有任何对许宗生发脾气的权力。

许宗生微笑地迎着范思荣，好像迎接一个汽车技术专家。

“回来了也不告诉我一声，我还是从牛总那里知道的。”范思荣责备的语气透着一种亲切和娇嗔，既包容又大度，仿佛根本不在乎许宗生不尊重她这回事。

“我又不是马云，哪敢兴师动众？”

“真可悲，在你眼里，我竟然不如洗盘子的小工！”

范思荣的这句话触动了许宗生内心的疼痛，他的脸唰唰变了，仿佛丢了钥匙似的不安。

“你可是拥有四个亿的大投资商，我哪敢怠慢，只是有件私事要处理，所以连我叔叔都还不知道呢。”

把范思荣和叔叔相提并举，她表情终于宽和了，心情立刻调节到了恋爱的节奏，浅浅的媚笑浮上眼角，身体也柔软起来。

“许总，我们就这样站着聊天吗？”

许宗生看了看酒店，望了望人来人往的大街，决定到公园走一走。

公园的植物被园丁拾掇得过分规整，毫无自然感。在范思荣的记忆里，这是第一次为散步而散步，他们的距离仿佛瞬间拉近了很多。她暗自决定，无论赵明露是否真的生了许宗生的儿子，是否依然爱着许宗生，她都不会放弃对许宗生的追求，直到成为她的丈夫。然后再用长长的一生，讨回自己的亏欠，让许宗生牛马似的服侍她。

当公园里的老人瞪着木讷的眼睛望着他们时，范思荣有着天仙般轻盈的感觉，蕾丝和真丝的裙子窸窸窣窣地摩擦，散发着公主般的贵气和浪漫。她希望这份娇美的感觉能击碎许宗生的防火墙。

“牛总说你见到赵明露的儿子了？”

许宗生没想到范思荣如此直接，但又一想，既然提出了这个问题就干脆坦率地交流意见。

“是的，也见了赵明露。”

“她和乔汉快结婚了吧？”

许宗生站住了，静静地看着范思荣的脸，仿佛有重要信息要发布。范思荣感受到了他的异常，预见到他将说什么，立刻改变话题，挽着许宗生的胳膊继续往前走。公园里，一片平坦的花砖上，孩子们在玩套圈游戏。一个七岁左右的小女孩拿着铁圈反复套一只白兔子，铁圈不是偏左就是偏右。铁圈用完了，白兔子依然安静地蹲在地上。

爱情就像套圈啊，他安静地在那里，可怎么也抓不住他。范思荣有些紧张，爱一个人就是这样，卑微地成了他的奴隶，成了他的从属，甚至成了令自己讨厌的人。范思荣对他灵魂的饥渴一无所知，显然部分原因是他本人守口如瓶、性格矜持，但还有部分原因是他是单亲养大的男人，内心像海，却不轻易让人泅渡。我当然比赵明露更善于在男人海里游泳！

我必须现在告诉她，免得以后更麻烦。在公园人工湖的木桥上，许宗生拉住范思荣的手，仿佛怕她走掉："我见过乔汉了，昨天去听了他的课。他是在追求赵明露。思荣，谢谢你一直以来对我的关心。可是，只要赵明露还没有成家，她就是我的妻子，我和她有过一场未完成的婚礼。只要她单身，我就不会放弃。我不怕有乔汉，也不怕有十个乔汉，因为我坚信，我和赵明露有过一段不寻常的过去，也想和她有不寻常的未来。如果之前我们曾怎样的亲近，无论双方家属有过怎样的期待，但现在不同了……"

那不断倾注在他们半边脸上的夕阳，瞬间成了辉煌的侮辱，嘲笑着他们的每一个表情。

他真是个草包，不会审时度势。但这样想又显然污辱了自己的感觉和智商。范思荣已听不下去了，许宗生的话简直像刀子，直刺她的胸膛，不但让她无地自容，更让她心生嫉妒。天地间，她只要一个人，可他却喜欢乞丐般的服务生。此时，她不能没有尊严，不能没有胸襟，更不能没有退路。她强咽下心头的怒气，和颜悦色地说道："宗生，当局者迷。你自以为和赵明露有缘，她当年逃离你们的婚礼，也会逃离你的生活。你是在自找难堪，自取其辱。也许，我也是……"她突然控制不住，泪水竟然涌了出来。这是真情的流露，却瞬间让她有了表演的意味。她适时把话打住，随后从无可奈何中又萌生一个微妙的念头，好比优秀的诗人让蛮横的韵律逼出最美的诗句："我爱你，辜负我，你就一点不心疼吗？"

不要哭，世上的任何男人都不值得自己落泪。只要还是羊，就避免不了被剪羊毛的命运，我要变成狼才成。范思荣觉得点到为止最好，转身向来时的路走去。许多时候，人总得活得有点戏剧感，活得有那么点抽象性。此时，范思荣觉得自己的这场泪水加戏子般的表演，出神入化，恰到好处。

她觉得爱情的哲学越是充满诈术，越能证明她对人生的诚实。

许宗生呆呆地留在原地。惹范思荣流泪并不是他想要的，这很是个问题。

傍晚的人工湖水面犹如巨大的镜面，木桥和亭台的影子垂直地投落在水中，水草和荷叶的最下方，映出傍晚的天空。这傍晚幽深的天空，与他们头上的天空不同，水中澄澈明亮、幽静安然。水深处，把这个傍晚的世界完全吞没了，木桥就像曲曲折折的积木沉落其中，总让人想起印象派画家莫奈的荷与桥。

青春和爱情像生活的调色板，搅成了一池印象。

许宗生周末参加了一个葬礼，大学同学突然因家庭遗传的怪病去世了。回忆着这位同学的善良，不由感慨人世无常、生命脆弱。人们常说，死亡的日期是不确知的。这种说法把死亡的时间确定在朦胧而遥远的范围内，死亡等待客人似的等待着人们，又影子似的穷追不舍。无论人们多么善良或多么狡猾，殊不知死亡在冥冥的黑暗中缓缓行进，恰好选择了某一天，在适当的地点粉墨登场。身边的人突然走了，人们才顿悟应该放下仇恨和愤忿，快乐地生活，快乐地善待一切。可几天之后，人们仍然是现实世界中的俗人，再度心胸狭窄，斤斤计较。

然而，逝者如斯，不舍昼夜。许宗生突然感慨：二十九岁的青春不能糊涂了，他必须起而行动。

天空飘起了小雨，细如丝线，许宗生抹了一把脸，摸到了满手的痛苦。许宗生记起了另一场大雨——新娘突然失踪，宾朋陆续散去，结婚的条幅在风雨中颤抖，巨幅婚纱照在雨中微笑着。雨水从他们微笑的脸上唰唰流过，仿佛泪水的瀑布，流的都是伤感和痛苦。然而，他们的微笑却那么坚强，那么妩媚和幸福，那么无惧风霜雨雪。

许宗生对那场婚礼的偏执，归于自己的蠢笨。七年来，他总是把他们爱情的片断分门别类地收集起来，整齐地收藏在小小的抽屉里，不时取出来，回味检验，品味其中的苦涩和甘甜。

许宗生向叔叔汇报了合作和融资情况，一切似乎进展得很顺利。政府的地已批了下来，这几天正忙着厂房设计、招标以及设备订购等工作，忙得许宗生像一只暴风雨前的蚂蚁。忙碌让他忘掉许多事情，忘记吃饭，忘记了自己的生日，甚至忘记了元旦已至，但忘记不了赵明露。

当一天的疲惫结束，他却不想回家，慢慢地将车开到了赵明露工作的地方。坐在车里的他静静等候，从驾驶室里，远远地望着酒店里的赵明露来来去去地为顾客服务。看着她，像看着自己的新娘。他不想打扰她的工作，不想再次招惹她的愤怒。他知道她会理解他并最终跟随他的。他坚信他们曾经的爱情。

可几分钟后，他就不再那么自信了。赵明露脱掉了工作装，和乔汉推开了玻璃门，挽着乔汉的胳膊从许宗生的车前说说笑笑地走了过去。

难道她真要嫁给她，真的就为乔汉不在乎她的过去，不追问她的过去？如果这样，我也可以不追问！

许宗生的人生起了皱纹，犹如流浪汉衬衫的褶皱。此时，嘲笑和污辱远比观赏更合他的心意。在这之前，他总是莫名其妙地深信，谁要是无视他和赵明露的那场未尽的婚礼，就等于抹杀了他的存在。而眼前，抹杀他存在的恰恰是赵明露！

原来那个执着而善良的赵明露不在了，而现在的赵明露竟然那么生硬而冰冷。这瞬间的顿悟让许宗生很绝望，很伤心。这么多年的执着，竟然像泡沫般不值得。

所谓爱情，恍如一个春梦，一次没有实质内容的匆忙体验，就像被隔断了人生意义的重症病房。夜幕下闪亮的玻璃窗，别人窥见不了许宗生，更窥见不到他内心隐藏着火和破灭。

许宗生难抑满腔的愤怒，启动车子，向着那无情的两人冲过去，任谁都以为会从他们身上碾压过去，就在车子快要撞到他们时，他急打方向盘，惊得赵明露蓦然回头，尖叫起来。

乔汉急忙抱住了她。

他们同时发现了许宗生。这惊险的一幕，让两人心惊肉跳。

“欠揍的家伙，疯了吗？”乔汉骂着，恨不得对许宗生拳打脚踢。

到了赵明露楼下，她告诉乔汉不要再接她下班，她申明喜欢现在的生活，不想成家。乔汉转身上车，像对待一个调皮的小学生，笑了笑，什么也没说，开车走了。

他难道看出了我言不由衷，难道我真的喜欢现在的生活？可是，人要健康快乐地生活，需要力量，而我的力量足够吗？情人之爱是一股无坚不摧的力量，可赵明露似乎无权消受。当爱情向人们张开深不见底的洞口，精神和肉体的折磨气势汹汹地压迫而来，人们有时却无计可施、难以招架。乔汉不知道，在作为佣人的六年里，赵明露忍受住精神的折磨和深入骨髓的战栗，努力让头挺直，目光安然……她已拼出了全部力量，进行了一场场精神的鏖战。

第二天，电视里报道了中国澳创汽车设计、选址和启动情况，并介绍了由双方共同投资合作经营的现状和美好的前景。镜头里，许宗生和范思荣是那么般配，那么甜蜜，似乎开的是夫妻店，一切都顺理成章。

赵明露呆呆地看着，客人撞了她的肩膀，她都没有感觉。她挺得脊背发硬，看得入神，由于过度注视，以致这对男女从电视上消失了，她都无暇留意。

“这不是来找你的帅哥吗？”服务生小贺惊喜地尖叫着，不像看到一位帅哥，而像捡到一块亮瞎眼的钻石，“赵明露，我喜欢他，让给我好吗？反正你有乔教授了！”

难道他真的想娶范思荣吗？赵明露想起了昨天开车的惊险一幕，那冲动的行为暴露了他的愤怒、他的疼痛。他不能那么冲动，他不能伤害任何人。

小贺推搡着发呆的赵明露，赵明露才从冥想中回过神来：“有事吗？”

“有啊，把你那位朋友介绍给我，我给你磕 999 个响头。”

“那女的？她叫范思荣，亿万富翁的女儿。不过我可没有介绍的资格。”

小贺气得撇嘴咬牙，似乎想把装傻的赵明露嚼碎了吃掉。任谁都感觉赵明露把这位钻石王老五迷得团团转，却又不知好歹地抛弃，就像是不识货的孩子，拿着价值连城的古董当皮球踢。人中凤凰的许宗生，同赵明露心目中的许宗生，有天壤之别，这虽然也是仁者见仁，智者见智的事，但对于真正的钻石，为之心动的人总是前赴后继。

整个上午，赵明露神不守舍，不是上错了菜，就是下错了单，以至于小贺不得不提醒着她。

赵明露不知道该不该去奉劝许宗生要平和莫怒，或说服他，甚至祝福他。她忽而觉得应该，忽而又觉得多余，忽而觉得自己虚伪，忽而又觉得这至少是朋友间必需的义务。他会听我的吗？我们还是朋友吗？他还会问我的过去吗？我没有过去，谁也不能试图了解我的过去。忽而想起上次许宗生偷偷塞到沙发座垫下的两万元钱，何不借还钱的机会，去祝福他？

她根本没意识到，自己的祝福将多么虚伪。在某种场合，钱款会让人想到奇怪的精神事件，成为掩饰暗涛汹涌的借口。

泥淖里的幸福

许宗生正在会见美国生产系统供应方的代表，赵明露来找他。秘书把她请到了接待室。赵明露安静地等着，像等待皇帝接见的大臣，竟然生出了很强的忐忑感。

会见结束，美国客人走了。许宗生打开接待室的监控器，只见赵明露静静地坐着，似乎在思考问题，又似乎什么也没想。赵明露在房间里走着，不时盯着墙上的大海和椰树。许宗生哪里知道，他在偷窥赵明露的时候，自己也无情地被赵明露带走了，无情地撞到了自己的内心——那个真实的自己。我爱她，爱她，她是我的，谁也不能夺走她。

爱她就这样折磨她，无情地消耗她。这是她自找的，这个坏女人！许宗生尽量说服自己，那些失眠的夜晚没什么了不起，因为赵明露终会来到自己身边。此时，他驱赶着刚刚谈判的愤忿，全心观赏着心爱的女人，尽量让自己想到未来，这样，就能像踏上桥梁似的，越过令人心寒的创业期的各种深渊。

礼仪之道不能丢，许宗生要为赵明露泡杯咖啡。先是放了一汤匙咖啡，为了增加苦味，又多加了三汤匙。这种意式特浓咖啡，即便一汤匙也会感到苦得像回到了解放前。七年前，两人等待拍婚纱照，刚刚吃了午饭的赵明露昏昏欲睡，完全一副结婚多年的老妇人的状态。当时，突然飘来咖啡的香味，是另一对拍婚纱照的人各端着迪奥咖啡。善于恶作剧的许宗生便给赵明露买了杯特浓咖啡，干渴又昏沉的赵明露一口喝下去，苦得立刻跑向了洗手间。许宗生笑得腮帮子快掉下来了。

此时，许多美好的回忆闯进他的脑海，但是，长久以来，一切扣动心扉的美，统统被他排斥在欢乐之外，就像上了麻药的病人，手术台上金属的碰撞声听得一清二楚，只是感觉不到疼痛。

按铃，秘书应声而入，许宗生让秘书给客人送咖啡。已等了很久的赵明露根本不怀疑咖啡的质量，端起就喝了一口，果然苦如黄连。她突然顿悟，墙角的监视器正监督着她的一举一动。她怒视着监视器，原本欠身欣赏的许宗生吓得急忙坐回到椅子上。他对赵明露刀子似的目光，再次佩服得五体投地。天啊，究竟有多少美德教会了这个女人憎恨我！

赵明露意识到自己受了嘲弄，拉开门冲了出去。许宗生以为赵明露要逃走了，慌得急忙追出去，赵明露却冲进了许宗生的办公室。许宗生内心兴奋、表面惊讶地坐回到老板椅里。趁赵明露歇斯底里质问他的卑鄙行为时，悄悄按下了按钮，遥控锁上了办公室的门，把赵明露和自己锁在了办公室里。他感觉这是近七年来，最最成功的举动。此时，赵明露任何指责谩骂，对他来说都那么悦耳动听，甚至幸福无比。

“真卑鄙，竟然开车想撞我和乔汉，让我无聊地等这么长时间，用苦咖啡折磨我，你是虐待狂，还是原本就这么无耻?”

许宗生像听美妙的音乐会似的，微笑而幸福地享受着赵明露带来的美好感觉。

赵明露发现自己孤掌难鸣，任你怎么发火，他都事不关已地微笑着、傻看着，仿佛赵明露成了独角戏的主角，为这唯一的观众尽情地表演着。

“我不会干涉你和范思荣的事，你也别干涉我和乔汉的事，我不想再看到你!”赵明露突然感到自己到这里来真是大错特错，与这个男人根本无理可讲——他像一个被娇惯的孩子，胆大妄为，又为所欲为。她从包里拿出两叠捆绑整齐的纸币，拍在办公桌上，转身向门口走去，这才发现门被锁住了。她惊恐地瞪着许宗生，恼恨地瞪着许宗生。但多年之后，每每回忆起那片刻的感受，在内心深处，她不也暗暗惊喜吗？惊喜她和他关在了一起。

当人们沉入梦乡时，根本不会感到牙疼。人生如梦，此时的两人，都在梦游中。

“放我出去。”

许宗生笑而不答，悠闲地摇晃着椅子。

“你卑鄙，快打开，不然我喊了。”

许宗生依然笑而不答，有节律地摇晃着，像安逸的退休老人。

赵明露使劲拍打着，可无人应答。大楼早已空了。许宗生走过去，手扶着门把手，挤住赵明露。赵明露以为他要吻她，竟然闭上了眼睛，似乎在等待那个迟到的吻。她感受着他的气息，迷人而陶醉的气息，在那销魂的吻即将来临的当口，她力所能及地作好一切心理准备。

许宗生似乎选定她脸上的某一个部位，作为七年之后正式接吻的落点；由于精神上已经有了吻的开端，在赵明露把脸凑过来的刹那间，许宗生已充分地感受到她肌肤的温暖，却中止于欣赏她脸蛋的举动上。这好比一个画家要画的肖像，描绘对象只出现一次，画家在准备调色板之前，早已根据大脑的细致积累，即使描绘对象不在场，也能惟妙惟肖地完成画作。精神之吻，或等待之吻，更美妙，更销魂。

许宗生盯着她肉嘟嘟的嘴唇，在嘴唇即将碰到她的嘴唇时，他放弃了，轻轻地旋开了门，伏在她耳边：“老婆，你怎么能忘记，我是你老公啊……”

门开了，赵明露茫然地看着许宗生，不知道他的话是真是假，羞愧而尴尬地退出了办公室，转身离开了。

“我保证不再问过去的事，说到做到……那钱少一个角，我都会让你赔的。”许宗生冲着她的背影喊着，走廊里回荡着他的声音。刚才趁赵明露紧闭双眼时，他把他们当初准备在婚礼上交换的结婚戒指，塞进了她的衣袋里。

赵明露失魂落魄地穿过长长的走廊，这可恨的大理石地面回响着咚咚的脚步声，凄然悲凉。也许正因如此，她听到自己孤独的鞋跟声，才更感到痛心，而大脑也木然地丧失了所有功能。

赵明露甚至忘记了为什么到这里来，为什么和他锁在办公室里。

“老婆，你怎么能忘记，我是你老公啊……”许宗生的话一遍遍回放着，赵明露像又回到了从前，回到了他们在南里贝相爱的情景。怎么会这样？怎么能这样？赵明露脸颊发痒，用手抹了一把，竟然满脸满手的泪水。

人不可能长久地欺骗自己，不可能永远虚伪地活着。即便有乔汉的疼爱，有乔汉对未来的许诺，可赵明露在听到许宗生责问的瞬间，情绪决堤、洪水泛滥，那本真的情感像被打捞上来的海底珍珠，挣脱贝壳和贝肉的呵护，亮闪而圆润地出世了——那么明亮、那么柔美，无可争议地成了大海之子，成了生活之子。

回到家里，赵明露在洗手间痛哭流涕，哭自己，也哭许宗生，还哭悲惨的小威。上帝如果有心，又怎么能折磨一对相爱的人，上苍如果有眼，又怎能容忍情人悲剧地存在。该怎么办？又能怎么办？他不在乎我的过去，他真的不再追问了吗？他的家人也不追问吗？

今天，当她在许宗生的办公室，突然感觉这里应该有她一把椅子，可以随时进来休息。许宗生原本就是她的亲人，她不必敲门，可以走入他的任何房间。赵明露感觉有两个自己，一个是已嫁给许宗生的，一个是逃离许宗生的。

小威推开了门，他被妈妈的哭声惊醒了。赵明露急忙擦了把脸，抱起小威进了卧室。妈妈关上了灯，和衣躺在他旁边，轻拍着他入睡。小威搂着妈妈的脖子，不一会就发出了梦呓的微笑。

凭着小威这甜美的睡眠，赵明露觉得受多大的苦都值得。她的生活早已变得诡秘了，这似乎使单亲生活更加神秘莫测，妙不可言。画家应该创造美，不应该把自己的生活放进去。而今，人人都是主人，画家也毫不含糊地用画笔描绘着自传。正像乔汉妈妈说的，赵明露根本就算不上画家，甚至根本不必浪费颜料。

无论怎样，永远不能亏待小威，小威成了这个家庭唯一的血脉。手机响了，赵明露从衣袋里取手机时，发现了她曾试戴过的结婚戒指。赵明露吻着戒指，像吻着许宗生。无论如何，当被他挤在门上时，她曾盼着能吻到他，可他骗了她的感觉。这坏蛋！许宗生脸上的某种表情，依如七年之前，让她立刻就会信赖他。善良人的一切坦率和纯正都写在那里，仿佛不受世俗的玷污，也不会玷污世俗。

未来会怎样，赵明露不敢去想。还有没有机会和许宗生走在一起，看似有可能，但细想又绝无希望。正像范思荣说的，她有四个亿的资金帮助许宗生，而自己又有什么呢？有的仅仅是一个母亲的身份和罪恶的过去，有的仅仅是背负着亲戚的呵责和悲叹。

赵明露吻着戒指。许宗生，你真的准备接受这一切吗？

即便他同意，他的家族也永远不允许。许宗生成了她的珠穆朗玛，根本没有翻越的机会，但乔汉却永远不是她的希望。经过这番沉淀，她不能欺骗乔汉，不能拿粮票当爱情，拿房产当未来。这些都可能是未来，但又不是爱情的未来。和乔汉在一起，或许可以无忧无虑，随遇而安，没有纷扰，既不痛苦，也不必享受爱情的幸福。爱情，毕竟是一种昂贵的奢侈品。年复一年，青春的华美渐渐消失，暮年可怕的疾病会接踵而来。有爱情或没有爱情，也许并不重要。

赵明露陷在泥沼里，左右跋涉，都脱不掉两脚的泥巴。

日子在照常进行，但又各不相同。澳创汽车公司正加紧安装生产线。公司如火如荼，许宗生忙得像银河的星球，公转自转不得停息。自那天见过赵明露后，再也没有任何消息。生活波平如镜，无风无雨。似乎忘记了爱情，忘记了曾经的轰轰烈烈和吵吵闹闹。赵明露天天收集着电视或报纸的新闻，没有一点许宗生或范思荣合资的消息。

人就是个竞争动物，人的价值也像古董拍卖市场，竞标的人越多，竞价也越高，中标的心情也越急切。乔汉很有危机感，他知道无论从哪方面，他似乎都不是许宗生的对手，特别是他和赵明露有过一段缠绵的过去。自从许宗生听了他的课后，他便加紧了进攻的节奏，像热恋的情人，天天黏在赵明露母子周围。

二十岁的脉搏跳得狂妄，那时的乔汉欣赏过很多风景，也错过了很多风景。哲学家已三十有五，在与许宗生的战斗中，却莫名感觉脉息无力，四肢疲惫，感官似乎也坏掉了，再没有胆量接受世俗的诱惑。他害怕自己变成爱情的傀儡，在青春别离了自己后，除了爱情，世上便真的什么也没有了。

周末，小威放学，乔汉等在校门口，今天他要带他们母子去吃海鲜。小威随同学们出来，远远看到乔汉叔叔，奔跑得像只小猪。乔汉打开车门，小威熟悉地坐在副驾驶上，乔汉非常喜欢小威，疼爱地拂了拂他的头发，便驾车去接他妈妈。

可赵明露并不知道乔汉的计划，她不喜欢乔汉总是替她做主。乔汉延续着赵明露在他家当保姆似的状态，可以命令她、计划她、支配她，当然，替她做主，更没什么不可以。

正在值班的赵明露不明白乔汉为何把小威接到了这里。当小威告诉妈妈要出去一起晚餐时，赵明露心生恨意。一个电话可以沟通的事，他却以为多余。一直以来，乔汉在她面前总是自以为是，忽略了她也是一个有脑袋的动物。今天同事病了，她不但下不了班，还得替同事多值个晚班，晚上十点半才能脱掉这身工作服。

乔汉站在酒店外，远远向赵明露招手，赵明露只是笑了笑，随后她突然顿悟，自己的微笑他根本就看不到。

赵明露让小威传话，她今天要工作到十点多，要他把小威送回家。

乔汉以为赵明露在说谎，在欺骗他。他呆呆地站在那里，模模糊糊地意识到赵明露宁愿和陌生人在一起，也拒绝同他晚餐。他恍然大悟自己已不再帅气，正不可避免地变成中年人，一阵剧痛刀子般钻心，每一根细小的肌肉都酸楚起来。人们总是把哲学家说成是理性的动物，这是迄今为止最不成熟的定义。哲学家或哲学教授当然也可以有很多特性，比如狂放、激情和暴怒——但绝不只是理性的。

乔汉径直走进了酒店，拉着赵明露就往外走。赵明露非常生气，甩开了他的手，声明自己还要再值班四个小时。乔汉愤怒地看着赵明露："说谎，值班表上，你明明值白班。骗子，骗子，你一直都是骗子！"

乔汉气愤地转身走了，钻进车里，砰的一声关上车门，开跑了。小威呆呆地看着妈妈，突然抱紧了妈妈的腿。赵明露轻轻抚摸着小威的脑袋，把他领到后台。小威在更衣室做作业，有好心的阿姨给小威订购了意大利披萨。九点时，小威倒在沙发上睡着了，吃剩的披萨散发着油腻的香味。

目睹了争吵一幕的四位男士边喝酒边议论，为他们的酒欲增添点佐料。

“女人为什么不愿待在家里，不是说家是天堂吗？”

“道理很简单，夏娃也急不可耐地逃出天堂，因为亚当们不在天堂里。对不对，美女？”

赵明露给他们上菜，笑了笑：“美女也得工作，不工作就得饿死。美女不是蝉，喝口西北风就是三餐。”

十点半，赵明露叫醒小威，拉着睡意蒙眬的儿子往外走。不知何时下起了冷雨，气温降得很低，儿子迎风打了个喷嚏。赵明露急忙脱下毛呢外套，披在儿子身上。公交车久久不来，冬雨天出租车更是抢手。楼房和街道笼罩在烟雨迷蒙中。对面高大宏伟的欧式建筑，灯火通明、人影晃动。风雨中仿佛上演着古老、高尚、但又不为人们所理解的老贵族的把戏。陈旧的华屋也许曾是入侵中华的英法王公的幸驾之地。

许宗生开车从公司出来，之前从不走这条路，自从得知赵明露在这里上班后，他宁可绕远，也要从这酒店门前经过，总是从那落地窗向里窥望，即便什么也望不到，似乎也心安，因靠她近些，心音激动地颤抖着。

他突然看到雨中等车的赵明露母子，起初还以为是看错了，当意识到不是错觉时，他觉得上帝正在褒奖他的殷勤。他急忙停下车，拿着伞赶到母子身边，彼此的眼神温暖了三人。赵明露的焦虑顿时冰释，顷刻间乾坤扭转，方才她还焦虑得像一只无助的母鹅，还嫉妒对面豪宅里温暖的灯光。可现在，仿佛那华宅已向她敞开了大门，容她躲风避雨了。

车开走了。而随后赶来的乔汉，眼睁睁看到了刚刚一幕，心痛得想以头撞墙。他竟然怀疑赵明露，怀疑她的态度，给她造成这么大的麻烦，反给许宗生创造了机会。在世俗中混久了，看到许多复杂的事情，教授的思想变了，对一切都取怀疑态度。有时，这些人眼中的罪恶，另一群人却奉为美德，是非曲直因人心而定。当今的哲学是利益的折射，心变冷了，收缩了，时常把一些不道德的记忆抹得一干二净。今晚，他尝到了自己冷漠的苦果。仿佛在大海上，船沉了，连一块木板都没留下。如果有把枪，他真想一枪扑倒许宗生，让赵明露欣赏死者又快活又凄怆的颤抖。

哲学教授很快抹掉了自己的幻想——为那个男人和女人犯罪，不值得。他突然顿悟，所有犯罪行为都有一个共同的性质，那就是没能克制感情的冲动。

一夕再回过去

许宗生边开车边从储物盒里拿出白毛巾，递给赵明露。赵明露忐忑地接过毛巾，替儿子擦着头上的雨水。赵明露也止不住地打着喷嚏。许宗生脱下风衣，披在赵明露身上，如果不是她抱着小威，许宗生真想亲她一下。

许宗生把热气开到最大，车里瞬间暖和起来。赵明露的家到了，许宗生急忙下车，从赵明露怀里接过小威，抱着就进了单元，咚咚咚上了楼梯，赵明露像个妻子似的跟随着。这三口之家的情态，让赵明露心酸酸的，有想哭的感觉。她知道这不是耍女人性子的时候。

走在许宗生的身后，看着小威睡在他的肩头，赵明露感觉与许宗生不再相隔异处，屏障倒塌了，爱情的甜美把他们系到一起。但上了几级台阶后，她又感觉自己在做梦，在痴心妄想。不能让他知道自己的想法，他会瞧不起她的。然而许多年后，赵明露才知道，谁也比不上这个男人更了解自己。

许宗生把睡着了的小威放在床上，掖好被子，退回到客厅。赵明露已脱掉风衣，递给许宗生。她的心突突乱跳，阵阵发痛，本指望远离这个男人求得安宁，结果反而增添心中的骚乱。

许宗生接过风衣，从衣袋里掏出了钥匙，拉起赵明露的手，将一串钥匙放在了她手里。“这是蓝天花园的一套房子，以你的名字买的。在小威学校附近，离你上班的酒店也很近。明天会有人来帮你搬过去。”

“我不搬，不能要你的房子！”

“我是你老公，赵明露，”许宗生拿起放在电视机柜上的婚纱照，“看看这，你欠我一场婚礼，得还我！我是新郎，是小威的爸爸！”

“不，你不是！”

许宗生一把捂住赵明露的嘴，怕她声音太大，让小威听到：“我不计较过去，你也不能计较。小威是我儿子，你是我已结婚七年的妻子！明天我要出远门，我希望晚上在那个家里，接电话的是你！”

许宗生转身出去了。她觉得自己已被爱情训练得狡猾了，当脸埋在许宗生的手掌里时，她多么希望他不要松开，永远地埋在他的掌心里。

赵明露恍然如梦，仿佛这是她无数梦中的一个。在漫长的七年里，她总是追随着许宗生奔波在各种各样的梦中，总是与许宗生甜美地在一起，而后又迷失在浓重的雾霾里。而今，他那么近距离地守在眼前，那么真切地关心她和小威的生活，这不就是反复出现的梦境吗？突然间，她的烦恼烟消云散，痛苦消失，周身舒坦。

许宗生把我看作一成不变的女孩，一旦发觉我比想象复杂得多、沉重得多，他一定会大惊小怪。真的要搬到许宗生买的房子里吗？不，不能，毕竟有那样的过去，不可能成为他的妻子。虽然那枚戒指一直保存着，但戒指的意义，随着新娘的逃离，早已没有了任何约束或禁忌了。

烦恼既消，平静使赵明露感到异常的喜悦、异样的感觉，不亚于如临深渊的体验。她轻轻拉开窗帘，坐到床前，窗外冷雨飘飘，寒风凛冽。霓虹在雨中绚丽地反射着光辉，勾画出楼宇的轮廓，显得格外悠远，延伸到凄凉的窗前。城市的嗡嗡声扩散在寂静之中，微弱又清晰。

我配不上他，不能连累他！范思荣才是他该娶的女人！赵明露陷进了惯常的泥沼里，不敢挑战自己，也不敢挑战常规。

哭一会，想一会，肯定一会再否定一会。当着儿子的面她总竭力忍着，等到单独与卫生间在一起时才忍不住地哭出声来。事实上，七年来，这种哭泣始终没有停止过。慢慢的，她的忧伤成了自己惩罚自己的方式，也成了一种身不由己的病症。

这注定是折磨人的夜，注定又是个不眠之夜。天亮了，大街上的早班车轰隆隆驶过，赶早班的人们急匆匆出门，街道上传来机动车的流动声，赵明露正在厨房准备早餐，就听到了敲门声。房东要她今天上午就搬出去，此房已比原房租高出两千元的价格，租给了其他人。

“可是租期还差十天啊？”

“我可以三倍退你十天的房租，但今天务必搬出去。”

房东是一米八三的大块头男子，粗重厚实的声音，很有攻击性，一双小肉眼陷在肿胀的眼皮里，老虎般盯着猎物，脖子上刺青的毒蝎子，张着两个大夹子，仿佛要夹掉他的脖子似的。他如此不讲理很让赵明露气愤，但他恐怖的形象，又使赵明露不敢据理力争。赵明露无奈而欲哭的表情，对一位没有人性的野兽是不起任何作用的。赵明露觉得这天将成为一个不光彩的被驱赶的日子留传下来。

“今天十二点前必须把房子空出来。”房东甩下那句话，冷冷地走了。赵明露突然顿悟，这一切也许是许宗生操纵的。她急忙跑出去，追上了房东。

“我不搬，我知道是谁让你赶我走的！许宗生，对不对？”

“他是哪树上的鸟？不搬可以，十二点整，我就把你的行李从窗口扔下去。还记得网上疯传的把狗装在皮箱里扔下四楼的事吗？那就是我！你若敢试试我的脾气，奉陪！”房东说完重重地踩着楼梯下去了，迈第一步，楼板似乎都在晃动，再迈一步，似乎楼房会倒塌。

这房东除了胆气还有什么，既不宽容也没思想，这人与这个地方一样，憔悴、难看、阴沉，与这个地方一样不友好。

这所居民宅，像废弃的鬼城般阴森清冷。只要付的钱足够多，房东会凭着纯粹的直觉和更为纯粹的厚颜无耻，用自己的利益杀出一条血路，把无辜的人赶到街上。

十分钟后，一群小伙子带着大大小小的纸板箱子，就赶到了赵明露的房间，七手八脚地整理着用品。赵明露母子本来东西不多，半小时后，就将所有东西装在了面包车上，赵明露和小威不得不坐进了秘书的车里，驶向了学校附近的高档小区。

许宗生和赵明露的巨幅结婚照，悬挂在客厅中央，郎才女貌的新人幸福而甜美地笑着。自七年前在丽思卡尔顿饭店悬挂后，为他们惹来多少坎坷、多少心痛。许宗生翻出了婚纱照底版，重新放大，卧室、书房，甚至走廊的墙壁上，都是他们各种姿势、各种服饰的照片。

婚姻是男女肉体的通行证，那场未尽的婚礼曾使她纯洁的心灵变得像沙漠一样干燥。

搬家的小伙子们看着墙上的婚纱照，恍然明白，若想当老总，必须复杂到出人意料。无底深渊上的唯一桥梁就是男人的老二，许总那活儿早在七年前就制造了个儿子。生活太简单了，这里才是许总世界的中心。

楼房装饰得非常豪华，真皮沙发，高档红木家具，欧式提花遮光窗帘，锦缎放光的床上用品，纯毛地毯……拉开衣橱，各种季节的时装，当然全是赵明露的尺寸。小威的房间，书橱里塞满了各个年龄阶段适合的书籍，各种学习用具和玩具，惊得小威大呼小叫。

“妈妈，快来看，还有遥控飞机呢！”

让赵明露心安的是，这里并没有许宗生的衣服，甚至没有许宗生进来过的痕迹。卫生间也仅仅摆着母子俩的牙刷和母子俩的浴袍，整套的雅诗兰黛摆在化妆镜前。赵明露感觉这不是自己的房间，而是某位公主的闺房，这也不是小威的家，而应该是某位皇家后代的密室。

“妈妈，我太喜欢这里了，得谢谢乔叔叔！”

赵明露刚洗完脸，听到儿子的话，顿时待在镜子里。镜子里的女子目光无神，面色苍白，身体瘦弱，甚至，还有那么一点点疲惫。是的，谢谢乔汉，也谢谢许宗生，他们都是好人……可我，并不是好人……镜子里的她冷淡漠然，丝毫不带感情色彩，只是偶尔亮出那愤世嫉俗、丧家犬般的愤怒，随后流露出彻骨的伤感和疼痛。

她凝视着窗外陌生的风景，不知道是窗外黯淡的阴影，还是内心的忐忑，一抹出神的微笑，在她唇边勾勒出一道既幸福又诡异的线条。真相往往藏在传说背后，然而，无论是传说还是真相，谁也无法抵达黑暗的过去。或许可以遗忘地生活，再次享受他那静谧无声而充满爱情的目光。她暗自猜想，如果今天许宗生依然承认照片里的人，也许未来也值得期待。她想为自己的过去痛哭，或尖声叫喊，直到喉咙嘶哑，但恐惧又一波波袭来，像棍棒般捶打着她，最终将她的神志抽离到远方，继续着逃亡生涯。

生活对赵明露来说，是继续，也是等待，等待谜一般的未来。她固执而淡漠地生活着，散发出沉默的潜能。也许有一天会像树木般突然被伐倒、运走。这是她的生活，也是她的末日，她因怕而沉默，因有罪而逃避。

上次在酒吧遇到秦小社，给了许宗生新的启示——赵明露竟然也逃亡在父母的生活里。她究竟有什么困惑，也许能从她父母那里得到答案。

赵明露像出征的战士，把钥匙放在餐桌上，随后离开了画家，甚至那个亲人的世界。谁也不知道她遗弃整个生活的理由是什么，难道仅仅是痛苦和厌恶？

波斯人说睡眠像一朵花，而七年的昏睡之花足以布满城市的每个角落。时间是个江湖骗子，过去和现在都不重要，重要的是当事人都受骗了。兽性和美感在某一点交融在一起，而许宗生却想确定这条界限。他一直维护着新娘纯洁的感觉，新娘却生了别人的儿子。再没有比一个受宠的新娘更凶狠无情的了。新娘不仅生活在思想的世界中，也生活在物质的世界中，而赵明露的世界，一直是个谜。

七年来，许宗生最怕被陌生人揭穿伤疤，怕他们议论轰动上海的逃跑新娘的婚礼。有一次朋友聚会，一位不了解情况的傻瓜，开口就赞美敢于逃跑的新娘，说她敢于挑战豪门的铜臭。许宗生像被人一拳捣在脸上，双眼冒花，差点栽倒。他感觉自己是赵明露在超市拿错了的东西，一件随时可以抛弃的物品，一件一次性的易耗品。

许宗生对赵明露说到外地出差，实则到济南寻找她的父母。在赵明露失踪的第一年，许宗生几乎天天和岳父母通电话，了解彼此的情况，互通信息。到美国留学后，有时只有过节或特殊的日子，许宗生才会和他们通电话。

赵宗突然接到许宗生的电话，还是非常惊奇，以为有女儿的消息了。但许宗生却在电话里隐藏了这一秘密。

许宗生把岳父约到入住的酒店，有位突然失踪的女儿，足以把五十多岁的赵宗折磨得满头华发。当他再次和许宗生面对面坐着，虽然有香喷喷的日照绿茶，却没有一点品茶的味蕾。虽然没有登记注册，女婿却像个已婚的丈夫，依然等待着赵明露归来。单凭这种执着，就让赵宗内心像沸腾的大海般感动。在过去的七年里，每每想到女儿，就觉得对不起许宗生，每每想起许宗生，就觉得赵家实在愧对这位准女婿。

赵宗得知女婿依然在打听赵明露失踪的借口。没有借口，无论今天或七年前，他都不知道女儿为何突然跑掉。人毕竟只活一辈子，如果错过了列车，就会与其他失败者一起，被丢在冰冷的车站上。他不知道女儿被遗落在哪里。

许宗生说他要找找赵明露当年的闺蜜们，特别是那两位伴娘，看她们是否了解些情况。

"不会有结果，我已调查很多遍了。宗生，忘掉露露吧，你对得起她了，是她没有福气。找个好女人，结婚生子，毕竟人生说短也很短。你成了家，我会更踏实些。"岳父握着许宗生放在桌子上的手，说得字字沉重，句句刻骨。

一股暖意突然从许宗生的手上迅速传遍胳膊，漫延全身。许宗生周身发热，竟然陶醉在这博大而厚重的热度里，像小孩子埋在父辈的怀里般踏实、安详、温暖、娇美……这就是父爱，来自男性长辈的关怀。许宗生第一次体会这种醇厚的感觉，第一次享受这种感情强大的存在，差点流下泪来。

父爱的温情像醉酒，一时很难平息，许宗生便放肆地任自己沉溺在父爱的温情中。他知道如此体会不可再得，是初生以来的缺憾，而此时最大的心愿莫过于将这种感觉永久地留存在心中，像香气以香水的形式留存于瓶中。这种心愿同现实生活太南辕北辙了，父爱的暂时满足不过是二十九年来一次勉强的例外。为了今天片刻的父爱享受，他宁愿辛苦一辈子。

他们聊了很多赵明露的故事，有许多故事已重复了多遍。但再次从岳父的嘴里唠叨出来，总有着特殊的疼爱、特殊的感觉，甚至特殊的疼痛。赵明露，你为何要伤父亲的心呢？

许宗生喜欢和岳父单独交流，也许男人之间更容易产生共鸣。两个男人共同谈论他们疼爱的女人，会产生一种特别的美、特别的亲近和荣辱，瞬间拉近了距离。岳父一个懂得生活、懂得珍惜亲情的人。在父亲看来，他可以为女儿做一个贝壳形的浴池，女儿躺在里面就像一颗价值连城的珍珠。而今，珍珠已丢了多年。

许宗生开车送岳父回家，岳父坐在副驾驶上，两人随意地聊着，说着济南几年来的变化，侃着环境、空气等话题。许宗生突然觉得，他和岳父这种感觉，淡然却真实，不张扬却很厚重、很享受。明天还远，许宗生盘算着，时间也许会带来更大的神通，任何事情的发生毕竟有原因的，只是还没被发现，没有谁能侥幸逃避命运的操纵。

许宗生的车前镜上吊着一只圆形玉佩，羊脂玉白得像雪，漂浮着几朵紫色的祥云，祥云的边缘镶嵌着一层淡淡的太阳光辉，祥云凸起于白玉的表面，那种流动感、飘飞感，好似风在吹拂，云在滚动。玉佩透明度极强，油脂光滑。风从车窗吹过，玉佩声音清脆，有细细的丝竹颤音。

赵宗被那玉佩吸引，不由用手掌轻轻托了托。对美好事物的喜爱，没有男女老少之分，成了本真的反应。

“这是妈妈留下的，紫气东来玉佩。”

赵宗像突然想起了什么，又好像突然忘记了什么，大脑闪电般忙碌着，却又空无一物。每当梦中回忆起南里贝的时候，就会看到这么一团光明，孤零零地显现在茫茫黑暗中，闪闪发光，照亮山村夜幕的一角。

“紫气东来……紫气东来……真漂亮，我可以看看吗？”

许宗生急忙将车停在路边，从后视镜上取下玉佩。可暗自猜想，一对大男人怎么会像女人似的品评起玉来了呢？

岳父轻轻地拿起雪白的玉佩，手微微地颤抖着，他不想在许宗生面前表现得这么慌张，可手指根本不受大脑支配，顾自哆嗦着。

有些想法像火炉里四溅的火星，在头脑里闪现了一下，熄灭了。他将玉佩举到眼前，细细观察着里面紫红的祥云和金黄的镶边，记忆极力往回撤去，可怎么也记不得从前的清晰模样。他有过一块这样的玉佩，但纹理是不是像这块漂亮，图案是不是像这样翻卷，他可真记不清了。他的内心已醉酒般的发狂，那是因为三十年来枯燥乏味的回忆，平庸鄙俗的寻找，早已使老母生厌。而他自己，最终也不知在新婚之夜发生过什么。

许宗生以为岳父擅长鉴赏美玉："您看这是什么玉？"

"我不懂，只是觉得好看。"

许宗生并没把发现赵明露的事告诉岳父，虽然几次话到嘴边，还是隐忍着。他要做的工作很多，明天他还要去走访赵明露的两个伴娘——朱蓉蓉和商楚晓。他要了解赵明露婚前曾和什么人在一起，又生下了谁的孩子，为何不回家见父母？

赵宗一直放不下紫气东来的玉佩。尽管玉石很多，但想找到一块相同的玉，比找两片相同的树叶还难。许多年前，他也有过一块紫气东来的玉佩，但被弄丢了。这事却成了妈妈三十年来无声的呵责，成了他最难言的心病。那是家族遗传的珍宝，虽然强大的家族也只成了传说中的故事。玉佩唤醒了赵宗心中某种酣睡的真实，但他还不能把握这种感觉，只能隐隐地怀疑这玉佩的归属。越想越复杂、越激动、也越情不自禁，无法把握这莫名的感觉能证明什么，但他还是非常享受玉佩带来的冲击。他闭上眼睛，转向内心，仿佛只有内心才能发现真相。

赵宗在办公室待到很晚，假装有要事在忙，因为生怕叫他浑身瘫痪的那种疯狂可怕、荒谬可笑的激动，使他无法安静地度过夜晚的时光。一颗慌乱的心无所不在，眼睛到处窥探，舌头也想喋喋不休。或许最小的一点压力，哪怕玉佩般的重量就足以使命运的大门敞开。他疯狂占有的并不是那玉佩，而原本是自己身体的一部分。他像猫似的悄悄透过岁月的围篱，对着过往的风景窥视。他用三十年的追忆，装满了洞房花烛夜的疑惑。他发现自己是那场婚礼的唯一顾客，像条鱼似的在玻璃缸里走动。我是一个多么滑稽、笨拙、糊涂透顶的新郎啊！

一念桃花

出于一些隐秘的原因，赵宗并没告诉妻子齐秀秀紫气东来玉佩的事，早上到单位后，他给远在南里贝的妈妈打电话，问老太太玉佩的详细构造，老太太像熟悉自己的手指，熟记那玉佩。他从不理解妈妈对玉佩的感情，甚至暗自诋毁妈妈的感情，嘲笑她的迂腐和落后。但是无可否认，从第一次看到甚至摸到许宗生的那块玉佩，仿佛给了他从内里走向人生黑暗的近道，一再暗示自己把玉偷走、偷走。尽管是一时的念想，却推移着他前进、反省、沉思，最终陷入伤感的泥潭。

老太太没问儿子为何打听玉佩，她从不探听别人不想说出的话。她知道话多未必有内容，沉默未必不是表达。她太了解儿子，也像了解自己的手指。老太太觉得凯尔特人的习俗很合情理。他们相信，亲人死去之后，灵魂会被拘禁在一些下等物种的躯壳内——例如一头牛，一棵枣树上。家人确实以为他们已死，直到有一天，在路上遇到一头牛，牛突然低声呼唤他们的名字。如果他们应答了，禁咒破解，奇迹出现，死去的灵魂复生，终于又同家人一起生活了。老太太感觉这比投胎轮回更好，许多贵族子弟投胎到农家，根本不适应艰苦的生活而早早夭亡。虽然都是传说，前一个却更有想象力。

但无论如何，老太太终是在等待着一个人，那是命运指派给她的人，以至于村民们总是莫名其妙地深信：谁要是无视老太太的迷信，就等于抹杀了南里贝的存在。

那祖传的玉佩竟然是儿子在新婚之夜丢失的，为此，她对儿子和儿媳妇相当不满。一对连新婚之夜都记忆模糊的夫妇，肯定不是智慧的男女，这让老太太有种恨铁不成钢的无力感。但是，人玉有缘，缘尽玉失。往事就是往事，人们想方设法追忆，总是枉费心机，绞尽脑汁也无济于事。有些事情藏在脑海之外，非智力所能及；家族的机密隐蔽在某种预感之中，而这种预感能否被理解，则全凭偶然。古语说：金玉满堂，莫之能守；富贵而骄，自遗其咎。那玉，成了袁氏家族辉煌过的证据，成了老太太独特的纪念。

赵宗按捺不住冲动，给许宗生打了电话，他想让许宗生送他到南里贝。许宗生本来约好与赵明露的同学见面，接到岳父的电话后，还是推迟了约会。他隐隐预感，将有什么大事发生，但又不知道是什么。他坐卧不安，心慌意乱，却又莫名惊喜企盼。

时隔几年，再次开车跑在南里贝弯曲的山路上，许宗生不由回忆起和赵明露开着警车逃跑，救出被拐卖孩子们的事。时间真快，恍然就七年，可赵明露也逃逸了七年。

赵宗告诉许宗生那位人贩子马桐第二年就出狱了，听说成了身家亿万的富豪。远离城市的南里贝，在马桐看来，不过是小丑们的世外桃源，一座被禁止的罂粟庄园，或迟早要取缔的末日狂欢。马桐一年前来过南里贝，想把自己藏匿孩子的那间石屋，修建成他事业起步的纪念馆。村民们把他赶跑了。

对人贩子的回忆，使许宗生和南里贝亲近起来。

车子进入博山区了，一面是山壁，一面是水渠，山路像丝带围着山体绕来盘去。那时他一趟趟穿行在这路上，心里装着甜蜜的爱情，那时，路也不单是路，而是美好的心情，空气也不单是空气，而是充填着甜美的梦想。一切恍然，让人来不及清算。

这里有赵明露什么故事呢？许宗生暗自猜想着。

一位老人穿着晒掉了色的青灰厚棉衣，跟随着一群淡定的山羊。白色的山羊头上，染着红色或绿色的斑点。大概要区分哪只怀孕了，或区分张家的或李四家的山羊吧。牧羊人照顾怀孕的母羊也是极其尽心的，甚至不次于照顾孕妇。在这朴素的山间，凶杀或爆炸等事件，或许是只存在于人类意识中的精神事件。跟随在山羊群的后面，许宗生突然看到一只美丽的鸟，隐栖在池梨树上，只能从缝隙看到绚丽翅膀的边缘，许宗生顿时感觉特喜庆，心里暖洋洋的。

老人响亮地甩了个响鞭，将羊群赶到了岔路口，给汽车让出了路，那只美丽的鸟也应声飞走了。不知山羊们眼里的汽车是什么东西，它们眼里坐在车里的人又是什么怪物。

赵宗的心里像揣着只兔子，谨小慎微又焦灼不安。三十年前，新婚之夜，竟然丢了传家宝。醉醺醺地入洞房后，新娘子已躺在了大红的锦被里。他像所有兴奋而急躁的新郎，迫不及待地脱掉了衣服，顺手将传家宝“紫气东来”放在了桌子上。玉石落在桌子上的碰撞声轻微而喜悦，像那场喜悦的婚礼以及美妙的洞房花烛。

可是第二天早上，以及此后的许多天、三十年，就再也没见过那个传家宝。然而洞房花烛的美，仿佛是一幅美妙的仕女图，但怎么猜想都难以复现那晚的齐秀秀，这是怎么回事呢？赵宗深为自责，以为自己骨子里就是个西门庆，就是风流成性的唐璜。而齐秀秀总带有一种反抗式的新鲜的美，绝不回忆洞房花烛夜的情景，即便两人在床上时，也绝对禁止提及那晚的点点滴滴，仿佛只有这样，才能保持女人的尊严。

遗失了传家宝，让老太太心神不宁，仿佛冥冥之中犯了什么大错，愧对先人，愧为袁家的后代。虽然是一块小小的玉石，但她坚信，那玉石也是有生命的，是先人心迹的规划，是家庭脉络的体现。遗失了，就像遗失了家产、迷失了亲人，离散了故乡。

人在漂泊，玉也在漂泊。玉丢失了，老太太坚信是冥冥之中的造化，是上天的有意安排。随后，儿媳妇一直没有怀孕，自责的不是儿媳妇，而是这位心思缜密的老太太。她总感觉自己没能照顾好后人，愧对先人，这感觉就像掉进陷阱里的熊一样可怜。天地间似乎有一条规则，凡是你谴责过的东西，早晚会出现在生活中，你怎样对待自然，自然就怎样回馈你。老太太感觉自己一直在吃着自己种下的苦果，如果当初不对儿媳妇过分要求，家族也许不会如此孤独。到底是贵族之心还是兔子之心，老天当然自有安排。

世事漂泊，生命的波澜一朵朵从山谷滑过，老太太相信因果，相信命运，相信天地间自有一双看不见的手在安排一切。道可道，非常道。

许多年前的冬天，老太太在溪水边洗衣服，光秃秃的念心崖上，猴子似的弯腰站着一个人，当时天阴得很沉，像是要下雪，老太太终于不知道到底是人还是一只猴子。

老太太端着衣服回家，将衣服晾在绳子上的瞬间，衣服就结了冰，硬邦邦的像一张铁皮。老太太望向念心崖，那里除了一条模糊的山际线，什么也没有了。

傍晚，老太太生火做饭时，突然听到敲门声。门外站着位满脸皱纹的老人，佝偻着腰，拄着多结的龙头拐杖，背着一个黑色的小学生用的双肩包，显得他背驼得更厉害了。

“我可以借宿一夜吗？”

这不是本地口音，但又听不出是哪里口音。接待客人与口音没有关系，老太太把这近乎百岁的老人让进了屋里。

百岁老人卷着一团寒气进来了，他端坐在上首的太师椅上，松弛的眼皮垂着，老太太看不出他是在闭目养神，还是睁着下垂的眼皮看着。

老太太给百岁老人煮了碗面条，打了两个荷包蛋，百岁老人慢条斯理地吃着，仿佛天塌下来，也与他这碗面无关。老太太看着他，突然想起了爷爷，如果爷爷活着应该是这个年纪吧。

“您从哪里来？”

“从山顶来。”

老太太突然感到这百岁老人在嘲笑自己的愚蠢，询问一位百岁老人的来处是没有意义的，就像询问风的故乡。老太太突然顿悟：走进家来的这位老人，或许是一部厚重的书，或许是人间的奇宝。时代已不尊重传统，社会攀权附利，这位百岁老人更显得超脱非凡。他超脱了老太太的心相，也超脱了南里贝的世界。老太太以自己的皱纹发誓，从未见过百岁老人这样智性的美，从未见过这样神性的辉煌。

饭后，老太太谨小慎微地给百岁老人泡了一杯蜂蜜茶，拉过一把椅子，坐在他对面："您能给我算一算，我命里有孙子吗？"

百岁老人像没听到似的低着头喝茶，放下茶杯又低头整理着自己的衣服。可老太太坚信他听清了自己的话，所以也静静地等着。良久，老人才抬起眼皮，用类似鹰一样冰冷而不动声色的目光，紧紧盯着老太太。看完之后，老人再次端起茶杯，垂下眼睑，继续闭目养神似的喝茶。

"你会等到要等的人。"

老太太想问得再细，可看到他那副闭目养神的"莫打扰"的表情，乖乖闭了嘴。在百岁老人面前，老太太感觉非常卑微，如果世人是以行动来体验罪恶的话，那么她愿意尽可能深地沉浸在内心的罪恶中，把家人的一切不敬承担起来。如果人的一生只会留下纯洁和罪恶的话，那么谁又能预见自己的纯洁和罪恶呢？向善也需要智慧，而智慧却不肯光顾所有人。

老太太飞快地穿行在阳光和暗淡的树荫下，私塾先生将呆愣愣的小女孩带入巨浪翻涌的知识海洋的岸边。老先生曾以为会把女弟子吓坏，女弟子不但没被之乎者也吓坏，反而比男孩子更有兴趣、更积极，也更有悟性。私塾先生捧着她的文章，仿佛捧着一个看不见的甜瓜，恨这女弟子不是男孩，如果是男孩子，定会有了不起的前程。

幸亏不是男生。老太太的兄弟们都成了战场上的炮灰，那个时代的男子，无处可逃。而最终，她也成了一个走投无路的贵族家的老耗子。她白痴似的过了几年，结婚后光而不耀地存在着。只要心目中一出现那个冰冷的夜晚，那条厚雪覆盖的进山小路，仍不免惊慌地倒抽一口冷气，胸中一阵哽咽，无由地怀念起丈夫来。

不知何时，外面下起了大雪，老太太给百岁老人铺好了床，老人便拄着拐杖进了里间。仿佛不被人理解已经成为他唯一的自豪，所以他也不会产生被理解的、被赞许的冲动。在夜幕、狂风、松树组成的山谷里，这百岁老人背负着生命的美，同小溪、山峰、松树，一起居住在这个世界上，接受着大自然——他就是一个时代的标本。他既不拒绝世界，也不完全接受世界，他只是屈身于自然的秩序，成为一个穿越世纪的老人，度过了不计其数的黑夜，继续着淡然无我的航行，像一列载满宝石的列车，开往现代化的繁华生活，也开向死亡。他不美，岂止不美，甚至给人一种不和谐、不稳定的感觉，让遇到他的每个人都会自责——自责自己这样浑浑噩噩地活着，是一种浪费，也是对五谷杂粮的蔑视。

老太太一度担心这百岁老人睡死在自己的家里。

第二天，雪停了，高山万木都披上了厚厚的雪袍。打开屋门，雪地上一行脚印向院外踏去。老太太急忙赶到西间，却发现床上空空如也。

老太太循着百岁老人的脚印，发现他向村口走了，过了石桥，沿着出山的路，一步步，似乎不紧不慢地走了。雪中的群山，沐浴在朝阳中，灿烂辉煌，在松树的映衬下，积雪更是耀眼生辉，洗涤过的冬季蓝天，快乐地浮动着几朵白云。老太太突然感觉，活着本身就是一种至福。

老太太谨慎地迈着步子，想目送百岁老人。可过了石桥，拐过山脚，雪地上空留脚印，根本没有人影。一念心清静，处处桃花开。这位百岁老人能致虚极，守静笃——无疑给八十多岁的老太太上了坚实的一课。她突然觉得自己浮躁地活了一辈子。如果，当然只能说如果，但八十岁的老人，还可以如果吗？

老太太眺望念心崖，在北风横行的天空，依稀悬挂着惨淡的月亮，圆圆的，透着白色。

此后，再没见过这老人，甚至没打听到他的任何消息。

孙女赵明露莫名其妙地从婚礼上逃跑之后，老太太再次想到百岁老人，不知他当时匆匆离开，是不是也预见了未来的坎坷。老太太带着许多疑惑，固守在山村里，就像固守着祖先遗留的疾病，到了某种年纪，不得不忍受着父辈曾经遭受过的疼痛。

真假兄妹

赵宗带着许宗生进山了，一直以来，老太太对这位孙女婿非常疼爱。在赵明露消失的第一年里，许宗生多次来往山沟和济南，总希望突然遇到赵明露。

车子刚过石桥，就看到老太太站在池梨树下。仿佛年龄并没在老太太身上留下什么痕迹，如七年前般的健康和灵活。老太太每天到山顶走一圈，这山很养人。积善之家必有余庆，她为山谷担忧的心，一日不可相忘。

南里贝是许宗生的伤心地，他并不知道岳父要他来的真实目的。嘘寒问暖之后，许宗生便只身去爬山，去重走他和赵明露初遇的念心崖。冬天的念心崖别有风味，丑陋的山石光秃秃的，树木抖尽了叶子，这苍凉和遒劲更助长了伤感和悲壮情绪。

老太太接过紫气东来美玉，顿时浑身一震，一种舒坦的快感传遍全身，只觉得人生一世，荣辱得失都清淡如水，坎坷艰难也无甚大碍，人生苦短，不过南柯一梦。一种可贵的精神充实着她，这精神并非来自外界，来自老骨头的内里。做人必须高尚、明理、宽容、勤奋。如果重活一生，她还会秉承祖训，做一个智慧的女人。这股强烈的快感同小小的玉石有关，但它似乎又远远超出玉石的范畴。

老太太走到院子里迎着午后的斜阳，凝重的表情，让儿子心里没底，不知道这玉佩是不是他弄丢的传家宝。老太太一手举着玉，一手举着放大镜，像突然被人击中要害。收起放大镜，但究竟为什么收起放大镜，连她自己也茫然不知。她第一次意识到，原来儿子并不是只长着一张吃饭的嘴。

“快把那孩子叫回来！”

“是那紫气东来吗？”

“快去！”老太太着急地跺着脚，赵宗又惊喜又慌乱，还有那么一点点忐忑，匆匆忙忙地跑了出去。

老太太着迷似的一再对着阳光察看那四个字，仿佛怕它们转眼之间又消失了。她慌乱地在院子里踱着步，很想立刻把所剩不多的村民都叫来，又怕出现偏差。老太太可不允许有任何哪怕细小的差错了。她的心怦怦乱跳，激动不已，不过这至少不是难过得心跳，而是提心吊胆，是过度的兴奋。

刚才当着儿子的面，她竭力忍着，等到独自一人时，忍不住流下泪来，事实上这种无声的哭泣始终没有停止过。

冬日山谷，山阴处的残雪，仿佛隐隐地罩上一层青烟。树的梢头，尖棱棱地指向天空，尖刻而刺眼，让人不禁心生寒意。只有成群的冬雀，用起起落落、叽叽喳喳的欢乐，填满冷瘦的山谷。

一个小时后，赵宗和许宗生才匆匆赶回来。屋里静极了，像没人似的。

这难挨的一小时，老太太想方设法追忆，总是枉费心机，绞尽脑汁都无济于事。机缘隐蔽在这玉佩里，带着古老的神性。

老太太严肃而近乎气愤地座在东首的太师椅上，赵宗和许宗生忐忑地坐在西墙边的两把木椅上。

“孩子，这玉是我家的传家宝，是成立人民公社时，我偷偷藏起来的。怎么会在你手里？”

“奶奶，相似的玉应该很多的。”

“这是刻了家族姓氏的玉！”

赵宗和许宗生完全呆住了，他们谁都没发现过这上面有字。

“用放大镜才能看到在断面刻着‘富袁平安’，不是富贵平安，也不是福禄平安，而是‘富袁平安’。我娘家姓‘袁’”

许宗生拿起放大镜，四面的凹角，果然有四个极小极小的字。

“这是我妈妈临终前给我的，我也不知哪里来的。”

“记得你曾到村里找人，是怎么回事?”

“妈妈车祸，去世前给我这玉，要我到南里贝找宗姓人家。”

老太太突然从椅子上站了起来，“‘找宗’不就是‘赵宗’吗?”她指着儿子说，“这孩子不就是来找你吗?”

赵宗被妈妈弄蒙了，从椅子上站了起来，茫然不知自己做错了什么，为什么这孩子反倒来找自己。这一生清白谦虚如藕，除了妻子之外，从没和任何女人进过卧室，当然幻想除外。幻想的功夫再强，也不会生下儿子啊。

“孩子，你妈妈叫什么?”老太太冷静地追问。

“康尔晴。”

“你认识康尔晴吗?”

赵宗摇了摇头，又突然想起了什么：“我结婚时，齐秀秀的一位伴娘，上海来的，就叫康尔晴。”

老太太颓然坐在椅子上，似乎极度劳累又极度兴奋，大口喘着粗气，向许宗生招了招手。许宗生走向前，老太太握着他的手，目光细细搜索着他的五官，好像他的脸是一张藏宝图。

“那位百岁老人说得对，我会等到我要等的人。孩子，你就是我要等的人。”老太太突然涌出了眼泪，慌得赵宗和许宗生不知怎么办好。许宗生的手被老太太紧紧地握着，他甚至怀疑这老太太是不是精神有问题。

“孩子，你是我的孙子，你妈让你来认祖归宗了。”

可把赵宗搞糊涂了：“妈，这话可不能乱说。”

老太太松开许宗生的手，扶着太师椅站起来，走到儿子身边，挥手就是一巴掌：“你也配说我糊涂！谁睡在你洞房里，你都不知道。回去问问你那聪明贤惠紧守女儿身的媳妇，她最明白！”

赵宗顾不得老母的巴掌，其实，正是那巴掌，给了他一种真实感，儿子存在的真实感。他又回过头来苦思冥想——洞房里那种陌生的感觉究竟是什么？新娘芳香异常，令人心醉，光滑如脂，又实实在在，然而，第二夜，第三夜，以及此后的三十年，再没体会过洞房的芳香和细腻，这不合情理，也没有逻辑，只有明白无误的感受。许多次他想再现洞房的感受，复原第一夜的感觉，但始终没有悟出真相。

赵宗和许宗生可真如蒙了眼睛的驴，两眼一抹黑。老太太再次握着孙子的手，抚摸着孙子的脸，喜爱、惊奇，表达不尽的忐忑和幸福。“不过，我也要感谢你媳妇，没有她偷梁换柱，我哪会有这么好的孙子。结婚的第二天，我就发现从洞房里出来的红衣女人不像齐秀秀，她向北出了后门，可一两分钟后，齐秀秀又从南门进来了，刚刚还披头散发，瞬间也成了整齐的发髻。这事困惑了我大半辈子，我一直以为是我忙晕了头，看花了眼。现在看来，你那媳妇为了怕暴露不是女儿身，让别人代替了她。”

赵宗和许宗生像听一部传奇故事，而故事的主角却不再是别人。赵宗为了不让回忆新婚之夜的感受受到破坏，极力排除了一切障碍、一切与此无关的杂念。他闭目塞听，可还是枉费力气，毫无收获。他感到内心深处有什么东西在颤抖，像沉在水里的浮标，挣脱绊石，就要慢慢浮上来，他听到浮升时一路发出汩汩的声响。

许宗生难以接受这样的事实，他根本不相信老太太的胡言乱语。但老太太的表情犹如一道闪电击毁了他的心墙。我如果是赵宗的儿子，那岂不和赵明露成了兄妹？不，这绝不可能。

“不，一定弄错了，不会有这么巧的事，我不相信。”许宗生语无伦次，尴尬透顶，额头上，鼻尖上，淌着豆大的汗珠，简直不像在冬季。许宗生甩开老太太的手，退到门口，既异常激动，又无比愤怒，仿佛谁偷了他的灵魂。他觉得这家人太奇怪了，总有着莫须有的想法和举动。自己怎么会和赵明露是兄妹呢？

他转身跑了出去，启动车子，驶过了石桥，驶出了南里贝，逃离了山区。

赵宗和老太太忙追到院子里。“走吧，你走到哪都是我孙子！”

老太太和儿子细细回忆了关于康尔晴的记忆。虽然赵宗非常羞愧，但毕竟是酒后的陷阱，想来也不过是无知的错误。可是他们不明白，那位叫康尔晴的美女为何心甘情愿地替新娘子进洞房呢？

老太太兴奋异常，她既为有了孙子高兴，也为兑现了百岁老人的诺言而高兴。不用说，十几年来，百岁老人的话一直在内心深处搏动着的，虽然太遥远、也太虚幻。老太太无法分辨它的源头，却相信它的真实。她无法回答山民们的质问，只能漠视他们的迂腐。她无法告诉山民这一感觉同哪种传统有关，与从前的什么风俗相连。

看似坦荡的生活，总潜藏着太多的不确定。老太太兴奋得像春天的燕子，经过漫长的迁移，终于找到了旧时的巢穴。赵宗却并没有得到儿子的狂喜，而是像踏在沼泽里般的惊险——齐秀秀和康尔晴之间有过什么交易，齐秀秀得知这一切又会怎么样？

范思荣两天没能联系到许宗生，虽然刚刚起步的澳创汽车公司事务繁忙，但再忙也要接她的电话吧？

那缱绻的夜晚，街道闪着惯有的光泽，梧桐树夹道的林荫路，散发着天鹅绒般的寂静和柔和，然而这一切只能使她感到压抑和难堪。她翻出手机，触摸了那串让她心痛的电话号码，希望听到让她心动的声音。可对方依然关机。没听说哪位老总总关机的。当看到幽静天空的绿色光柱时，她清晰而无情地意识到，自己多么枯竭，甚至老人般的无力。她好想大哭一场，却又觉得上海肯定不是她痛哭的场所。

夜里，范思荣梦到自己正和许宗生举行盛大的空中婚礼。她戴着钻石皇冠，脚踩镶钻皮鞋，将一朵鲜艳的红玫瑰别在胸前的婚纱上，在礼仪小姐的引导下，她和许宗生分别上了两架贴着大红喜字的飞机。飞机盘旋着升空了，可是，范思荣突然看不到许宗生的飞机了，再往下看时，绿色草地上，彩旗飘舞，气球浮荡，宾朋如云。许宗生正和身穿洁白婚纱的赵明露举行婚礼，两人交换了戒指后，正在众人的祝福声中相互亲吻。

范思荣气疯了，打开仓门，一脚踏空，坠向虚无。

幸好是梦。范思荣擦着额头的汗，惊恐地回忆着梦里的情景，特别那最后踏空的一脚，让她后怕不已。

她几次约许宗生，许宗生都以这样那样的借口搪塞了。敏感的诗人意识到，许宗生的心思并没有因为她的四亿而倾向于她。这让她又嫉妒又气愤，一踩油门，就赶到了赵明露上班的地方。可赵明露那天请假，搬家到新的公寓。范思荣要了新公寓的地址。范思荣莫名地预感到，自己正在失去对许宗生的控制。当然，这如同把猛虎逼到角落一样危险。

范思荣一直以为，凭着赵明露的收入，他们母子一定租住着地下室或破破烂烂的、即将倾倒的危房。可当她走到高档小区，循着地址踏进电梯，才明白，赵明露的境况远比她想象的好。至此她也没怀疑是许宗生购买的房子。

站在客厅里，范思荣觉得自己在自取其辱。还有什么比到处悬挂的许宗生和赵明露的婚纱照，更能说明问题的呢？巨幅照片上，两人明星般亲吻着、微笑着。

在范思荣看来，赵明露哈士奇似的微笑奇丑无比。她真像给哈士奇两脚，却又怕哈士奇的野性。范思荣任何话没说，转身离开了。走进电梯的瞬间，她决定立刻从澳创汽车撤资，即便赔偿毁约费，也在所不惜。你让我颜面尽失，我让你事业完蛋！她不知道自己为何败在赵明露手里。心里有个洞，想用愤怒把它填上。

或许范思荣仅仅是许宗生眼里一匹漂亮的马，他欣赏它，但不想和它上床，不管马的辔头镶满多少钻石。

范思荣的爸爸根本就没看好澳创汽车，太前卫的东西都具有泡沫的特性，一遇到热气就会膨胀、崩溃。他觉得许宗生这小子肚子里的洋墨水偏多，有点水土不服。女儿撤资的决定正中房老大下怀，当即通知智囊团，转移出四亿投资。神不在某个地方，而在有钱人的手中，神就是钱，钱就是有钱人的良心。

撤资比投资更吸引新闻记者的注意力，有些记者以投资人怀疑中国版特斯拉为主题，大肆报道撤资的消息，扩大了澳创集团的危机，影射澳创汽车公司的风险。一时间，吐槽澳创汽车的人铺天盖地，看衰中国版特斯拉的更是甚嚣尘上。建筑商怕澳创公司付不起资金而停止了作业，设备供应商怕合约难以履行而延迟发货。事发突然，影响巨大，

许宗生从上海赶到济南，又从济南赶到博山，根本没来得及给手机充电。其实，心烦意乱的他，也不希望听到任何人的声音。

网络上的新闻炒翻了天，把许宗生骂成了烧钱的花花公子，不切实际的富二代，狂妄的海归仔。

范思荣没想到撤资会掀起如此波澜。一是建造中国版特斯拉本身就吸引了世人的眼球，二是上海知名的两富豪分裂，自然也满足了人们观赏悲剧的欲望。

给许宗生制造了这么深重的影响，也远不是范思荣的初衷。她只想报复许宗生的冷酷，没想把事态炒得沸沸扬扬，连自己的名声也搭了进去，成了朝三暮四、出尔反尔的薄情人。华兹华斯说："一个灵魂，永远孤独地航行在陌生的思想海洋中。"女诗人觉得自己是一出行驶在思想海洋中的悲剧，是一首抒写不尽的忧伤。爱总是在不经意处给人痛楚，若不珍惜这疼痛，就对不起神圣的生活。

范思荣相信背叛意味着灵魂不安，许宗生背叛了她。对于她，"背叛"一词多少与迷雾、错误和棍子有关。她拿起一本书，斜溜一眼，像只鹦鹉。若教鹦鹉读诗，时间久了，它也会发出一两句诗语，而教了许宗生这么久，他却不会说半句情话——这简直是一种讽刺。穿过她指尖的风也会吹拂妓女的脸庞，这更让她气愤。直到今天，她仍然把服务生等同于妓女。多少年后，她仍然记得看到那些婚纱照时，如何倒吸了一口冷气，这冷气仿佛是从魔鬼般肆虐的灾祸里飞出来的。

我在她的世界如此多余

许宗生一路开回了上海，大脑像滚滚的车轮，一刻也不得停歇地思考着，可任何思考都是对现实的嘲笑。妈妈断断续续的遗言造就了今天混乱的现实。难道真像老太太说的，我是赵宗的儿子，是赵宗和调包新娘的孩子？不，不会，妈妈不会这样造就我的人生！

可许宗生还是说服不了自己。毕竟父亲从种下他的第二天，就撤离了人间，在长长的二十九年里，他都为父亲的空缺而倍感失落。儿童时期，他曾幻想过偎在爸爸肩头的感觉。看到同学坐在爸爸的自行车后面，或听到同学们讲爸爸的工作或厨艺，他都会心酸酸的……内心的那个位置一直空空的，如同土地没有绿色或天空没有云朵，那种怪异的感觉，让他非常不自信、非常忐忑。

车进了市区，这个灰蒙蒙的上海，五方杂处，罪孽深重。普通人像等待中彩票一样，等待着生活的奇迹，而对少数人来说，生活的面纱还没有揭开，秘密就尽收眼底了。有时，前辈激情和混乱的生活，像雕塑家雕塑的艺术品，不管值不值钱，垃圾似的丢给了后人。事实上，人就是一件艺术品，生活就是一把锐利的刻刀，拥有精心创造的可能。

没有爸爸的人生，是忐忑而纳罕的人生。对赵明露的爱，让他有急于成家的欲望。组成了自己的家庭，内心的缺憾就会慢慢消失，尤其是有了自己的孩子，那种责任感和担当意识，也许会让自己快速成熟起来。

而今，突然又有了父亲，而赵明露却成了妹妹。此时的人生比忐忑更忐忑，比纳罕更纳罕，简直匪夷所思。这样的人生让他害怕，这样的变故让他恐惧。妈妈让他到南里贝，他幻想过许多可能，却从没意识到给自己找一个爸爸。二十九岁的时候，突然空降了个爸爸，而且是自己的准岳父——这简直是让人发疯的节奏！

记得八九岁时，他曾反复做类似的梦，梦到爸爸带着他在海滩堆沙堡，大海涨潮，海浪吞没了沙堡，他伤心地哭了。爸爸教他用石子投海，以报复那顽皮的海浪。从海滩踏着婆娑的月影归来，他骑在爸爸的脖子上，感受到另一种愉快。远望他住的别墅，里面灯火明亮，简直像黑夜中独有的一座灯塔。爸爸却不见了……梦中，爸爸从没走进过别墅。

那时梦中的爸爸高大威猛，力大无穷，似乎能对抗所有威胁过自己的同学的爸爸。而今的爸爸却已满头华发，背已微驼。可悲的是，他根本就不知道自己有个儿子，在他的真实生活或幻想的世界里，就从没有降生过这个儿子。我在他的世界里如此多余！

许宗生无人倾诉心中的烦闷，走进酒吧，独自喝闷酒，借助酒精理清自己的思路，试图找出一条走出困惑的康庄大道。当然，光采熠熠的杯中酒，总赐给人奇妙的魅力，能给忧愁者以忧愁，给快乐者以快乐，给妄想者以更大胆的狂妄。许宗生想从杯中物看到遥远婚礼的景象，让一幕幕古老的婚礼场面，在他周围重现。新郎爸爸那么喜庆，而和他对拜的，不是他的新娘，而是被调包的姑娘。而那姑娘却带着洞房花烛夜的收获，永远永远地逃离了他的生活。妈妈，我到底是一颗野种，还是你们以法定程序制造的硕果？

一位美女发现他将豪车停在停车场，便跟踪进了酒吧，美女微笑着上前打招呼，那微笑像清晨的阳光，无法拒绝。可许宗生今天实在目中无人，不要说人，今天也目中无虎。

那美女讪讪地讨好了几分钟，许宗生眼皮都不抬。她的距离逐渐拉近，大有抚摸许宗生的可能。许宗生从钱包里抽出一张百元纸币，对酒保师傅说："让我清静点好不好？"

酒保师傅使了个眼色，美女遗憾地离开了。

慢慢把自己灌醉了，醉也是一种状态。他开车到了范思荣家，敲开了范思荣的门。范思荣从门镜里看到许宗生，骇了一跳，她本能地以为许宗生是来报仇的，毕竟她把他推下了深渊、推到绝望的境地。

她忐忑地打开了门。

"我们结婚吧。"许宗生说完就扑倒在范思荣的怀里。

以这样的方式得到这个男人，范思荣感觉很羞愧，很卑微，很可怜。

"为什么要结婚，因为四个亿？"

"你不想结婚吗？"

"赵明露呢？"

"赵明露……她是谁……"许宗生闭着眼，像似睡着了，又像在思索着，两行清泪缓缓流下来。

范思荣非常心痛，她不想这样折磨许宗生，也不想这样得到许宗生，她突然顿悟，这个男人从来就不是她的，她根本就不该对他情有独钟。除了有关逃跑新娘的公开信息，范思荣对许宗生和赵明露的故事一无所知，一是许宗生守口如瓶、生性矜持，二是自己骄傲的地位、优越的条件，根本不把任何女人当成对手。她也确实认为赵明露是个草包，没有什么高明之处，甚至在智力方面也平平庸庸。这种人除了会用肉体抓住男人，其他就一无所通，即便结婚，也不过是个生育的机器和家庭保姆而已。

"我已经从澳创撤资了，你应该知道了吧。"

"很好，我也不想做了……"

范思荣把许宗生安顿在床上，坐在床边，守着这个醉入梦乡的男人。此时，她可以为他宽衣，可以和他共眠，以有力的证据，逼迫他做她的新郎。可诗人不能做没有诗意的事情，但静静地看着自己爱的男人入睡，听着他呢喃着另一个女人的名字，更没多少诗情画意。除了钱的原因，他又为何到这里来呢？一定也有爱吧，可这爱，能填满小小的酒杯吗？

在男人的眼里，说到底只有两种女人，一种清纯如水，思想纯正，勤劳纯朴；另一种高雅迷人，智慧多谋，时尚而前卫，永远是男人心目中的女神。范思荣觉得自己兼备了两种女人的优点，她实在看不出赵明露有什么吸引人的地方。

范思荣给赵明露打了电话，她要看看他们在上演什么闹剧，这出闹剧里，有没有让自己感动的戏份。

赵明露急忙赶到范思荣家，发现许宗生安安静静地睡在床上，那舒服的睡姿，任谁都不怀疑这是他睡过许多次的床。

范思荣皇后般高傲地对赵明露说："他喝醉了，进门就要求和我结婚。我想，他一定说错了。"

赵明露不知道范思荣的话是真是假，生活的磨难已让她不再轻易相信任何情感冲动的语言。她尽量说服自己，许宗生醉在哪里，都没有什么了不起。她尽量让自己站到舞台的中央，这样，不管上演什么剧目，自己都是主角。

她走到床边，轻轻拍拍许宗生的肩膀，许宗生醉意蒙胧地醒了，诧异地环视着房间，才意识到自己醉后跑到了范思荣家。昨天的苦难便翻江倒海般涌现了，气愤又绝望地对赵明露说："你怎么在这里？我不想见你！"

酒是痛苦者的朋友，几杯烈酒加上多愁善感，无疑使人变成一个完美的傻瓜蛋。看看这个傻瓜蛋，在这个垂涎已久的时刻，还能做什么。他松开咬紧的牙关，让精神抽起风来。将手放在钢琴上并不意味着是音乐家，而睡在另一个女人的床上，却意味着一切。

赵明露呆住了，像不认识似的看着许宗生，又像在思考着他的话。她不知道他是否清醒，是否明白在说什么。

"你走吧！像从前那样消失吧！"

"你说过要把婚礼进行完的，你说我是你的妻子……"

许宗生欠起身，看着激动的赵明露，像第一次见这个女人，又像最后一次见这个女人，想拂掉她前额的头发，却害怕自己没这个资格，抬起的手又放下了。

"只当什么也没发生！想嫁谁就去嫁谁……我不会娶一个不要父母的女人，我也不会要一个带着孩子的女人……"

“你到底怎么了？”

“滚……别惹我，你这个臭女……人……”

真相源于谎言，骗子也大都是被骗出来的。人总是不能得到最想要的那部分，但许宗生依然感激上天让他和赵明露虽然历经劫难，却有幸交织在一起。生活不会再因为某件创举而发生巨变，但巨变却真实地发生在他的生活里。苦难成了家常便饭，而幸福对他来说已太过深奥。自省时，一分钟可能像七年那么漫长。在经历人生的风雨之后，尤其现在，他必须收敛起多愁善感，变得越发刚硬和冷酷，否则，真不知生活该怎么继续。仁慈点吧，每个人都有一场硬仗要打，然而生活却从不仁慈。

赵明露怪异地看着许宗生，哭着退了出去。她的世界再次坍塌了。七年前，曾坍塌过一次。那次坍塌的代价是七年的逃跑，七年卑微地存在。他为什么突然变了，难道他了解我杀人的事实，不，不可能。这世上没人知道，难道他知道了我的身世，不也不可能，从任何第三者的口里，都不可能得到消息。难道他为那四亿的投资，或许是，不然又为什么呢？不，不是，他才不是为钱折腰的男人……

那是范思荣的家、范思荣的闺房，有着范思荣独特的味道，也许正因为如此，赵明露一闻到它才更痛心。她的智慧在这种嗅觉下变得木然而丧失了功能。她像梦中掉进深深的湖水里，不会游泳的她拼命呼喊，似乎被人打捞起来，却又可恶地抛了下去，一连几次，她感觉生不如死。在范思荣闺房里的感觉，就像那悲催的梦，让她破碎如沙。

赵明露闪着泪光走了，尽管她最不想让范思荣看到她的泪水。可范思荣还是看到了。范思荣奇怪他们之间的变故。难道那满房间的婚纱照，是赵明露的离间计？是她故意让自己看到的假象？许宗生说他不要带孩子的女人是什么意思，难道那孩子不是许宗生的？

范思荣突然又真切地看到了婚姻的希望，却也感受到了婚姻的陷阱。赵明露哭泣着离开的情状，深深刺痛了她的心。赵明露是爱他的，他难道不爱赵明露吗？他看她的眼神，他气愤甚至绝望的口气，不都是爱着赵明露的表现吗？

范思荣不明白一个人怎么会羞辱心爱的人。纯洁的艺术很动人，但纯洁的情感已经过时，只有在小说中还用得着。富人从不因为享乐而悔恨，穷人从不知道什么是享乐，因此总是把悲伤扩大好多倍，以博取世人的同情。

诗人被痛苦迷惑着，被许宗生折磨着。当把许宗生扶进卧室，她就想把一切出入口全部堵死，抖开被窝，为他和自己挖好爱情的墓坑。他们要生生死死在这张床上。她知道这很浪漫，也很悲催，她的爱情有一种动物原始的陈迹，爱就是占有，爱他就睡他，像交配后的母螳螂，吃它的肉、喝它的血，然后孕育它的后代。

许宗生彻底清醒了，他下了床，整理着衣服。范思荣依在窗台边看着他，像看一个突然睡在自己卧室里的陌生人。

许宗生羞愧地走到范思荣面前："对不起，打扰你了。"

"两小时之前你向我求过婚。"

"你答应了吗？"

"我不知道怎么回答，因为我不知道你是否清醒。"

"我现在很清醒，我求你嫁给我。"

"这不是求婚，这是求证，你是在求证醉意朦胧时提过的问题。"

"你不该这么说。我的求婚是真诚的，心底最直白的声音，往往是不假思考的。不过，你错过了，我却也并不怎么伤心。人总是在一次次磨难中变得麻木，现在，我已感觉不到任何疼痛了。"

许宗生说话的口气让她很恼火，而他的某种神情又使她害怕。她如此衷情，得到的不过是一抹淡淡的笑容。而他的话匕首般划向空中，使气氛有些冰冷而生硬，令她想起了一场拙劣的戏剧表演。

许宗生走了，范思荣感到了可怕的羞辱，又好像还没从他的话语里回过神来，还没明白自己到底错过了什么。她把床足足端详了五分钟，好似单凭审察他睡过的床，便可知道那具男性躯体的所思所想。不过，她一向以为，是自己的，终会回到自己身边。小时候过生日，她想要动物园里的一只漂亮的小猴子。爸爸果然就把猴子带回了家，三天后，她就烦了那猴子，因为它总是偷偷跑到她房间里撒尿、拉屎。它总把她当成敌人，这只小母猴，甚至嫉妒受宠的小女主人。几天后她就又把它关回到动物园铁丝网里了。

如果许宗生能成为爸爸给她的厚礼，她宁愿给他建一个金笼子。可许宗生并不是猴子，而他的爱情，也不能拍卖。

许宗生从南里贝仓促逃走后，老太太和赵宗商量，暂时不能把许宗生是亲生儿子的消息告诉齐秀秀，一是怕齐秀秀脆弱的心脏承受不了打击，二是还没做亲子鉴定，担心这奇妙的关系链是一场美丽的误会。老太太让赵宗赶往上海，去关照许宗生，发生这么大的变故，不担心是不可能的。

当人从一种温情向另一种温情过渡，从一种简单的温情向特殊的亲情过渡的时候，必须遏制住冲动，让当事人有接受的过程。老太太的许多亲人，就因为对时局剧烈的反应而丢了性命。能以平和、甚至旁观者的心态注视着生活，这注视就是生活的注视，也是智慧的注视。在所有历历在目的悲剧之后，老太太依然心怀着希望的种子。她若有所思地笑着，而且只有她这样的老人，才能做到若有所思的笑。她不怕死神盯着她的每一个脚印。

山路悠远

不必老太太说，赵宗早已坐卧不安，一种父爱排山倒海，一种亲情暗涛汹涌。这是苍天给他的使命，他第一次感觉自己有了存在的意义。这幸福的消息几乎让他彻夜难眠，而微笑就像怪病，总不自觉地挂在脸上。齐秀秀怪异地看着丈夫，摸摸丈夫的头，再试试自己的脸："没发烧啊，怎么总像脑子不正常似的，笑什么？"

"笑你越来越贤惠。"

一向不善甜言蜜语的丈夫，一旦吐出这样的话，妻子也兴高采烈起来。夫妻像一对恩爱的戏水鸳鸯，眉来眼去，琴瑟和谐。夫妻的这种和美已经是很多年前的事了，除了一日三餐和上床睡觉外，寡淡的生活形同乌有。遇到天色阴沉的周末，赵宗更感到心情压抑，无意中从报纸上看到和尚出家的消息，顿时浑身一震，一种舒坦的快感传遍全身。忽然觉得人生一世，荣辱得失都清淡如水，坎坷遭劫亦无大碍。人生苦短，不过一场海市蜃楼。但很快，他又会被妻子拉到商场，陪她购物或散步。生活很奇妙，没有人真的读懂另一个人。如果让他重新选择，他宁愿当一个道士或和尚，抛却责任和义务，只关注内心的清洁。当然，如果出生也是一种选择，他宁愿父母从没生下过自己——这充满争斗和流血的世界，不来也罢。人们无论年轻时如何强壮，终会成为羸弱的老人，只会夸耀当年之勇，但在世人看来，他已成了空壳子。无论生活曾慷慨地赐予过什么礼物，都将化为尘土。

赵宗以出差为借口去了上海，儿子是他的目标，他哪里知道，这次上海之行，让他错愕的还有更多更多，简直不知道生活对他是太慷慨，还是太刻薄。这忐忑的收获，足以考验他的心脏，锻炼他的神经。

许宗生知道终会有那么一天，终会面对这尴尬的一切。当接到赵宗——爸爸的信息时，他没吃惊，也没生气。从南里贝回来后，他多次和叔叔聊天，了解爸爸妈妈的过去。爸爸妈妈在丽江的农村结婚，第二天清晨，爸爸送同学去城里，路过村头的小桥。新郎的满身酒气惹怒了老农的驴子，驴子猛地摇晃大屁股，把新郎撞下河去。河很浅，很清，可爸爸的头碰在一块尖利的石头上，当时就把整条河水染红了。爸爸再没能站起来。那时的许家已小有资产，在上海和丽江各有企业。爷爷当即决定，如果妈妈怀了许家的孩子就留下她，如果没能怀孕，就退回到娘家，重新嫁人。“天佑许家，你终于出生了。”

许宗生的内心破了个洞，对这奇特的现实毫无把握，总觉得心力不逮。他的存在既是探索者，又是探索的对象。他无数次把摔下小溪的爸爸当成精神的守护神，现在看来，自己完全成了自己的欺骗者，又是被欺骗者。两种陌生的感觉，令人心醉，又实实在在。

目前，从理论上推论，他已一半是许家的，一半是赵家的。到底是许家的还是赵家的，做个亲子鉴定就明了了。可他不想明了。他不想伤叔叔的心，叔叔待他如父；可他又不想伤赵宗和奶奶的心，他早已读懂了他们的快乐和惊喜。

姑且这样吧，又何必分得这么清楚？我就是我，我既是许家人，也是赵家人！

无论父母有过什么过错，对父母七年的惩罚也已足够了。赵明露不该这样折磨正在老去的亲人们，不该再游离于亲人之外。恐惧像面包，成为赵明露生活的一部分。然而，许宗生却不知道她到底怕什么。

许宗生把爸爸约到赵明露工作的酒店见面，这是许宗生精心设计的情节。许宗生远远坐在车里，透过落地窗，看着那位头发已花白的爸爸。

他是爸爸。可内心里远没做好当他儿子的准备。爸爸做梦也不会想到，新婚之夜被人调包了新娘，却得到了一个儿子。这简直是天方夜谭，也必定是命中注定。生活就是这样，总有出其不意的事情发生，弄得人仓皇失措，风度尽失。

他没有信心和赵明露同时面对爸爸。也许因为秘密被隐藏太久，已经陈迹依稀，影消形散。但是血脉的气味却终会在生活的坎坷中长期存在，即便人亡物毁、往事了无陈迹。血脉的气味虽说脆弱却更有生命力，虽说虚幻却更经久不散，忠贞不移。在岁月的长河里，它们几乎以无从辨认的细微波澜，坚强地支撑起亲情的巨厦。

范思荣突然撤资，把许宗生推入了万丈深渊，工地施工停止，设备也卡在了大洋彼岸。为了筹款，许宗生跑遍了各大银行，经理们笑脸相迎，却谈钱色变，短短几天，许宗生就尝尽了人间的冰冷和淡漠，倍感人世苍凉。就在山穷水尽时，有家创投公司，愿意投资澳创汽车。许宗生热情地接待投资方代表团，极其殷勤地介绍制造中国特斯拉的规划。代表团转达老总的意见，如果考查合格，愿意将六亿资金注入澳创汽车，当然，澳创汽车为了表示合作的诚意，先期将一千万的抵押款交付对方。

经过多次切磋，双方老总终于见面了。马总戴着茶色太阳镜，众星捧月般踏上了澳创汽车的办公大楼，许宗生把客人请到了会客室。

马总优先坐在窗口一侧，窗帘的阴影正好遮盖了马总的脸。双方商讨方案，洽谈得很顺利。在等待一个数据时，喜欢俯瞰的马总侧向窗外，欣赏着广场上一群艺校女生的排练，整个面庞暴露在光线之下。许宗生分辨出马总的表情中含有与人为善的生命激情，以及发自肺腑的对美女的尊敬。在太阳光线里，即便戴着太阳镜，许宗生依然发现他有些面熟，极力从大脑里搜索这人的信息，那信息像被风吹散的海市蜃楼，难以抓住纲领。突然马总一个拂头发的动作，让许宗生醍醐灌顶——人贩子马桐。真是七年河东七年河西，2015 年春节的第一个大礼，竟然被人贩子马桐行骗上门。

许宗生淡定地听着马桐侃自己的成功史，上海第一楼、北京最高建筑、深圳最豪华馆所……都有他的股份，他简直是中国的比尔·盖茨。

许宗生不想再听人贩子的辉煌战绩，抬手打断了他："马总，我们认识，七年前，在南里贝。你我还在大雨中开展了一场追逐比赛。"

马桐的脸立刻变了，惊慌得像手术刀下的小仓鼠。

"是你自己走呢，还是我让警察把你请走？"

马桐立刻站了起来，慌乱地整理了衣服，其实也是整理着思路。人们一向怀疑穷人的品质，而不会怀疑富人的狡诈，这么多年来，还是第一次出现这种偏差。

"您认错人了，我不是人贩子，不过，对轻视我的人，我都没有投资的兴趣。"

"我提人贩子了吗？"

马桐黄色的额头上渗出了大颗大颗的汗珠，像是带有毒性的露水。世界是一个舞台，演员总搭配得精妙绝伦。

马桐匆匆地，几乎小跑着离开了公司，作为人贩子，他失败过；作为一个以骗钱为事业的才子，今天是他第一次碰到了绊脚石。他们眼中的上海该有多么不同啊，一个充满爱欲和发财机会的城市、一座充满谎言又注满真诚的城市。马桐非常了解它的辉煌与耻辱，了解它炽热的欢乐和可怕的吞噬欲望，以及它在晨昏之间造就和毁灭的一切。

没有多少人记得人贩子马桐了。时光具有淘洗功能，曾经激动人们神经的事件，也会淹没在茫茫的岁月之海里。这是昨天发生的事。人贩子马桐、赵明露、老奶奶……许宗生像回到了七年前。

许宗生默默地看着坐在窗口的爸爸——赵宗，他哪里像自己呢，额头、鼻子或耳朵？是的，无可争议，多么相似的鼻子和耳朵啊，简直像一个模子刻出来的。

和爸爸一起喝酒会是什么感觉，向爸爸唠叨创业的烦恼又会是什么心情？

亲情是不能解说的东西，也是最神秘的东西。历史上，那部循环往复的书，主题就是血脉。许宗生认为血脉上的任何一个音节都充满柔情和敬畏。人有无数的理由厌恶或喜欢一个人，但那个人若是你的父亲，你就没有了任何理由，只能双膝着地的服从。

车外是惯常的充满汽车尾气的空气和下午五点的时光，这一天既无预感又无征兆，却成了许宗生大劫难逃的日子，简直难以置信。

多么糊涂的男人啊，不知怎么就丢了女儿，又糊里糊涂地有了儿子。他干工作很在行，像牛一样吃苦耐劳，但又发觉，这似乎也不是好事。自己多干了工作，就会滋养同事的懒怠心理，反而会害了同事。这智慧的总结，不惑之年才得到的。

赵宗坐在靠窗的座位上，这是儿子许宗生预定的座位。约好下午四点半到的，可并没见他的影子。看来他还是很不好意思接纳这个父亲。这里的空气清新自然，装饰优雅朴素，服务生温和而亲切，饭菜香美诱人。客人一踏进门槛便有馋涎欲滴的感觉，待在那样暖和的地方，但愿外面寒风肆虐、大雪纷飞才好。

服务生给他端来一杯日照绿茶，干燥的绿梗立刻弯弯曲曲地扭捏起来，在热水里翻卷成荒诞不经的图案，终于绽出一片片嫩绿的叶芽，浮荡着、自在着。刚刚还透明无色的水，洇出了淡淡的绿色，清香扑鼻。

他喜欢日照绿茶，但他还不知道，这是他今生最后一杯日照绿茶了。

赵宗向门口看去，每次有人走进来，他都会以为是儿子许宗生。突然，赵宗以为看花了眼，分明是女儿赵明露，穿着工作服，那么俊俏，那么纤弱。他惊异地站了起来，女儿也看到了她，她像躲避债主似的急忙往后台逃去。赵宗想追过去，可被正在寻座的客人挡住了去路。他呆在那里，细细分析刚才的情节，甚至一度怀疑自己的眼光。不，不会看错的。傻孩子，我是你爸爸，你躲什么啊！

赵宗感到无数人的目光集中到自己身上，不仅如此，他甚至感到自己颤抖的心脏赤裸裸地挂在别人眼前了。

在看到爸爸的瞬间，赵明露慌乱了。她从没想到会在上海遇到爸爸，更没想到爸爸就在面前。一定是许宗生安排的，难道把爸爸招来，就能填补抛弃我的亏欠吗？

餐厅经理不满意地瞪了正在偷闲的赵明露一眼："你下班了？"

赵明露转身进了大厅。爸爸依然安静地坐在那里，像一位等待上课的小学生。她取出工作服上的笔和点菜簿……恰在这时，小威背着书包出现在门口，袋鼠似的蹦到赵明露跟前："妈妈，我考了个满分！"

赵宗惊讶地看着他们母子，赵明露忐忑地抚摸着小威的头，把小威拉到身后，试图像藏一个钱包似的把小威藏起来，但为时已晚。

她曾暗自发誓，如果条件不成熟，就永远不要让爸爸知晓所做的事情，要让这牺牲成为永远埋在心底的奉献。她努力履行自己的诺言，仿佛命运女神充当了叛徒，美好的意图瞬间落空，一切努力全无用处。

怎么会有孩子？谁的孩子？难道是许宗生的？我有了孙子？

惊喜和诧异冲击着赵宗的大脑，他还来不及接收这些重要信息。他刚想叫赵明露的名字，突然心口发紧，像被八爪鱼缠住了身体，连呼吸都极度困难。他摇摇晃晃地站起来，最终颤颤巍巍地倒在了地上。

服务生立刻围了上去，有服务员在进行胸外心脏按压，有人打了120，餐厅乱作一团。许宗生突然从窗口看到忙乱的人群，意识到出了事故。

赵宗突发心梗，深度昏迷。

医生在急救，赵明露和许宗生各自惭愧自责，甚至痛恨自己。彼此一样的悲哀，一样的愤恨却又隔山隔水。

许宗生根本没打算表明出身的悬疑。没作亲子鉴定没有发言权，任谁也不能凭一块石头就决定谁是谁的儿子。远处，歌剧院的大穹顶若隐若现，好似朦胧夜色里的一个气泡。月亮从鬃毛般的灰云里探出头来，像猫的眼睛，一会儿清澈透明，一会儿雾气朦胧。离奇的寂静笼罩着四周。

赵明露深深自责，爸爸千辛万苦寻到自己，自己却依然想逃。

赵明露不停地哭，哀求进进出出的大夫。赵宗却木然地半睁着眼睛，像是悲哀，却又像嘲笑。

他会是爸爸吗？为什么我这么麻木？为什么不像赵明露那般伤心？是我太心狠吗？赵宗的脸庞像揉皱的羊皮纸，比平时更苍老。许宗生站在床边，握着爸爸的手，内心的“爸爸”却最终也没能喊出来。他心里涌起一阵奇异的感觉，却又说不出什么感觉，不知道为什么，赵宗脆弱的沧桑让他有说不出的疼痛。他努力回忆他们在一起的时光，却什么也想不起来。

赵明露和医生们进来了，许宗生匆忙松开了手，像做错了事似的，急于从人群中挤出去，仿佛再晚一步，就会窒息而亡。他有一个疯狂的念头，想随便找一个病人，将内心尴尬的一切和盘托出。令他震撼的不是命运的神秘莫测，而是它的荒唐可笑，是令人发指的残酷无情。一切都显得那么没有逻辑、那么不人道。

赵明露早已通知了妈妈。妈妈赶到时，爸爸已去世了。

生命结束得这么简单，像天空的一团白云，风一吹就没了踪影。许宗生感觉自己应该以儿子的身份处理这一切，可没人知道他就是死者的儿子。许宗生忧伤满面，赵明露的妈妈怪异地看着他，仿佛看羊群里的猴子。

外面风雪交加的时候，里面的人应该团结起来。

许宗生开车，将骨灰运往南里贝。车里，赵明露和妈妈几乎没有交流，她们被七年的时光隔离着，或许，她们也被巨大的悲伤陌生着。人类真正的弱点，是对别人的盲目猜忌，和对自己的盲目自信。那种对物质的欲望，对未知的恐惧，会把一个好人，变得残酷。

许宗生全程照顾病人或处理事务，赵明露更坚定了嫁给他的决心。她已把他当成了丈夫，当成了小威的爸爸。可许宗生却远远地躲着她，几乎不和她交流，避开了所有言语的可能。怨恨在心里腐烂，赵明露要把怨恨化作沼气点燃。

任谁都担心老太太受不了打击。汽车刚过石桥，许宗生就看到老太太站在池梨树下，像一枝干枯的木桩，周围半圆似的站着村民们。车子停下，赵明露抱着爸爸的骨灰走到奶奶跟前，跪了下去。奶奶轻轻拂了拂骨灰盒，像拂掉灰尘。其实，落满灰尘的，倒是人心。

老太太表情刚毅，思路清晰，有大将临危受托、忙而不乱的担当胸襟。她淡定望向人群，目光锁定许宗生。那目光有默许、有重托、有希望，还有一种说不清、道不明的感觉。

许宗生像受到神力的召唤，走到老太太面前，双膝一软，就跪了下去。这自然而从容的举动，连他自己都吃了一惊。瞬间，一种莫名的酸楚腐蚀了他的心墙，巨大的悲伤海啸般涌来。他被这海啸吞没了，终于涕泪横流，悲痛欲绝，仿佛一只迁徙了很远的鸟，终于找到旧日的老巢，又仿佛一个极度口渴的人，寻了很久才喝到救命的甘泉。

老太太用干枯的手捧着孙子的头，在他额头上久久地亲吻着，时间之长，让人窒息。

老太太从赵明露的怀里抱过骨灰盒，放到了许宗生怀里。

“去吧！”老太太像是和儿子告别，又像对孙子嘱托。

谁也不明白老太太的意图，谁也不敢违抗老太太的意见。在一位留着山羊胡子老人的引导下，许宗生抱着爸爸的骨灰，一步步向山民们挖好的墓地走去。南里贝的万物仿佛都在期待着什么。

许宗生不像抱着爸爸的骨灰，倒像抱着烫手的炭火，也不像走在山路上，而像一步步踏向地狱的门口。他感到满手都是汗，寒冷的冬天，分明是爸爸在出汗，他被内心的秘密之火烧灼着。爸爸，安息吧！

许宗生感觉自己成了没排练就被推上台的演员，仓促地演绎着为别人设定的角色。众人都无声无息地盯着他，时间之长犹如从小长大的过程。他暗自猜想，如果不认识照片里的人，也许那种悲哀会让他心软。而现在，他不像为父发丧，倒像父子俩共同出演一场伤感的短剧，徘徊在舞台边缘。山路冰冷而悠远，到达墓地时，许宗生低下头，眼泪沿着下巴滴到了手背上，这才明白自己已啜泣好一阵子了。

他感觉肚子里被干冷的恐惧盘踞着，像石碑表面冰凉的触感。

谎言的影子

老太太竟然没流一滴眼泪，她不需要人陪。悲伤也不需要证明给人看。她度过了八十个冬夏，看透了人世的春秋，知道为什么生，为什么快乐，为什么不快乐。她可以用此后的每一天怀念儿子，像怀念去世的亲人们，但她已懂得在世人面前忍住悲伤。对她而言悲伤是一种高贵的感情，是一种神圣的纪念，她必须独自上山，独自守着家族的墓地，在午夜的星辰下纪念。纪念他们的快乐，也纪念他们的不快乐，尽情流淌不需要擦拭的泪水，尽情冲刷心底的郁结。

老太太似乎早就预料到了这一天，这个糊涂的儿子，无权消受子孙满堂的幸福。家族的兴衰只有上苍知道，厄运总是提着礼物进门，以最大的可能蹂躏活着的人。

齐秀秀被这一连串的事故弄蒙了。先是接到走失七年的女儿的电话，片刻的震惊又被巨大的忧伤覆盖。而在池梨树下，当着众乡亲的面，糊涂的老太太却将赵宗的骨灰盒交给了许宗生。许宗生毕竟是外姓人，老太太又怎能糊涂到瞎指挥呢？赵宗、许宗生、老太太，他们似乎结成了统一战线，而独独把她隔离在外，封锁消息。若不是赵宗突然去世，还不知将蒙蔽她多久？

一辈子都受这老太太的气，这次齐秀秀一定要指责老太太的昏赎行为。

有老人在，后辈丧事一切从简。入葬后，齐秀秀、赵明露和许宗生围坐在老太太家里，悲伤情绪像泰山压顶，谁也不想说话，仿佛全家失语。对于七年来突然出现的赵明露，谁也没感到惊奇或不安，仿佛她一直存在，根本就不曾离开。

齐秀秀很想知道老太太在想什么，可老太太像一本难翻的古书，总跳跃着古老而神秘的字符。今天，齐秀秀偏偏有探秘的勇气，女儿的突然出现和丈夫的瞬间离世，而她却被排斥在事件之外，总感觉委屈和愤怒。

“妈，当着众乡亲的面，您为什么把骨灰盒交给许宗生？您老糊涂了，还是故意出露露的丑？”

世上最尴尬的事，是亲人间的陌生。老太太似乎从冥想中抽回注意力，慢慢将脖子转向儿媳妇。齐秀秀的话无异于追问一个身体健康的人，吃的是什么牛什么羊。许久以来，从齐秀秀嫁入这家门的那天起，老太太就看不上她，排斥她，甚至很想折磨她，但她是儿媳妇，是儿子的伴侣，老太太还是包容她、理解她，培养着亲人般的感情。可是精神洁癖的老太太，往往因儿媳妇低素养的一句话，又再度把儿媳妇打入冷落的监牢。但是今天，齐秀秀的想象力好像丰富起来了，头脑终于可以想入非非了。

老太太用那双半灰半黄的眼睛猜测儿媳妇在想些什么。窗玻璃白蒙蒙的一片，屋内外的温差使玻璃窗结了层细雾，浓重得像泪珠成串地往下滴。老座钟的时钟响了起来，一声接一声，一声又接着一声，时间仿佛在收缩。从嫁入这家，齐秀秀就恨透了这座钟，仿佛每一声钟响都和她作对，但又不敢把钟扔出去。老太太等五点的钟敲完，瞪了齐秀秀一眼，又合上眼睛，好像很累，眼皮也需要休息：“秀秀，今天不谈这事。”

齐秀秀一向看不惯老太太大家闺秀的作派，此时更受不了她拿腔拿调的样子，恨不得将一腔怒火，伴着汽油泼向老太太，估计老太太也是个烧不死的老鬼：“我想谈！”

“让许宗生抱骨灰，这是老天的意志。”

“我不认为老天会管这闲事。”

老太太看着齐秀秀，一双小眼睛射出冰冷的光，她想说：你知道狗什么时候不讨人喜欢吗？乱叫乱咬又认不出自家人的时候。她还是没说出口，她不想这么残酷，毕竟，齐秀秀也很痛苦。她指着许宗生，平静地说道："秀秀，看看这孩子，长得像谁？"

齐秀秀如坠入雾里，如何也不知道老太太会说出这种话来。她果然盯着许宗生的脸。

我有罪，因为我遗传了祖辈太多东西。

齐秀秀眼睛即便再明亮，也不会承认看到了什么，她不相信命运如此残酷，在失去丈夫的同时，得知丈夫有一个私生子："我没看出他像谁。"

惊讶的倒是赵明露，她像看外星人似的看着奶奶，而沉稳如山的奶奶，绝不像廾玩笑。赵明露立刻从椅子上站起来，像老鹰突然发现了猎人，尖叫着跑了出去。

"你真是老糊涂了，胡说八道！赵宗根本不是那样的人！"

老太太气定神闲，不慌不乱地看着儿媳妇，仿佛儿媳妇是门前的乞丐，有的是大把大把的时间："我说赵宗的人品了吗？"

老太太这种从容的态度，一向惹恼着急脾气的齐秀秀，今天的齐秀秀更没了耐性，冲着沉默的许宗生，愤怒地吼道："滚出去！"

许宗生走到奶奶面，双膝一弯，额头着地跪了下去，给奶奶行了三个大礼，本想给齐秀秀也行长辈之礼的，可一看她电闪雷鸣的表情，还是挺直了膝盖，退了出去。

老太太走近供奉祖先的神龛，在香炉里续了三炷香，双手合十，跪了下去："秀秀，过来。"

齐秀秀再怎么执拗，也不敢和神祖为敌，特别是在丈夫去世的时节。

"列祖列宗，感谢你们对后人的庇护，使这个家和和美美、代代繁衍。这里跪着的是您的两代媳妇，惩罚我们的不孝吧，但求原谅我们的愚忠。流散的子女是迷失家园的鸽子，他们终于回来了。齐秀秀的善良，给您带来了孙子，请您保佑他们，保佑这家人平安幸福！"

齐秀秀在老太太的带领下，坚实地叩了三个响头。她可真想一头栽倒在列祖列宗前，再也不醒来。

齐秀秀本能地以为，许宗生是丈夫和其他女人生的孩子。她走进里间，偎身在一个墙角里伤心地哭了起来，一直哭干了眼泪，“这也好，赵宗，你赢了。虽然我不能生，可你也没闲着。但愿你在地狱的最底层，在油锅里炸着，或在火上烤着……”

哭会让人清醒。老太太给齐秀秀充分的空间，让她为自己的愚蠢交点学费。老太太想告诉儿媳妇：“大巧若拙，谁也逃脱不了命运的手掌，所以不要对任何人巧施阴谋，或心生怨恨。”可考虑说也白说，最后还是收藏在心底。

齐秀秀一向认为，不管钱来源肮脏还是干净，都可以拿来喂饱肚子。赵宗总是和她争辩，而结果也总会上升到对彼此能力诽谤的高度。几次类似的争执之后，他们学会了绕开冲突，搁置争议，只看共同点，而忽略差异的存在。

齐秀秀总以为是婆婆的教育，把赵宗教成了一个缺乏狼性的人；而在老太太看来，齐秀秀还依然处在混沌未开的幼稚阶段。

齐秀秀认为，要想确立自己的态度，想要争得一席之地，就得排挤他人，退缩与失败都会立刻付出代价，代价就是自己的前途。可她没发现，你在排挤他人时，他人也在排挤你，所以自己终也不会有一个知心朋友，不会听到一句真挚的话语。她痛恨丈夫把女儿教坏了，痛恨女儿没有遗传她争强好胜的强烈欲望，却感染了丈夫随遇而安的中庸个性。岂知随遇而安和顺势而为却是人间的大智慧。

“秀秀，还记得价值的值是怎么写的吗？人站直了，才会真正有价值。”

“妈，站不直的是老人，而不是我们。”齐秀秀厌烦老太太的理论，狠狠地呛了老太太一句。

“是啊，我也担心，可别让老人们笑话。”

争论加深了这个家位于城市和山谷的双重色彩。一切都是运气和人生带来的际遇。回忆丈夫存在的那些幸福日子，齐秀秀觉得，三天和三十年也没什么分别，这是她的命运，也可能是这个家的命运。

一年一年地过去了，老太太还活着，好像是个驱赶鸟儿的稻草人，守着南里贝这片山谷。那年夏天，雨水像冰雹一样落了下来，山谷里滚满了冰晶。她生下了儿子，她以为会生许多孩子，可中年之后，才知道上苍并没满足她的心愿。儿子大学毕业在济南工作、成家，老太太坚守在南里贝。冬天，一到夜间，风就咆哮起来，长时间地怒吼着，大块大块的乌云默默飘过，低得像要擦着山腰一样。她无数次想着百岁老人的预言。她相信所有智慧的语言。人们都沿着这条路走了，至此，老太太觉得自己为死做好了准备。这反省倒让她觉得人生很美好。

许宗生的心异常疼痛，他已无可辩驳地知道，自己就是那个将错就错而生的孩子，是机遇的产品，而非爱情，所以，他的生活里没有爱情，只有爱情的错觉。

他慢慢向念心崖走去，双脚沉重得像积雪的山石。还没来得及享受爸爸存在的感觉，爸爸就风一样消失了。难道注定是孤儿吗？他的内心已是一团泥浆了。

或许，人们想要的不是真相，只是真相的借口。

生的缺憾，像一把刺向胸膛的匕首，疼痛难忍又被这疼痛滋养着。他不想知道赵明露去了哪里，不敢看她痛苦的表情。他已无权用情人的眼光看她。可她存在着，一如七年来的存在，存在于他心里、梦里。他不知今后日子该怎么过，没有赵明露的世界又会怎样。

许宗生站在念心崖上，狂风扫荡着山石缝隙里的积雪，飞扬的雪沫不时抽到脸上。他感觉自己的生活就像这悬崖，一再出现断层，先是妈妈，后是婚姻，再后来就是闪电般出现又消失的父亲。他想起了七年前那对在此自杀的上海情侣，难道爱情的断崖就是携手走向死亡吗？难道生活和纯真就像少女和垃圾堆般不相容吗？

七年前，许宗生把赵明露安排在丽思卡尔顿酒店，几天之后，她将成为他的新娘。明媚的月亮把她窈窕的影子，抛到床前，像轻风中摇摆的玫瑰。许宗生被一股从未闻到过的香味熏得意醉神迷，他把赵明露搂在怀里，吻得头晕脑胀。理智终于败给了感情，可就在刚解开赵明露的衬衣时，传来了敲门声……他们匆忙整理着情绪，保持着一米远的距离。此后几天，赵明露都被妈妈看得紧紧的……

有好几次，许宗生直挺挺地躺在床上，竖起耳朵谛听隔壁的动静，鼻翼发僵，心头乱跳，不得不遏止了欲念的絮叨，等待婚礼的到来。

站在悬崖边的许宗生突然发觉身后有人，还没来得及回首，身体就被紧紧地抱住了。他不知该不该抚摸赵明露的手，不知道该说什么。赵明露的头偎在他后背上，那么温暖、亲切，可这亲切却透着罪恶的味道。

“我们逃走吧！”赵明露喃喃地说着，风把她的声音吹散了。

“不可能。”许宗生掰开她的手，转身向山下走去，无情又混蛋的样子，简直前无古人，后无来者，仿佛赵明露是条毒蛇，或者是堆垃圾。

许宗生躲在山石的侧面，无人能发现他的存在。他望着远方洒落在山脊上的天光，仿佛所有的故事都在那里上演。如今，连上帝都沉沦了，没人能买通一个绝情的人。他相信自己永远在她的爱情里缺席了。他刻意将她排斥在外，正式拒绝将她和自己的心连在一起。他止不住地对自己发誓：别再重蹈覆辙，别做荒唐的事。他正这样想着的时候，却已沉浸在扑通扑通的心跳中，感觉自己成了一株被狂风蹂躏的野草。

不管怎样，对赵明露来说，许宗生的声音使她感到些许的安慰，或者，他的存在本身就能使她产生安全感。

赵明露孤独地站在悬崖上，闭上眼，体味着空中许宗生的气息。可风什么也没给她留下。赵明露尽量维持刚刚的情状，任凭他的身影停留在心上，让自己的每一道目光都确确实实落他身上。

七年来，她背负着谎言、逃避着罪责，影子似的生活着，既不能坦荡地面对小威，也不敢坦荡地面对乔汉母子，更不敢坦荡地面对许宗生。此时，她突然觉得失去许宗生，才真正失去全世界，她再也不能容忍无爱的存在，再也不能容忍屈辱地活着。悬崖很深，跳下去很简单，跳下去，就没了疼痛。但疼痛此时却成了价值不菲的财富。

记得小时候的春节，爸爸与同村里的几位男人喝酒，忙碌了一年的男人们，总是在春节的几天里喝得不醉不成仙。妈妈苦口婆心地求他放下酒杯，爸爸一赌气，索性仰脖喝了个底朝天。妈妈碰了一鼻子灰，说着气愤的话，走开了。爸爸或向女儿做鬼脸，或把女儿放在膝盖上，端着酒杯，让女儿尝尝美酒的滋味。女儿被辣得一脸痛苦相，爸爸却和朋友们哈哈大笑，仿佛是什么了不起的乐子。爸爸待人向来宽厚，从不计较得失，他很幽默，但除了自我解嘲之外毫无嘲讽他人的意味。爸爸那清秀的脸庞，年复一年地变得像秋后翻耕过的土地。

赵明露觉得最最愧对的就是爸爸。

赵明露不知道是想念爸爸还是想念爱情，腮帮上挂着泪水，慢慢的，又被寒风吹干了。

爸爸的突然离世，迫使许宗生改变了想法。许多天后，亲子鉴定结果出来了，许宗生并没有告诉任何人做亲子鉴定的事。怀疑出身并不是错，但怀疑亲人的感觉，就不道德了。

许宗生和奶奶聊天，许宗生由衷佩服老太太。“这都是你爸爸的命，他糊涂到洞房花烛夜睡错了人都没发现，糊涂到不知道自己有个儿子，所以命运让他无缘消受这齐天的洪福。孔圣人说五十知天命，你爸爸只知天、不知命，被自己的好运吓住了。”

许宗生解释不了奶奶的话，也反抗不了奶奶的推理。拿死人说事，总像让影子吃饭般的无意义。上帝为我的生命开了个好头。虽然和爸爸有过多次接触，可许宗生还是忘记了爸爸的模样，如果不借助照片，对那位中年男人，竟然一团模糊。他的笑容、他谦逊的样子，随着亲情的浮现，反而淡了、远了，没有记忆了。

他不必遗憾，因为不久之后，就会不由自主地把这位去世的爸爸，安放在内心最尊崇的位置了。

有人得到了珍珠，有人只得到了珍珠匣子，叹息命运的不公没有任何意义。人们对童年的悼念远远多于对未来的憧憬，而爸爸成了他童年永远的缺位者。

齐秀秀对老太太耿耿于怀，像一个等待点燃的炸药包。老太太握着儿媳妇的手，在齐秀秀的记忆里，这是不多的一次亲密接触。

“还记得康尔晴吗？你结婚时的伴娘，宗生是赵宗和她生的孩子！”

老太太语言平和、态度诚恳，像叙述一个非常古老而代代相传的故事。齐秀秀却像在大街上被人剥光了衣服般的难堪。她一辈子都在回避康尔晴，却最终也逃不开康尔晴。

“不可能，太胡扯了。”

老太太握了一下齐秀秀的手，目光定定地锁住她的表情：“是你把康尔晴送入洞房的。”

齐秀秀几乎被老太太这梭子弹给射昏了。三十年前，赵宗说结婚时他妈妈要用白喜帕，这是家族的规矩，是家族传承的习惯和信仰。

这规矩让齐秀秀无语，既不能抗争，也不能辩驳，甚至连发表意见的态度都不敢有，因为一开口就会暴露自己不是处女身的事实。她默默隐忍着，一直在构想着对策，各种纷繁复杂的思想闯进了一个待嫁姑娘的脑海。一切有可能补救洞房灾难的手段，或者干脆能转移婆婆注意力的怪念头，统统被列入筛选之列。

齐秀秀实在不想回忆失去处女身的过程，实在不想看到、甚至想到那个愚蠢而暴烈的男人。天无绝人之路，她刚出嫁就守寡的闺蜜来看她，姐妹俩在床上私语时，齐秀秀得知康尔晴的新郎结婚那晚喝得大醉，根本没同房。

康尔晴婆婆家极有势力，声明如果她有了许家的后代，就留在许家，如果没能怀孕，就遣返回娘家，另行嫁人。康尔晴极其愤怒，且不说她和丈夫感情和美，单是对她的蔑视，家畜般的待遇，就让她非常气愤。所以当齐秀秀提出要她到洞房做替身时，她欣然同意，恨不得立刻怀上孩子，以免再度改嫁。

可恨的洞房花烛，总不免凄然若失，那大红的喜字凝聚了齐秀秀半生的悲哀。也许正因为如此，此后的几十年，她一闻到蜡烛燃烧的气味，就恶心想吐，敏感的心智在嗅觉的催逼下，变得木然而丧失了羞耻功能。

上帝眷顾了康尔晴。齐秀秀在自己的人生里楔进了一根刺，这刺在三十年后，深深地伤了她。有些先天失明的人，贫穷的父母很晚才给他们施行手术，他们终于看见了颜色，可错过了读书识字的大好机会。当初他们的盲人世界，想必就如掉在黑暗的陷阱里吧。齐秀秀自掘的三十年的陷阱，够深的。

齐秀秀梦想着丈夫直视着她，而她的眼里尽是委屈，似乎心底正无声无息地呜咽，就像被抛弃的小女孩在屋角哭泣，这种断然而安静的哀伤，让她难以承受。她仰躺在床上，哭得稀里哗啦，泪水不是从眼睛里涌出，而是从胸膛里、从喉咙里喷发而出。山谷的狗吠总与回忆里的黎明和寂寥联系在一起。那时的生命如此美丽，简直不真实。仿佛他们已准备好，将这场追逐延伸到世界尽头，而丈夫却失约了。齐秀秀感觉整个人被抛入了深渊，就像一只负伤的鸟儿带着锥心的恐惧从天而降。

“你导演了多少好戏!”老太太极具讽刺意味地吐出了这句话，她没能看到坐在阴影里的儿媳妇的脸色。几十年来，只有当齐秀秀沉入梦乡，才不会感到灵魂的疼痛，而清醒却是另一场痛苦的梦。齐秀秀脸色苍白、心脏像破鼓似的咚咚响着。齐秀秀站起来，突然眼前发黑，一头栽倒在地上。老太太吓坏了，急忙拉住她，可她像死了似的一无反应。老太太跑到院门外，正巧有两位游客从这里路过，被老太太抓了急差。他们帮着把齐秀秀抱到床上，掐人中，慢慢的，齐秀秀清醒过来。

“妈，怎么这么黑，我什么也看不到?”

“你看不到我吗?”

齐秀秀摇了摇头。

梨树的叶子落尽了

秀秀失明了，在老太太看来，一定是心急气躁引起的。老太太给儿媳妇炖了一锅清火明目汤，总以为她喝了药，再好好睡一觉，一切就会恢复正常了。

齐秀秀一动不动地等待着睡意来临，可她清晰地意识到自己醒着。她听到了院外的脚步声、遥远的狗吠声，甚至小溪的潺潺声，好像她已化为一条青灰色的小鱼，睡意朦胧，随波浪荡来荡去。

世事轮回，福祸天定，老太太不得不佩服自然的造化。八十年的生活让她越来越感悟到，有些人天生福浅，器量卑微，命运辛苦。老太太的东邻曾娶进一房妻子，那女子美若天仙，窈窕如柳。可老太太总感觉她美得太冷，鼻子小巧得可怜，嘴巴又薄润得太精致，面相上透着薄命寡运的味道。果然在她进门的三年里，丈夫、婆婆先后去世，她自己竟然也被传说的槐树精吓出了精神病，三十岁生日时，疯疯傻傻地冻死在雪夜的大山里。

在老太太看来，面相承载着福禄的深浅。当儿子第一次把秀秀的照片拿给她看时，老太太就觉得这女子虽然清秀，可总透着一种说不出的怪异。赵宗发现妈妈迟疑着，担心妈妈不同意，极力张扬着女孩的优点，言词透着喜爱和无可辩驳的选择。老太太当时也不太确定自己的观察，便同意了儿子的选择。这年头，即便一只母山羊，要想捞点好处，也得要点儿奸猾。何况女孩经历了一场争夺男神的战争呢。

儿子善于用半开玩笑的心情对待重大的事情，而又能装出一副轻松姿态。儿子高高兴兴地去了。老太太突然觉得儿子很可怜。这感觉来得太怪，自己生为贵族却下嫁山夫，从没有过自怜自叹的感觉。虽然辛苦，却是时代造成的，而作为山夫之妇，也活得从容自在。但对儿子心生的那份怜悯，疼痛地折磨着她，她不知道是因为那女孩或者是因为其他。

齐秀秀如今也五十多岁了，现在看来，齐秀秀的命理确如她面相里昭示的，尖刻使她不能从容地来来去去，贪欲使她不会消受自己的福禄。用心计较般般错，退步思量事事宽，忠信笃敬，什么时候都应该成为做人的准则。

老太太本性宽厚，出于一种不自觉的礼貌，没把事先考虑好的话说出口，虽然她认为这些对话儿媳妇是必不可少的。但改变一个五十多年延续的心性，是多么不可能。

老太太缓缓地搅着汤药。儿媳妇毕竟不同于儿子，有时老太太要求儿子要忠信笃敬，恰恰违反了儿媳妇的世界观，遭到儿媳妇冷言讥笑。这事虽不常发生，但发生一两次，就很让老太太警醒。人有时得忍受辛酸痛苦，像冰上的鱼儿似的挣扎，寻找着那个能通达深水的冰窟。

挥向别人的手掌，总是打在自己脸上，这道理齐秀秀不懂，却一再承受着巴掌的反作用。

齐秀秀小睡了一会。她本以为睁开眼睛，就会看到透亮的窗户，看到家具和窗外的树木。可她眼前一片漆黑。她惊慌地坐起来，伸手抚摸前方，她总以为是梦，是的，这肯定是梦，梦里总是一片漆黑。可她摸到了被子，摸到了自己的腿。她在腿上狠狠地捏了一把……她突然害怕了，难道真瞎了吗？

齐秀秀再次倒在床上，像躺在云彩上般的不踏实。她感觉自己像处在阴阳两界的交叉处，一切那么无序，没有原则，没有光亮。她听到了许宗生进门的声音。这男人成了她的笑话，让她大笑不止。

老天爷，你的算盘怎么打得如此精细。命运如此残酷地玩弄了她。她和赵宗睡了一辈子，却没能怀上赵宗的孩子，她的闺蜜仅睡了后半夜，就生下了他的后代。

齐秀秀和赵宗相识于一场舞会。她舞跳得很好，把许多在场者的心吸引到她轻盈飞旋的裙子边上。而赵宗，姑娘们心中最帅气的男神，飞舞着，茫然直视，脑子里一团糊涂。他不明白为什么这么多姑娘都喜欢跳舞，不让他有片刻的休息。他们终于在一起跳舞了，那一晚，他们的手就再没分开过，因为随后齐秀秀就把他带出了舞厅，在午夜的大街上，风干着青春的汗水。

如果许宗生真是赵家的后代，至少也算给赵家做了点善事。

胡思乱想的时候，齐秀秀听到了老太太和许宗生悄悄低语，这个家像联合国，除了老太太和许宗生，人和人已没有了多少血缘关系。齐秀秀听到汽车启动的声音。许宗生走了。他以儿子的身份完成了葬礼，他撤走了。尽管他还会回来，我不会允许他和赵明露结婚，任谁都知道他们是兄妹。我不会让这对年轻人一起嘲笑我、诋毁我。

齐秀秀以为眼睛像拉上窗帘的窗户，或许拉开窗帘，就能看到明亮的风光。可过了好久好久，她依然什么也看不见。

她掉进了黑洞里，但不知道何处是边缘，又该怎么爬上来。记得小时候哥哥带着许多小朋友捉迷藏，他们将一块黑布蒙在她眼睛上，她什么也看不到，凭着对房间的记忆，寻找藏在角落里的孩子们。她循着声音走去，却突然被推进了衣橱里，还在外面落了锁。她哭喊着，拍打着，听着他们叽叽咯咯像一群小鸟，离开了家，到院场里捉鸟去了。橱子里的黑暗，似乎比现在更深更重。她希望能像那次，打开橱门，就重见光明。

她听到了赵明露的声音，这声音让齐秀秀愤怒，甚至想发火。她愤怒地坐起来，才意识到自己真的什么也看不到了。她痛苦得想哭，却又不想让那两个女人看到自己在哭。老太太听到里面的动静，推门进来。

“我瞎了，这……多好啊！”

老太太干枯的双手抚着齐秀秀的肩膀，齐秀秀忍不住抱着婆婆呜咽起来。赵明露进来，轻轻地叫了声妈。这是自赵明露现身以来，第一次郑重地见面。

齐秀秀从老太太怀里抬起头来，睁着一双明亮的瞎眼，冲着声音来处愤怒地吼道：“你滚，我瞎了，我永远也不要见你，也永远不想听到你的声音。像狗屎一样，永远也别让我闻到你的气味！”

“秀秀，别这样，别说让自己后悔的话！你还没问她这几年是怎么活的呢？”

“他害死了我丈夫，害我瞎了眼，还想害许宗生吗？别想了，永远不能和许宗生结婚！继续逃吧，没有人欢迎你，欢迎你的人被你害死了！”

也许赵明露并不知道，当妈妈说永远不见她的时候，她并不是说着玩的。也许她更不知道，在内心里，这位妈妈希望她像冬天的蚊子般消亡。

齐秀秀歇斯底里，像疯了似的发泄着内心的愤怒。赵明露退了出来，她实在不想看到妈妈如此痛苦、如此凶狠。她说的当然不对，至少不全对。奶奶应该主持公道的，可奶奶为何也沉默？

赵明露坐在落光了叶子的池梨树下。人世沧桑，风雨突变，可这树，像时间一样坚守着内心的宁静。她好想变成池梨树，安静地守着家园，至少池梨是有家的。

赵明露突然很想爸爸，泪水山崩海啸似的涌了出来。她感觉自己是罪人，是爸爸罪恶的孩子。她多想跪在爸爸身边乞求他的谅解，多想握着爸爸手，做他听话的好女儿！

返回上海的路上，赵明露思考着一个问题：该怎么和面具后面的妈妈对话？该怎么面对妈妈罪恶的过去？我是杀人犯，可妈妈难道不是杀人犯吗？她难道不也是罪恶的杀人犯吗？

妈妈借着呵斥的力量，让我永远不得回来，这难道不是她的自卫吗？我要嫁给许宗生，我一定要嫁给许宗生！牧师说只有上帝才真心爱人们，其他的爱不过是情欲和自私。赵明露也曾爱过，现在依然爱着，如果爱可以那么残忍，她宁愿和他一起去任何地方，甚至地狱。

当由赵明露决定取舍时，她反而犹豫不决了，在妈妈和许宗生间难以取舍。如果妈妈坚决反对，她还有能力反抗失明的妈妈吗？妈妈的残酷虽然让她厌烦，但二十多年的养育之恩，也是不能忽略的。一想到会使妈妈生气，赵明露非常难过。生活的目的对她来说似乎不再是真理，而是柔情，好与坏的标准也只能由妈妈快活还是不快活而定。爱情，只能沦落成一个过时的玩具。这样一来，生活似乎成为某种十分沉重的义务，亲情最后也会变得晦暗，失去了意义，失去了分量。

许宗生听奶奶说齐秀秀昏倒后就双目失明了。许宗生是家里唯一的男人，老太太自然请他想办法。

许宗生立刻赶往济南，多方托关系，终于联系到了齐鲁医院的眼科专家。齐秀秀身体太虚，不胜颠簸，许宗生便把医生请到南里贝来。

当许宗生带医生回来的时候，赵明露已离开了。

巩膜、睫状体、视网膜等，都非常正常。医生没检查出任何的器质性病变。医生看着病人坦然的表情，结合家庭的变故，不由怀疑这是一场心理疾患。一年前，医生曾遇到一位病人，刚刚拿到驾照，上路时，突然一位小女孩蹒跚走到路中央，他急刹车，却踩错了油门，小女孩毫发无损，跟随的狗却葬身车轮下。司机以为那血是小女孩的，瞬间昏倒，醒后就失语了，从此成了哑巴。这难道也是一个类似案例？

老太太第一次离开南里贝，住到济南儿媳妇的家里，八十岁的婆婆侍候着双目失明的儿媳妇。老太太做好饭，摆到儿媳妇面前，让儿媳妇习惯于摸索着用筷子、摸索着去洗手间。生活总有无数可能，可谁也不知道，齐秀秀的这种状态，到底是哪一种可能。

人们穿着再厚的盔甲，也能感受到爱的力量。在苍天的宽宏大量面前，人们像罪人在美德面前那样羞愧不安。齐秀秀的心成了上了锁的房间，谁也不能接近。老太太来到外面，在陌生的街道不停地走着，直到家的灯光变成斑点。她独自一人，思索着儿媳妇的事情，她一点也不明白是什么在毁灭她。在黑暗中运行的历史将在黑暗中结束，长期积怨的情绪，在齐秀秀的记忆里已和雪花杂糅在一起。遗忘和记忆都富有创造性，仇恨的根源难道与赵明露有关？

老太太影子般慢慢在街头行走，她明白，在一个不满二十岁的小伙子眼里，八十岁的老人和死人相差无几。但这并不能打击老太太生活的信心。

这是老太太的生，就像她的婚姻一样，无论多大的落差、坎坷或辛酸，都是她生活的调味剂。她相信命运，也相信自己。命运，信不信都在那里，无影无形，而自己的信心却可以感知，可以感染别人。强调满足于懒汉的生活是没有意义的，生活就是行动，苦难也罢，欢乐也罢，必须起而行动，迎接明天。发生在儿媳妇身上的事虽然悲催，也足够残酷，但却是千篇一律的故事中的一个苦涩的插曲。人污染着环境，也污染着自己的心灵。爬不上去的树，就不要看。齐秀秀倒是不看了，她连自己的镜中模样，也当成了可以漠视的风景。

澳创汽车公司因资金缺乏停止一切建设，被逼到绝路的许宗生不得不壮士断腕，向叔叔提出出卖自己岩石场的股份。如果一旦出卖了妈妈遗留给他的全部股份，那他就与岩石场集团没有一点关系了，他全部的身家仅仅是风雨飘摇的澳创汽车。

叔叔再三挽留，不希望许宗生如此孤注一掷："如果澳创失败，你将一无所有！"

"不，我还有叔叔！"

"想象力也别太丰富！穷人闹市无人问，富在深山有远亲。"

"叔叔可不是远亲。"

叔叔拍了拍他的肩膀，直直地瞪了他一眼，出去了。

许宗生呆呆地站在那里，像站在正在融化的冰层上，既担心气候变暖，又害怕气候变寒，他实在拿不准叔叔是否一语双关。语言的连续性不恰当地夸大了彼此所说的事实，吐出的每个字在唇齿间占据着一个位置，在交谈者心里占了一个瞬间。

2015 年的清明节，停顿了整个春天的澳创汽车建筑工地再次灯火通明，施工方日夜赶工，加紧运作。许宗生卖掉了所有的股份、别墅和豪车。叔叔也豪情地注入了大笔资金。许宗生天天忙得像陀螺，常常通宵达旦，吃住在办公室里。

许宗生的婶婶一直把许宗生当成自己的儿子，盼着他快快成家。婶婶发现元宵节以后，许宗生几乎就没联系过赵明露。尽管年轻人的事不好妄断，但许宗生和赵明露绝不是要成家的节奏。

婶婶有一次在美容院遇到了范思荣，把许宗生的现实和她的心愿，夸张地传递给了范思荣。

诗人范思荣早就为自己轻率的行为后悔了，舆论的嘲讽且不说，靠近她的男子鄙俗如赝品。渐渐地，她变得十分犹豫和痛苦。完全为了结束这种犹豫，为了得到精神启示和生活享受，诗人本应大胆地追求，像拜伦和雪莱。她恋爱的夙愿受到了新的激励，以至于急切和兴奋地想见到许宗生。

她打听到许宗生夜间加班，便带着燕窝粥到了办公楼。新来的工作人员并不认识她，把她挡在了玻璃门外。正伤感的时候，却迎面遇到了许宗生。许宗生变得更成熟更帅气。依偎在这样男人的怀里，一定风雨无忧。范思荣瞬间的走神，让自己尴尬起来。

“来送结婚请柬的吗?”许宗生疑惑地看着穿红色衣衫的范思荣。

“你会参加吗?我的婚礼。”

“当然，不过你如果再晚一年结婚，也许我会送你一辆澳创了。”

“为了得到澳创，那我就晚一年结婚吧。”范思荣从包里取出保温盒，递给许宗生，“今天，来送这个的。”我这么漂亮，说几句奉承话对你也没有损失吧。

人们倾向于忘掉不愉快的事，因此，范思荣寒暄时，得意地发觉自己比他的技术人员高出一头。但马上为自己的得意感到惭愧，因为许宗生根本不在乎技术人员的高矮。

许宗生刚刚接过保温盒，有位设计师叫他，他便笑着告别，转身进了玻璃门。范思荣远远地看着，幸福地幻想着，久久不想离开。突然发现许宗生将保温盒扔进了垃圾筒，随后和同事消失在长长的走廊里。

在走出办公楼的瞬间，范思荣看到玻璃门上自己泪流满面的样子。往事在血管里流动，她只要倾听它隐秘的流动声就够了。

坐上法拉利，范思荣开始羡慕放学的女生们，她们都有一个宁静的心境、清白的良心和毫无污点的记忆。那时，她也纯洁无瑕的，没有污水进入大脑。但她又立刻意识到自己像个痴情女，用习以为常的方式折磨着自己。她试图把心灵深处对他萌发的爱情，连根拔掉，但又不知根在哪里。忧伤犹如一道闪电，钻进了大脑，成了那里的主人。理智会消除痴想，判断力会减轻热情，而这两点，她都没有了。她进了酒吧，今晚，何以解忧，唯有杜康和诗。

她努力让自己像个有修养的人，而不像失恋的人。在品酒的当儿，拿出自己的诗集，从中寻找安抚创伤的良药，刺激着写诗的灵感。

当接到朋友的电话匆匆离开时，她却把诗集遗落在了桌子上。正巧被前来就餐的乔汉发现，一首首伤感而灼热的情诗，却成了哲学教授疗治心灵创伤的良药。这是后话。

回不去的从前

许宗生把齐秀秀和老太太接到了上海，请上海知名医生为齐秀秀治病。医生怀疑是癔症，建议心理治疗。

癔症性失明的人，都有惊恐，委屈，不如意以及亲人远离等强烈的精神创伤，通过心理医生的治疗，可以重见光明。但需要患者积极配合，坦然沟通，真实面对。

许宗生带齐秀秀去看心理医生，齐秀秀当然知道心理医生是怎么回事。她会让自己的音节充满柔情和敬畏，在那些即将吐出的语言里，努力用表演的风光掩饰真实的泥沼。她可不想向任何人袒露内心的秘密。五十多岁的女人，秘密比黄金都重要。有些心底的机密，是要带入坟墓的。

吃完早餐，老太太洗碗。从来上海的第一天起，老太太就要在烹调艺术上露一手，这方面她的确极有天赋。她对构成作品的原料极为关切，亲自到小区的超市选购上等牛肉，就像米开朗琪罗为雕塑而亲自挑选上等的大理石一样。其实，许宗生知道，老太太只想多做点家务，以减轻孙子的负担。她再有热情，也不能让八十岁的山村老太太出入现代化的超市。正相反，许宗生却想带着老太太去任何高档而文雅的地方，让这位上世纪的老贵族充分体验现代文明，享受和孙子在一起的快乐。

短短的接触，许宗生对老太太的爱，排山倒海，血缘的奇妙，任何语言也不可穷尽。

月亮硕大红艳，像一块正在下沉的烧红的铁饼，把最后赤红的一瞥投向繁华的城市。许宗生感觉自己就像一只被风雪刮进室内的鸟，在奶奶温热的手掌里，得到了亲情的认可和关照。奶奶苍老的手抚摸他的脸庞时，他总控制不住泪水，弄湿了奶奶的掌心，也弄湿了奶奶的双眼。他拥抱着奶奶，亲吻着奶奶的额头，嘴里像含着蜜糖。

“以无事之心处有事，是大丈夫！”

“奶奶，您看我像吗？”

“我的孙子，当然像！”

齐秀秀坐在桌边，茫然地望着门口，她感觉到许宗生就站在那里。

“必须去看心理医生吗？”

“必须。”

齐秀秀摸索着向门口走去，许宗生接过齐秀秀探出去的手，引导着她出了餐厅。老太太透过厨房的玻璃，忧心忡忡地看着他们。

齐秀秀拍了拍许宗生的手：“你妈妈一定非常幸福，她有一个多么优秀的儿子啊！”

“不如说，她有一个好闺蜜。”

“是啊，并不是谁都有勇气把洞房花烛夜让给闺蜜的。”

“我真不知道是该歌颂还是该谴责？”

“这两项，你都没有权力。上学的时候，我和你妈形影不离，吃住在一起，彼此根本没有秘密。她比我先一周结婚，可你那聪明的爸爸醉卧洞房，第二天就死了。她跑到我这里哭诉悲惨的命运，之后发生的事，你都知道了。”

许宗生静静地看着齐秀秀，想象着妈妈年轻时的样子。他本能感觉到齐秀秀还藏有秘密，然而，评判长辈也确实不是他的责任。音乐演出不会使音乐绝望，雕塑不会使大理石绝望。心理医生感兴趣的不是治疗结果，而是窥幽探秘的治疗过程。

如果对心理医生说谎，治疗肯定不利。巷医生门诊的招牌上刻着：“进来吧，这里有神。”

巷医生五十多岁，从那张木然的脸面上，根本看不出任何心情的起伏跌宕。他把病人带到治疗室，让齐秀秀躺在舒适的治疗床上，窗帘悠悠地关上了，缝隙处透进微弱的白光，恰似一缕淡淡的月光。齐秀秀对黑暗很紧张，身体收缩着。巷医生旋开了台灯，橘黄的灯光温暖地照亮了房间，顿时有了舒服惬意的休闲感。巷医生坐在灯光照不到的暗处，手里摊开了一叠白纸，削好的铅笔夹在右手的食指和中指间，慢慢的，开始了静静的闲扯。齐秀秀的大脑里，仿佛从遥远的天边，踩着晃晃悠悠的天际线，和这位心理医生慢慢走来，随心而率性。

他们聊了年龄，聊了家庭，聊了登记表上记录的一切，聊天像流淌的溪水，缓慢而潺潺地进行。整个世界是尔虞我诈、互相仇恨的战场。巷医生，你迷惑不了我。以肯定或否定的态度讨论生活，实在无关紧要，因为这间诊室也无非是一场记忆的赌博。

巷医生突然导向了另一个话题，使潺潺的溪水发生了断流，露出了丑陋的河床。我要把你的喙从心中挖去，要把你内心的魔鬼逐出心门之外。

“你生育过几次？”

“当然……只一次。”

“男孩还是女孩？长得像谁？”

“女孩，长得很漂亮，如果非要说像谁，那更像她奶奶。”

“多大了？结婚了吗？”

“二十六了。没结婚。”

“你多大怀孕的，是自然生产，还是剖腹产？”

“我结婚就怀孕了，是自然生产。”

他们呓语着，不知不觉齐秀秀睡意沉沉，似乎进入了梦乡……女儿赵明露要给妈妈画像，为了让女儿画得真切，她的每个面部表情长时间凝住不动。房间里除了女儿素描的沙沙声，再无声息。那是女儿给她画得最有风采和神韵的一张像。奇怪的是，自己热情激昂的这一时刻，也正是女儿作出美妙作品的时刻，心理感应是很难解释清楚的。“妈妈，你真美!”女儿的话像音乐深入了妈妈的心灵里。

那个时代，妈妈是女儿的乌托邦。齐秀秀感到孤寂从内心逼来，再也回不到从前了……

女儿在绘画中往往借助于一朵玫瑰、一只鸟……表达神秘或隐晦的事物。迷人，应该是画家的优点之一。

儿时的齐秀秀凝视着生活中的事物——没完没了的天空、流淌不息的小河、一只睡眼蒙眬的山羊、泥地的小路——齐秀秀感觉自己无非是田间的一株野草……年复一年，日趋衰退的思考是对黑暗的思考。黑暗的追踪没有间隙。自杀的人为死而死，则死而无存……黑暗不会照亮自己，鞭子不会抽打自己的……

巷医生对等在会客室的许宗生说：“她内心封闭得很紧，心结很重。她的女儿或许是她的扣。”

巷医生的话很短，但重点突出。许宗生在爸爸的葬礼上，就感觉到了赵明露和齐秀秀之间有道深渊，至于原因，也许只有母女知道。

聊天，然后小睡了一觉就回来了。齐秀秀轻松自在地沉浸在自己的黑暗里，为不必看任何人的表情而坦然。我原想干坏事，却干了好事；我原想干好事，却扎实地干了坏事。谁都不知道我无限的悔恨和厌倦。她扶着许宗生的手坐进了车里：“你妈妈不会想到，她终是给我生了个儿子。伦理上，你也该叫我妈妈了。”

“您是赵明露的妈妈，赵明露不回来，我不会改口，我不能夺走她的妈妈!”

齐秀秀却避而不谈赵明露：“你妈妈一直是尖子生，进入大学后，历次考试的第一名总是非她莫属。有一年暑假，我和你妈妈爬泰山，有位算命先生盯着我们看，说不要我们一分钱。我们当然很好奇，像两只得意的猴子蹲在他身边。他的话在三十多年后的今天想来，果然有先知先觉的味道。”

听齐秀秀讲过世的妈妈，就像看纪录片、追忆亡人的生前身后事。对妈妈的从前，他知之甚少，现在听来，却有新鲜草莓的味道。

“那算命先生说我们俩的人生像两团乱麻，总有着千丝万缕的交织，想拆都拆不开。待会到山顶奶奶庙，要我们俩同时上香，就会发现，我们的香烟忽而绕在一起，忽而又分开，再绕在一起。当时以为是胡扯，不过是骗我们买香罢了。其实在新婚之夜，当我把新郎让给你妈，我曾梦到过那位算命先生，他拄着拐杖，蹒跚着从石桥上走过……人生真是怪事，她睡了我的新郎，三十年后，我得到了她的儿子……这世界真是一个中了魔的村庄！”

“或许，您更喜欢女儿，露露在成长过程中，也一定给了您无限的快乐。”

“是很快乐，快乐到她爸爸看到她，就快乐地死了。”破坏之中含有一种神秘的快感，就像破坏自己的洞房花烛夜。

许宗生启动了车子，努力不去想齐秀秀最后的话。他幻想着妈妈坐在副驾驶上的感觉。妈妈去世已七年了，七年前，他还嫩得像柳条，而今天，却硬得像钢筋。

虽然赵明露就在身边，许宗生却不知道该怎么面对她，把老太太和齐秀秀接到上海治病，并没有告诉赵明露。正如医生说的，齐秀秀的心病是赵明露，而赵明露禁止许宗生盘问之前的事情。

老太太早已做好饭等着他们了。老太太从不多问，但从两人的表情，就能猜测出结果。

饭后，老太太戴着赤边的花镜，膝盖上摊开着《道德经》，许宗生突然觉得老太太才是一位真正的时尚达人，才是上流社会一位可尊敬的高贵女士。他突然有向她解释自己梦想的欲望，在老太太的注视下，他激动得战栗，唯恐话语不能真诚地表达自己的想法，最后蹲在老太太身边，伏在她膝盖上，叫了声：“奶奶！”

老太太抚摸着许宗生的头，笑得幸福而亲切：“活着真好！”

许宗生拿起老太太的手，抚在自己脸上：我不想让奶奶老去。他听见了自己的心音。

在奶奶面前，许宗生像一个初临战场的新兵，心扑扑直跳，头脑里思潮翻腾。而惊喜和顺从的表情，又像一条伶俐的狗，随时想得到主人的喜欢。奶奶说，读书是避免自己蔑视自己的救生圈。此时，他却觉得，奶奶就是他的救生圈，有奶奶在，他就不会沉沦、不会庸俗。

放学时间，许宗生将车停在路边，向校门口走去，远远看到一群孩子在撕扯，为首的竟然是小威。他快速走过去，拉开正对同学拳脚相加的小威。小威像头被激怒的小狮子，发现许宗生来助阵，更是耀武扬威。原来同学们骂他是野种，他便把妈妈和许宗生的结婚照拿来当证明。可同学们结伙嚣张，摔碎了结婚照。

小学生对父母的世界有一种纯情的好奇之心，这种好奇心与其说继承了父母嚼舌头的特长，不如说感染了学校的八卦习性。任何环境，即便幼稚园，弱肉强食的丛林法则都大行其道。那些父母位高权重的孩子们，都会博得头脑敏锐、高人一等的美名。

每个人都喜欢教训别人，尽管说出来的话不值一听。许宗生拾起摔碎的结婚照，抖掉上面的玻璃。他和赵明露幸福地相拥着，甜蜜而美好，任谁都以为是幸福的一对。可命运的坎坷之河，却冲开了他们，让他们只能永远收敛起那份爱，成为兄妹，而不是情侣。

许宗生把小威扛在肩头，一手提着书包，大步向车子走去。小威在许宗生的肩头恶狠狠地向小伙伴们挥着拳头。好斗，成了小威血液里的基因，这点很让赵明露苦恼。

赵明露上晚班，要到晚上十点才下班。小威已习惯了单亲妈妈的节奏，总是独自吃妈妈留的饭，做作业，睡觉。今天当然不同，许宗生——照片里的爸爸守护着他，给他做饭，看他做作业，还哄他入睡，特别是这位照片上的爸爸当着众同学的面把他亲切地扛在了肩头，他简直有站在珠穆朗玛峰上的骄傲。

赵明露打开门，雨伞滴着水，电视闪着，许宗生坐在沙发上。以这种方式面对这个人，赵明露突然心率加速，面颊发烧。她无数次幻想着他能突然出现在家里，像主人似的等她回来。

许宗生被蒙蔽着，而且就在现在，虽然他坐在这里，却不知道自己的爱人究竟有多少身份。

“我来是有事要说……”

“没关系，这是你买的房子，你有权进来。”

“我把你妈接到上海治病了，医生说她是癔症引起的失明，必须解开她内心的死结，才能恢复视力。”

“解开了吗？”

“需要你亲自出马。”

赵明露转过身来，正对着许宗生：“我们结婚吧！”

“你疯了？”

“我像疯了吗？我不是你妹妹，我和你根本没有血缘关系。”

“爸爸刚去世，别污辱他好不好！”

“结婚那天，我杀死了个人，现在，我还是在逃的杀人犯。”

许宗生突然浑身一激灵，仿佛站在悬崖边，生怕脚下一滑，跌落下去。他极力想跟她调笑打趣，可只勉强挤出一个不自然的笑来。赵明露的沉静机智从来没有像今天不合他的口味。

许宗生走到赵明露身边，双手按在她肩膀上，瞪着她，仿佛怕她逃跑，又怕她不是在开玩笑。最近一段时间，许宗生在赵明露面前是盲目的，他既看不见她过分的谨慎，以至惊恐，也看不见她过分玲珑，以解救自已于各种矛盾的漩涡中。

“她同意我们结婚的那一天，也许才是解开心结的时刻。宗生，只有她知道，我为什么由一个幸福的新娘，转眼变成了杀人犯，带着别人的孩子逃亡了七年……”

许宗生生平第一次怀疑自己的判断——赵明露或者疯了，或者病了。这两个答案都让他不知所措。

“你开玩笑吧？”

“七年是个玩笑？小威也是个玩笑？宗生，你我这样存在着，也是玩笑吗？”

许宗生感觉自己奔波在沙漠里，口渴得要命，终于发现一片水塘，却围着一圈圈的盐巴。刚才的故事，就像把一只打碎的花瓶拼凑起来，让他有说不出的怪异，也说不出的狼狈。

“亲爱的……你都经历……”

窗外大雨一阵紧似一阵，闪电和惊雷不时给赵明露的故事增添声光效果，制造着背景音乐。

时间回到云端里

二〇〇八年五月十四日，我们婚礼即将举行的前两天。如果有人对一个新娘说：“这是一个阴险狡诈、充满诡计的世界。”新娘根本不会接受。但随后，我就习惯了这种狡诈，甚至比一般人更狡诈、更诡计。

丽思卡尔顿酒店的服务员正在悬挂我们婚纱照的巨型喷绘，郎才女貌，像任何婚纱照般的漂亮。一位女子抱着婴儿久久看着，莫名其妙地激动着。她突然问服务员：“照片上的女人现在哪里？”

服务摇了摇头。

我和妈妈购物返回，正好被这女子撞到。她拉住我的衣服问了同样的问题。可根本不必回答，她愣住了，我和妈妈都愣住了。我们长得太像了，简直就是我在照镜子，除了衣服不同，几乎就是彼此的翻版。

“我知道你是谁？你是姐姐……你是爸爸妈妈寻找了一辈子的姐姐!”

她太放肆了，竟然激动得抹起眼泪来。妈妈非常生气，责怪她认错了人，拉着我进了酒店。我心里虽然纳罕，但又一想，长得像的人有的是，肯定是巧合。有一年夏天我在海滩散步，总想找到两枚相同的贝壳，无论白色的或是咖色的。其实，不要说相同，相似的都很难找到。爸爸说倘若在大海里徜徉，却捉不到一枚海蚌，那就无法认识大海隐秘的宝藏，无法认识它深层的美。婚礼前，我突然想起海蚌。寻找相似的海蚌都难，何况她如此与我相似，或许真是我的什么亲人。

吃过晚饭，裁缝正在给我修改礼服。我站在窗前往下看，任裁缝在我身上量了又量，嘟嘟囔囔着身材的美词。我突然发现路灯下，那位和我长得很像的女子向上望着，她虽然不知道我住在哪里，但我断定她是在等我。一个和我长得非常像的人，我很好奇，或许，我和她真是远房亲戚呢？

欢乐和痛苦总是并肩而行，是一对孪生兄弟。欢乐的我，哪知就此奔向了痛苦的旅程。

我偷偷跑了下去，撞进了一场奇特而悲剧的故事里。如果我的人生重新洗牌，又会是什么样？人生不像X光机发现骨骼般发现生命轨迹。从此我成了命运的纠缠者，一些东西在我心中激起仇恨，可我又不知道该仇恨谁。

她叫齐钟丽，而我应该叫齐钟美，我们是双胞胎，前后出生仅仅隔了二十分钟。我是被一位妇产科医生偷走的。岁月没能改变我的本质，如果我有本质的话。

我出生后，妈妈躺在产床上准备迎接第二个孩子降生。她通过窗玻璃的镜像看着接生的医生。那医生鬼鬼祟祟打破安孢，哆哆嗦嗦抽到注射器里，到门口左右瞅了瞅，随后将药液注射到婴儿粉红的身体里。婴儿的哭声撕碎了产床上母亲的心。她本能地感觉到那不是什么好针，不然，刚刚出生，还没包裹半片衣物的婴儿，为何要白白地挨一针呢？

第二个孩子呱呱落地后，妇产科医生托着第一个孩子，告诉产妇："这孩子死了，你看，怎么捏都没反应了。"

产妇伸向那孩子，果然，没有一点反应。但产妇并不认同婴儿已死，死死抓着婴儿的胳膊。

"医院不允许把死婴带进病房。"医生掰开产妇的手，抱走了死婴。

回到病房，父母越想越离奇，那莫名其妙的一针，那柔软温热的婴儿胳膊，还有医生慌乱的动作和眼神……一切都给这对父母不安定的气息。他们决定要回死婴，要亲自葬掉自己的女儿。可那医生却下班走了，第二天再寻找那医生时，她离奇地辞职了，家也搬走了。至于去了什么地方，家搬到哪个城市，没人知道。女医生和她的家庭莫名其妙地从上海消失了。

老虎造成的伤害，并没有老虎的花纹。没有人同情甚至理解这对夫妇的痛苦。穷人陷入无底深渊，这似乎成了理所当然的事情。

产妇叫宁珂，丈夫叫齐明。窝居在上海的深巷里，以收购废品为生。人是环境的动物，一对没多少文化的夫妇，竟也自由自在地在城市的夹缝中生存着。他们有时会捡到富人淘汰的高档旧皮衣、结构完整的家具和掉了点漆的箱包，拿到旧货市场，卖个不错的价钱，为夫妻的纸币增添一点厚度。

废旧收购站是他们的婚房，也是他们的乐园，这里没有白眼，没有敌视，更没有厌恶的门卫或冷淡的白领。他们的世界很自在、很原始，也很阳光。

自双胞胎出生那天起，他们都在寻找被人偷走的大女儿齐钟美，寻找成了这对夫妇的毕生任务，成了他们的心结。为那丢失的大女儿，流了多少泪，叹了多少气，只有苍天知道。

他们将对那位医生的全部愤怒集中倾泻在路途上。只要有多余的钱，妈妈就一家医院一家医院地跑，寻找那位女医生。这位病弱的爸爸留守在家，打理着收垃圾的业务，照顾着女儿。在那个已经遥远的、愁闷的岁月里，妈妈平静地忍受忧愁，希望成了她唯一的财富。然而正是希望，使妈妈痛苦得难以忍受。

他们继续寻找，因为后退是灵魂的莫大耻辱。日子和岁月就这样逝去，有一天早晨发生了近乎幸福的事——下雨了，缓慢有力的雨，他们相继淋病了，结束了这种无边无际的痛苦。他们为自己朝露般的命运感到震惊，女儿的脸庞在梦里模糊地出现又消失了。故事的结局只在隐喻里才能找到，因为背景已转换到没有时间概念的阴间了。

我一直以为自己是父母所生，是他们的亲骨肉，直到出嫁前的这一天，才知道自己是他们偷来的孩子。我何止是上当受骗的感觉？

妹妹齐钟丽成了在废品收购场里长大的美女，被一个街痞子盯上了，在一个倒霉的日子，被那痞子强暴并怀孕了。为了孩子或生存，不得不嫁给痞子。

结婚前一天，你我都有太多事情要忙，但我还是抽时间和妹妹共处了几小时。她答应参加我的婚礼，虽然我还没想出该怎么和妈妈交待，怎么让你知道这些事情。我浮想联翩，感觉生命的某种东西中断了，对亲情的抽象概念也都被抛到一边，我由衷地相信是被借来了，还将还回去。可亲生父母已死了，我只空留着他们赐予的生命。我所在的那个地方，我的生命别具一格，相信自有它独特的任务。婚礼即将进行，我感谢父母的养育之恩，但我有没有权力责怪妈妈的偷盗呢？在即将成为人之妻的时刻，我突然意识到，凡身外之物，无论大地还是生灵，都格外可贵，格外重要，格外充满活力。

婚礼进行的前两小时，我给妹妹打电话，妹妹哭泣着说不能参加我的婚礼。但电话里的争吵声清晰传来。原来她那痞子丈夫得知她找到了姐姐，并且姐姐将嫁入豪门，他立刻逼着妹妹来要一笔巨款，以偿还到期的赌债，不然就去大闹婚礼现场。两人吵了起来，我听到了甩耳光的声音，听到男人的咒骂声，听到金属掉在水泥地上的声音……不好的预感袭击着我，我提着婚纱，从酒店的后门跑了出去。距离不远，我以为有足够的时间赶回来参加婚礼。

当我赶到妹妹家里，妹妹和丈夫撕扯着，妹妹的白裙子被鲜血染成了紫红，血从肚子上喷泉似的涌出来，那男子的肩膀上也中了一刀。惊愕之际，男子举向妹妹的刀子，被妹妹打掉了，正巧掉在我脚边，我拾起刀子，就势送进了他的胸膛，就像插入一块豆腐里般的轻松。他们夫妇同时倒下了，男子瞪着眼睛，一眨也不眨。他死了。我们谁都知道他死了。我杀死了他。

“姐姐，求你养大我的儿子，快逃走……”

我大脑发蒙，像在做梦。这一切也太紧凑太和谐了，一秒钟都不多余，一秒钟都没浪费。

“快跑，警察就要来了，我刚打过电话……”妹妹躺在地上，捂着肚子喊着。远处，警车时隐时现。

我抱着孩子就逃了。一逃就是七年。我虽然还是那个赵明露，可又不是那个赵明露了。从那一天起，我已忘记了温暖的滋味，但我不得不温暖那个孩子。我总被噩梦吓醒，担心我的冒险生涯终会被监狱的铁窗阻断……我总是扶着铁窗哭喊，虽然相隔遥远，仍希望传到你的耳边，我希望能看你一眼，看一眼就死都可以。但每次醒来，我最怕遇到你，最怕被你发现我现在的样子。

我感激乔汉一家。他们在我最最困难的时候收留了我。我一个杀人犯无论如何也配不上你的身份，我一个背弃父母的女儿，如何也不能回到那个家里。我不能原谅妇产科医生的母亲，因为我的亲生父母相继死在寻找的路上。从看到那个抱着孩子的妹妹起，我妈妈就知道了我的故事，那晚她偷偷造访过废品站。痞子妹夫把空手而去的她骂了出来。她不懂“用食物和礼品来收买敌人更划算”的道理。她当然知道我为什么逃亡，她知道我带着那个孩子。当时的报纸都报道了那对夫妇被杀的消息。她是这一切悲剧的总导演，她一直沉默着，把故事沉在心底。

妈妈的失明，是她良心自责的阴影。叔本华说一个人从初生的一刻起到死为止，所能遇到的一切都是由他本人决定的，一切屈辱都是惩罚，一切失败都是神秘的胜利，一切死亡都是自尽。我们的不幸都是自找的，这想法是最好不过的宽慰，这独特的思维揭示了一个隐秘的旨意，奇妙地把我的苦难经历同命运混为一谈。

我每天都想着嫁给你，但每天又都做着逃离你的梦。这就是我，你还认识吗？

赵明露的故事讲完了，许宗生像听天书般惊诧。他不敢靠近她，既没把她当成妹妹，也没把她当成情人。那一刻，他感觉赵明露像只愤怒的刺猬，张扬着满身的尖刺，挑战着所有的爱憎。

两人都像坐在云端里，都用飘渺的眼色观察着对方。无论故事多么跌宕、多么惊险，他们毕竟健康地坐在这里，毕竟存在着。这是喜欢用目光去抚摸美的年龄，这美在他们身外，也在他们身上。许宗生在了解了这一切之后，仿佛身躯脱掉了沉重的臃肿，仿佛久困在笼子里的小鸟，终于可以飞向天空。

杀人犯？杀人犯？她真的杀了人吗？许宗生不能不相信这个故事，又始终怀疑她杀人犯的身份。二〇〇八年五月十六日，确实发生过许多大事：美国“凤凰号”火星探测器在火星降落，中国国民党主席吴伯雄率访问团抵达南京……那天很平常，很普通，像地球上普通的日日夜夜。

“现在，你还敢做杀人犯的丈夫吗?”

“七年前，我就成了杀人犯的丈夫!”

“你没有义务背上这一生的负担。”

“找不到你，这才是我一生的负担。”许宗生把赵明露搂在怀里，紧紧地拥抱着，拥抱着疼痛，拥抱着忧伤，也拥抱着一个杀人犯。

许宗生想起了昨晚做的梦，他在公园的木椅上，身上落满了五彩缤纷的蝴蝶，天空看起来那么美，繁星满天，祥云朵朵。

齐秀秀紧紧关闭着内心的窗户，无论心理医生怎么引导，始终不让一缕阳光进来。心理医生告诉她，世界上任何事物都可能成为地狱的萌芽，一张脸、一句话、一串钥匙或一个陌生的孩子，如果不能释怀，都会使人发狂。齐秀秀听着，却从内心里嘲笑着地狱萌芽的比喻。

“你为什么不讲你的家人，你的兄弟姐妹、你的女儿？如果不能坦率交流，你眼睛的窗帘就拉不开。难道你喜欢这种漠视世界的状态?”

“巷医生，你不懂失明和黑暗的区别，我可天天处在失明的痛苦中。我不想出门让人搀扶，吃饭也让人照顾，我不想变成累赘、废物，我当然希望重见光明。我回答了你的所有问题，只是你根本不信。”

“我不信，是因为，你首先不信。”

齐秀秀的表情像被人扇了一巴掌，幸好她也看不到镜子里的自己。齐秀秀气愤地从治疗床上站起来，向门口摸去。她分不清真诚与自信的区别，她眼底的黑暗，是世上最接近地狱的地方。

她像一台方向不明的电动玩具，理直气壮地向桌子腿撞去。

人类的目光享有多么美妙的观瞻性啊，它像一束射线，从黑黑的瞳孔里射向目光所及的地方，可以看到美丽的鲜花、云朵、山峰或海浪。齐秀秀的目光曾第一眼就锁定了赵宗，为征服抛足了媚眼。而今，她紧张地站在桌子边，目光四处游荡，像一束阳光停留在巷医生身上，但她对巷医生却视而不见。所以，一位连自己都不赞成自己眼光的人，医生又有多大力量阻止它游荡呢？

失明使她有机会疼痛地抚摸自己心灵的伤疤，因为她秘密地知道了自己有罪。任谁孤零零地谴责一件事情，都是对真理的亵渎。没人能将她的失明和真正的理由对上号。

我建了一座迷宫，自己却成了困死在里面的巫师。再好的心理医生，可以骗走许宗生的钱，但骗不走我的秘密。心理医生照镜了，也未必真的能认识镜子里的自己。

前所未有的考验，折磨着许宗生和赵明露，像哈姆雷特，自首或不自首，这是个问题。就这样，从二〇〇八年五月十六日传来的无形音讯，一直播散到他们的心房里，测定了爱情疼痛的半径。杀人犯，或面临着长久的铁窗……夕阳的余晖刺得他们眼睛发花，玻璃窗全敞开着，自由的气息无比辛酸地关照着他们的爱情。

午夜，他们像一对得了绝症的情人，手挽着手，在死亡的边缘流连忘返。不考虑生，也不考虑死，但那座监狱却像迷人的城堡，诱惑着他们，成了他们脱不掉的影子。

月亮皎洁的晚上

爱她就尊重她，无论多痛，也必将尊重她的选择。哲学教授乔汉终于理解萨特和波伏娃爱情的真谛。可他的真谛又在哪里呢?

乔汉在小威的校门口等到了赵明露。两人已好久没联系了，彼此温暖地微笑，传递着一份难以言表的关爱，省略了许多嘘寒问暖的客套。

“我妈妈让我送给你这套画具。”

赵明露接过画具，酸酸地笑了，内心涌起无限的暖意。

“你必须幸福，不然，我饶不了那家伙!”

“谢谢，真的，非常感谢。”

“我在酒吧里捡到了一本诗集，好像你认识女诗人，拜托你还给她吧。”

赵明露接过诗集，封面印着范思荣漂亮的半身照，美丽而温情。她突然想起乔汉和范思荣曾在停车场聊了很久，便又把书还给乔汉。

“我给你她的电话，你去给她吧。或许她还等着呢!”

乔汉顿时有些恼怒，责怪赵明露不应该调侃他。但看到赵明露纯真而阳光的微笑，内心又敞亮起来。

“她是位才女，听说诗写得很好。”

乔汉想说她的诗很疗伤，可又一想，还是把话吞回了肚里。

赵明露哪里知道，正是她智慧的建议，在她大婚之时，才有机会使范思荣和乔汉主动提出做伴娘和伴郎。当然，这其中的深意和浪漫，只有哲学教授和女诗人才懂得。

为了调查2008年5月26日发生在南京西路附近的一起凶杀案，许宗生找了在公安局工作的高中同学董事特，外号叫“董事长”。任档案处处长的“董事长”热情接待了许宗生和赵明露。

“董事长”陪许宗生和赵明露聊天，等待着下属把卷宗送过来。“董事长”和老同学侃着中学时代的趣事，不时偷瞥一眼赵明露，弄得赵明露很不自在。外面刮着热风，还不时下一阵急雨，炎热的、时有时无的太阳照亮了办公室。女公安战士进来添水，長得像萝卜似的女战士把赵明露衬托得高雅又纯朴。“董事长”像突然想起了什么，急切地对赵明露说：“我总觉得你好面熟，我是不是在乔汉家见过你？我是乔汉的表弟，对了，乔汉也曾来查过一次凶杀案的情况。”

赵明露像只被打扰了睡眠的看家狗，惊异地瞪着“董事长”，点了点头。

“那就不用查了，我记得乔汉看过的案子，凶手夫妇都死了，丈夫刺了妻子，妻子最后也刺了丈夫。”

许宗生和赵明露还是被他血腥的口气吓得忐忑不安。恰在这时，一位英俊的公安战士送来了卷宗。“董事长”翻看着，指着一幅照片：“女方用尽力气，把刀子插进了对方的胸膛里。”

齐钟丽像是睡在丈夫的身边，右手还握着插在丈夫胸膛上的刀柄。

赵明露急忙别过脸去，她实在没有信心多看一眼妹妹的壮举。妹妹用尽最后的力量洗脱了姐姐杀人的证据，以换得姐姐的自由和小威的快乐成长。

案卷里根本没涉及男婴，仿佛根本就不存在这么一个孩子。

走出公安局，站在阳光下，赵明露却感到由脚底上升着一股冰寒：“给我生命的不是父母，是妹妹。”

“其实你谁也不欠，这都是命理的安排。”

“可我确实是杀人犯。”

“你像英国女王，只挂个空名，还是自以为的。我们应该向乔教授学习，眼见为实。”

赵明露依然像踩在冰面上般的不踏实。社会好似一个万花筒，一度被认为一成不变的东西，经过时代的重新洗牌，不可避免地被替换、被革新、被消解，从而构成新的图景。赵明露突然顿悟，乔汉一定是看了报纸上齐钟丽的照片而怀疑这位保姆的，但她很快又推翻了自己的猜测。

许宗生电话响起，有锂电池供货商来洽谈业务。事情紧急，他根本来不及把赵明露送回家，便开车直接进入了澳创汽车公司。天蓝色的厂房、植物园似的厂区，处处体现着古朴与现代、速度与激情交织的别样的美。澳创汽车将新技术、新工艺、新理念汇于一体，“快乐奔跑”成为澳创汽车的不懈追求。

许宗生让主任派人陪赵明露参观工厂，并没交待赵明露是谁。但老总的朋友，主任也不敢怠慢，安排了一位女秘书负责介绍情况。

女秘书非常敬业，对公司的业务流程了如指掌，以专业的讲解水平，介绍着澳创汽车的生产和前景。赵明露默默听着，内心无限喜悦。远远看到许宗生陪着一群商业伙伴走过，一个默契的眼神，让赵明露突然体会到做他女朋友的幸福感。

这感觉已很陌生了，七年来，她已不敢体味，甚至不敢回忆。

“那是我们的 CEO，出产的第一批车将作为他的婚车迎娶新娘。”

美女轻柔平和地吐出了许宗生的秘密，赵明露突然脸红耳热，仿佛已坐在了许宗生制造的汽车上，万人瞩目地走在结婚的红毯上。

“新娘是地产商的女儿，他们在美国留学时认识的。”议论老总仿佛也是忠诚的表现，美女秘书没发现客人崩溃的表情。美女的话音刚落，就看到范思荣和几位帅哥从南面的车间走了出来。

“这几天参观的客人很多。”美女秘书介绍着，微笑着向那群客人行遥远的注目礼。

“我身体不舒服，先走了，谢谢讲解。”赵明露猛然感到，自己着实愚蠢。她急匆匆向大门走去。美女秘书为自己提前完成任务而轻松不少。她富有想象力的串讲，像只猛虎，猝不及防地狠狠咬了赵明露一口。伤口的血越流越急，越淌越多。

赵明露根本不知道这远离上海的新建厂区还没有公交车，更少有出租车路过。她悲伤地往前走着，越想越委屈，越想越痛苦。赵明露回忆着和许宗生的对话："七年前，我就成了杀人犯的丈夫！……找不到你，这才是我一生的负担。"全是谎话，最终你还是和范思荣结婚，就因为她有钱……赵明露感觉自己成了逗乐节目的小丑，隐藏在屏风后面，适时被拉出来，展示小丑的衣服或呆傻动作，逗得观众哈哈大笑。

赵明露越想越委屈，泪水像无法制止的趵突泉。后面突然有车开来，赵明露靠边行走，几辆黑色的奔驰陆续开了过去。

赵明露真想蹲下来好好痛哭一场，可又怕被人撞见。她要离开他，永远不再见他。她要再次带着小威逃跑，逃到北京或深圳。凡是人多的地方，都是潜伏的好去处。一方面对我示好，暗地里却要和范思荣结婚！我让你后悔一辈子！

又有车开了过去，这简直是豪华的车展：捷豹、布加迪、法拉利等。卷起的尘土呛着赵明露。许宗生和范思荣或许就坐在车里。想到这里，赵明露感觉自己成了被遗落的孤雁，将独自承受大雪纷飞的冬季，泪水终于崩溃而出。与此同时，在极度痛苦之中，赵明露却产生了几近高傲、几近欢乐的感情，犹如人类在受到严重的追击时，舍命一跳，反而跳过任何努力都无法跳过的距离。

今天，赵明露将满满的心事刚刚倒给许宗生，却意想不到地成了她痛苦人生的新开始。当她看到范思荣的时候，心里忐忑不安，隐隐感到害怕，胆怯地预感到洪水将至。

身后有车笛声，赵明露闪到路边，满脸泪痕地侧过身去。

"嗨，你怎么突然走了，害我没忙完就跑来了。你哭了？是不是美女们说喜欢我，你吃醋了？"

赵明露非常气愤，却一个字也吐不出来，像一头发怒的母狮子，急匆匆往前走着。

"如果连这小事也吃醋，你会变成醋缸的。我可是万人迷。"

许宗生慢慢开着车，跟随着赵明露的节奏："我本想带你参观生产线，让你看看那些漂亮车体的，那将是我的婚车。露露，愿意让我用自己制造的豪车娶你吗？"

如果世界上有什么东西好过王位，那一定是爱情——让人犹如沐浴着人间的光泽，脚踩白云，畅游仙境，崇高而温暖。

听到许宗生求婚，赵明露血涌大脑，突然天旋地转，歪斜地晃了晃，倒在了地上。

许宗生吓坏了，可任他怎么呼唤，她都没有反应。

许宗生风也似的往医院里赶去，一路闯着红灯、鸣着笛。到了医院，他抱起赵明露跑进了急诊中心。经抽血化验和CT检查，医生诊断为贫血引起的暂时性昏迷。

这可真折磨许宗生。他宁可自己生病，也不能忍受让赵明露遭受半点疼痛。*贫血？她受了多少苦啊，我绝不让她再受一点点疼痛。*许宗生坐在床边，一手握着赵明露的手，一手抚摸着她苍白的脸，眼眶里泪花涌动。

天上挂着一轮皎洁的月亮，赵明露坐在画架前，默默在念心崖上临摹风景。她不由想起第一次在念心崖上看到的情景——许宗生临风而立，像要跳崖似的……天突然下起了淅淅沥沥的雨，打湿了她的画纸，也打湿了接踵而来的日子……如果他跳下去，对她来说，任何一天都不可能是崭新的了，再也不可能唤起她追求幸福的欲望……

赵明露慢慢醒了，睁开了眼睛，看到悲泣的许宗生，她突然开口说道："我愿意。"

"愿意什么？亲爱的，你说什么？"许宗生以为赵明露脑子不清醒，在胡言乱语呢。

"我愿意让你用制造的汽车娶我。"

许宗生拥抱着赵明露，哽咽着，泪水还是流下了眼眶。

赵明露血色素极低，需要住院治疗。许宗生买阿胶膏、海参汤等补品，他要赵明露放开胃口大吃海喝。

"我如果吃成大胖子呢？"

"胖到不能逃跑才好呢！"

几天来，许宗生工厂医院两头忙，平时都是老太太照顾孙女。老太太身体硬朗，眼明耳聪，非常讨人喜欢。可儿媳妇齐秀秀依然处在失明中，这让老太太很无奈。她俨然不知道赵明露和齐秀秀间到底有什么解不开的心结。

“别低估了慷慨的力量。”老太太梳理着儿媳妇的头发，对镜子里的儿媳妇说：“儿女需要你，有分歧，并不代表不能相互照应。”

“妈，你什么也不知道。”

“有些人，没有秘密就不是自己。但别忘了，秘密并不是你的财富，亲情才是。”

齐秀秀最恨的就是老太太这点，总像针灸似的，直刺疼穴：“我是瞎子，是残疾人，你不能对残疾人有过分的要求。”

“我正要说这事。我看别人的眼睛时，我能看到他们的善良和快乐，可是当我看你的眼睛时，只看到一个无底洞，一个死区。秀秀，你摸摸你的眼睛，它还在吗?”

齐秀秀得知赵明露和许宗生到公安局查阅了凶杀案的卷宗，猜测他们或许了解了一些事情。但过去就是过去，留给现在的只有心痛。

许宗生在齐秀秀面前夸大了赵明露的病情。毕竟让齐秀秀心疼的只有赵明露。无论她们过去有过怎样的心结，二十多年的母女情分，不是轻易能忽略的。爱总是在不经意处给人惊喜，若不及时把握，就对不起这份神圣的感觉。

生活本该无限美好，却被自己的双手将人生的白纸涂抹成了无价值的色彩。齐秀秀感觉自己成了自己悲剧的唯一导演和观众，替自己预备了永远的娱乐，却反被命运娱乐。偷那个婴儿，原本是为美好的未来准备的，可未来并不美好。在看见齐钟丽之前，齐秀秀无数次梦到她，但终究是梦，是荒诞的证明。

对某些人来说，生活过于艰难，有时不得不拿亲情来充当拦路劫匪的尖刀，架在亲人脖子上：要么交出所有，要么性命不保。这勇敢的举动，成了齐秀秀一生的错误，良心在此后的每一夜都折磨着她，直到生命的末日。

去见齐钟丽的那一晚，在齐钟丽丈夫的谩骂、逼迫下，齐秀秀很有风度地退了出来，甚至还带了点实属难得的优雅。也是从那晚上起，齐秀秀的怀旧情绪，不费吹灰之力地消散了。她终于明白，有些亲人，只能成为彼此的过客。

一片乌云掠过天际，掩蔽了阳光。光线在医院的玻璃上黯淡下去，融入一团灰暗中。

每个人，即使是最冥顽不化的人，都有一个供认不讳的时刻。齐秀秀在小威的引导下走进了赵明露的病房。失明给齐秀秀戴上了坚实的面具，让她可以无视内心的尴尬，无视女儿审判的目光。她坦然地坐在床边的椅子上，摸索着女儿的手。再次握起女儿的手，竟然也用了七年的时间。

七年前，当看到齐钟丽抱着三个月的小威，出现在丽思卡尔顿酒店门口，齐秀秀就明白她是谁。她不是不想看到齐钟丽，而是不想看到她的父亲——齐明。

“露露……”

“妈……妈……我是您偷来的女儿……”

“你说错了，你不是我女儿，是我侄女；不是偷，是救，我把你从精神病爸爸的手里救了出来。”

赵明露看着妈妈，突然发现，她那明亮的眼睛正出神地瞪着自己。她什么也看不到，却仿佛能透视女儿的心灵。

“难道，你是他的姐姐？”

“不，是妹妹。”

赵明露感觉妈妈的表情很紧张，甚至很恐怖。从来没听说妈妈有过一个哥哥。

“他喜欢同姑娘们在一起。每一个姑娘，在他看来，都出类拔萃。然而，他并不呵护她们，而是趁人不备撕光她们的衣服，糟蹋她们的身体。”

一种无法平复的焦灼，一种内心波澜的起伏，使齐秀秀太阳穴发胀。她摸索到窗边，费了好半天劲，才把窗子打开。

儿时的村庄已非常遥远了，但一个恶狼似的影子却压制在齐秀秀的心头。这影子是一种恶魔，经常跳出来折磨她，蹂躏她。有时突然从深夜里冒出来，吓得她几近崩溃。惩罚永存就使邪恶永存，或许邪恶永存也使惩罚永存。强制遗忘是一种大可诟病的心态，但它不会蔓延，不致损伤整个心灵。

“现在看来，血缘就像磁铁，无论相隔多远，总有一种吸力，使你无法挣脱，自然被吸引过去，甚至不会觉察……那时在上海，发现小区里活动着一位收废品的孕妇，以妇产科医生的职业习惯，本能地诊断是双胞胎。有一天，我值班，病床上躺着这位孕妇，可守在床边的，竟然是我走失多年的精神病哥哥。”

“你们相认了吗？”

“我戴着口罩和帽子，他根本认不出我。可我永远也不想认他，甚至一度希望他葬身车轮下。他竟然是那位产妇的丈夫，这让我既同情产妇，又可怜即将出生的孩子。无论如何，生活在精神病父亲的家里、成长在垃圾场，毕竟不会是幸运的孩子。你说我偷走了他们的孩子，其实，我很后悔只救出了一个。”

“你很冷酷！他是你的哥哥！并且，孩子们有妈妈！”

“你根本不懂什么是冷酷！他十七岁那年突然发病，失去理智，糟蹋了村里不少女人，连六十岁的老太太都不放过。女孩子们为了名声不敢报警，却都想亲手杀了他。那年我十二岁……”齐秀秀感到一阵恐惧，这种恐惧常常在夜里把她攫住。

赵明露发现妈妈的眼睛里发射着冰冷的火焰，似乎能烧光所有的温暖。

“我希望他死在外面……别告诉我他怎么死的，他怎么死都是超生！”

房间里安静极了，一点声音都没有，像回到遥远而沉静的小村庄。一种强烈的现场感，放电影似的，在齐秀秀脑中闪现。但是，那场面没有美感，只有伤感。现实中和想象中的亲情，实在相去太远，以致人们根本无法理解。

“露露，我懂那种感觉，只有在逃跑的时候，才是真正的自己。那时，我也只想逃走，逃到更远的地方，用剧烈的方式割断与日常生活的所有联系……”

有些人一分钟之内历尽了一生。赵明露轻轻抚摸着妈妈的脸颊：

"妈……"

齐秀秀点了点头，算是答应。她不敢发出任何声息，因为一开口就会止不住地哽咽。有些泪水，她忍了一辈子；有些恨，她压抑了大半生。神不在某个地方，而在人们心中，神就是人自己，人就是神。

齐秀秀像一个盲目埋头事务的人，什么也看不清，什么也不明白，好像一生都徘徊在茫茫的黑暗中。现在，灵魂突然被一缕充满新意、充满亲情和关爱的阳光照亮了。她终于明白，幸福的源泉不在繁华而喧嚣的外界，而源于隐秘的内心。

齐秀秀只在女儿的病房里坐了一会儿，接下来的几天，就连八十岁的婆婆也无法将她从医院里赶走——那浓浓的母女情，大海都盛不下。

那天夜晚，齐秀秀在病房里摸索，床头柜上的一束百合花，毫无预感地诱惑出了她的疯狂与伤感。她有了一个模糊的信念，那就是不管有没有未来，有没有钱财，甚至有没有亲情，如果没有丈夫，那日子根本就不值得过。她以为是在洗手间里号啕痛哭，其实，她是在走廊的拐角。她以为谁也没发现，其实，所有人都故意装成了瞎子。

老太太盼着泪水能洗净儿媳妇的眼睛，显然，泪水没有这功能。

2016年元旦，一场豪华婚礼在上海澳创汽车公司举行。乔汉和范思荣理所当然地成了伴郎伴娘，俩人眉来眼去，深情款款。

超长阵容的中国版特斯拉——澳创汽车载着新郎缓缓开来。老太太、齐秀秀和许宗生的叔叔、婶婶坐在首席座椅上。许宗生的叔叔婶婶比自己结婚还兴奋，这兴奋当然源于侄子事业的成功。

齐秀秀牵着小威的手，表情紧张。她摸到婆婆的肩膀，低头问婆婆："妈，场面美吗？"

"很美，但与你有什么关系，反正你是瞎子。"

"您从来就没喜欢过我！"

"一直都喜欢，但你首先得喜欢自己。秀秀，今天，你至少应该替你那丈夫，亲手把女儿嫁出去吧。心不应该是一潭死水，至少应该感激这美好的生活吧！”

这话直戳齐秀秀的心窝，不知是心痛还是激动，泪突然流了出来。她悄悄擦拭着眼角的湿润。小威惊喜地告诉她：“姥姥你看，多漂亮啊。”

齐秀秀收起纸巾，慢慢睁开眼睛，望向迷茫的前方……可是前方，真的很漂亮……齐秀秀突然觉得与那个崇高的、公正的、仁慈的天空相比，内心所承载的往事，是那么微不足道，如海深的怨仇，也轻若飞絮。人不是从娘胎里出来就一成不变的，相反，生活会逼迫她一次次脱胎换骨。人必须用一块纯净的手帕，将痛苦的记忆全部抹去，才能让那里开出芳香的野百合——齐秀秀突然有欲穷千里目的感觉。

“是啊，这么长，得有几十辆吧！”

小威惊异地瞪着齐秀秀，突然发现，她能看到长长的车队了……

齐秀秀复明了。她惊喜地望着彩旗飘飘、气球颤动的现场，惊讶世界如此美丽。除了这个无际的天空外，一切都那么绚丽，那么真诚；心灵的初始，也那么丰满，那么善良，天地皎洁如水……她终于看到了被伴娘围拢着的新娘——女儿更成熟、更美丽了。女儿，我的女儿……她由于激动而屏住呼吸，向赵明露招了招手。

女儿惊喜地意识到妈妈恢复了视力，激动地向妈妈跑来，母女紧紧地拥抱在一起，泪水打花了新娘妆。

齐秀秀吻着女儿，觉得灵魂被淘洗过了，获得了新生。她豁然明白了一个道理：生活本身就是一个幸福的陷阱，尽管有邪恶和阴毒，也有纯真和良善，关键在于用何种眼光去发现，用何种心灵去体验。希望之门一旦敞开，花蕾瞬时绽放，谁都可以呼吸于幸福的净界之中。

这可急坏了化妆师，她们急忙把新娘带到化妆间。眼看吉时已到，成排的澳创汽车进场了。化妆师焦急地替新娘打粉底、抹胭红。

朝阳散发着金光的玫瑰丝线，把澳创汽车广场织进了绚丽的风景中。到处是贴着喜字剪纸的装饰，鲜花引路，嘉宾如云，整个婚礼现场高贵典雅，红红火火，美轮美奂。这首辛苦的恋曲终于有了个震撼人心的结尾。

坐在首辆澳创车里的新郎望着主席台，双方长辈早已端坐在椅子上等待佳时。可怎么也望不见新娘。他急忙夺过司机的对讲机，质问总管："新娘呢？"

总管根本不知道补妆的事，惊讶地问工作人员："新娘呢，新娘怎么不见了？"

许宗生顾不得演习了多遍的程序，跳下轿车向主席台飞奔而去。若不奔跑，命运会和恐龙一样——这道理，他可真懂！

许多年之后，人们谈起澳创 CEO，都知道他是位迫不及待的新郎，像抢手的澳创汽车，快乐地奔跑，奔跑着快乐……